William Shakespeare

Schauspiele viel Lärm um Nichts - Ende gut, alles gut

William Shakespeare

Schauspiele viel Lärm um Nichts - Ende gut, alles gut

ISBN/EAN: 9783743643499

Hergestellt in Europa, USA, Kanada, Australien, Japan

Cover: Foto ©Andreas Hilbeck / pixelio.de

Weitere Bücher finden Sie auf **www.hansebooks.com**

Willhelm Shakespears

Schauspiele.

Neue verbesserte Auflage.

Zehnter Band.

Mit Allerhöchstem kaiserlichem Privilegio,
und
Hoher obrigkeitlicher Erlaubniß.

Straßburg, bey Franz Levrault, der königlichen
Intendanz und bischöfl. Universit. Buchdr.

1778.

Viel Lårmens
um Nichts.

Personen.

Don Pedro, Prinz von Arragonien.

Leonato, Statthalter von Meßina.

Don Juan, unehlicher Bruder des Don Pedro.

Klaudio, ein junger Florentinischer Edelmann, und Don Pedro's Liebling.

Benedikt, ein junger Edelmann aus Padua, gleichfalls ein Freund des Don Pedro.

Balthasar, Don Pedro's Bedienter.

Antonio, Leonato's Bruder.

Borachio, Don Juan's Vertrauter.

Conrad, Borachio's Freund.

Dogberry, } Zwey alberne Gerichtsdiener.
Verges, }

Hero, Leonato's Tochter.

Beatrice, Leonato's Nichte.

Margarete, und

Ursel, zwey Kammerfrauen der Hero.

Ein Mönch. Ein Bote. Wache. Ein Gerichtsschreiber. Stadtschulz. Gefolge.

Der Schauplatz ist Meßina in Sicilien.

Viel Lärmens um Nichts.

Erster Aufzug.

Erster Auftritt.

Vor Leonato's Hause.

Leonato. Hero. Beatrice. Ein Bote.

Leonato. Ich sehe aus diesem Briefe, daß Don Pedro von Arragonien diesen Abend nach Meßina kömmt.

Bote. Er wird nicht lange mehr ausbleiben; er war keine drey Meilen mehr von der Stadt, als ich ihn verließ.

Leonato. Wie viel Leute habt ihr in dieser Action verloren?

Bote. Ueberhaupt sehr wenige, und keinen von Bedeutung.

Leonato. Der Sieger hat doppelt gesiegt, der

seine Schaaren vollzählig zurück bringt. Ich finde hier, daß Don Pedro einem jungen Florentiner, Klaudio genannt, große Ehrenbezeugungen erwiesen hat.

Bote. Keine größere, als er verdiente, und von Don Pedro nach ihrem Verdienst erkannt. Er übertraf alles, was man von seiner Jugend erwarten konnte, und that in der Gestalt eines Lamms die Thaten eines Löwen. Er hat in der That alle Erwartnng besser übertroffen, als Sie es je von mir erzählt zu hören erwarten können.

Leonato. Er hat hier in Meßina einen Oheim, den diese Nachricht sehr erfreuen wird.

Bote. Ich hab' ihm schon Briefe übergeben, und er schien eine große Freude darüber zu haben; eine so große Freude, daß sie ohne ein Merkmal von Schmerz sich nicht bescheiden genug zeigen konnte.*)

---

*) Dieß ist sehr richtig gesagt. Von allen Entzückungen der Freude ist diejenige, welche mit Thränen begleitet ist, am wenigsten beleidigend; indem sie dieß Zeichen des Schmerzes mit sich führt, und dadurch die Misgunst dämpft, welche gemeiniglich die Glückseligkeit andrer zu begleiten pflegt. Dieß nennt der Dichter sehr schön eine bescheidne Freude, die denjenigen, der sie wahrnimmt, nicht durch Bezeugungen

Leonato. Brach er in Thränen aus?

Bote. In großem Maaß.

Leonato. Eine zärtliche Ergießung der Zärtlichkeit; .. Keine Gesichter sind aufrichtiger, als die so gewaschen werden. Wie viel besser ists, über die Freude zu weinen, als über das Weinen sich zu freuen!

Beatrice. Sag Er mir doch, ist Signor Montante *) schon aus dem Felde zurückgekommen, oder nicht?

Bote. Ich kenne keinen, der so hieße, gnädiges Fräulein; es giebt keinen solchen bey der Armee, wenigstens nicht unter den Officieren.

Leonato. Nach wem fragen Sie, Nichte?

Hero. Meine Base meynt den Signor Benedikt von Padua.

Bote. O! der ist schon zurück, und noch immer so spaßhaft als jemals.

---

einer Glückseligkeit spottet, die nicht mit Schmerz vermischt ist. Warburton.

*) Montante bedeutet im Spanischen ein breites Schlachtschwert. Beatrix fragt unter diesem Namen nach Benedikten, den sie dadurch als einen Prahler und Bramarbas bezeichnen will. Warburton

Beatrice. Er schlug seine Zettel hier in Meßina an, und foderte den Cupido heraus; mit Pfeilen in die Wette mit ihm zu schießen; und meines Oheims Narr, der die Ausfoderung zu lesen kriegte, unterschrieb sie in Cupido's Namen, und foderte ihn auf einen Bolzen heraus. *) Sag Er mir doch, wie viele hat er denn während dieses Feldzuges umgebracht und gegessen? Oder vielmehr, wie viele hat er umgebracht? Denn, es ist wahr, ich versprach ihm, alle die zu essen, die er umbringen würde.

Leonato. Sie gehn unbarmherzig mit Signor Benedikt um, liebe Nichte; aber Sie werden Ihren Mann an ihm finden; das glauben Sie mir.

Bote. Er hat in diesem Feldzug gute Dienste gethan, gnädiges Fräulein.

Beatrice. Ihr hattet muffigen Proviant, und

*) Die angeschlagnen Zettel waren bey den Fechtern damals gewöhnlich, und enthielten eine allgemeine Auffodrung zum Kampf um einen gewissen Preiß. - - Der Ausdruck des Originals *at the Flight* bedeutet nichts weiter, als: „auf den Pfeil„ wie Steevens und Farmer bey dieser Stelle umständlicher zeigen. Was ich durch Bolzen übersetzt habe, ist im Englischen *the birdbolt*, ein kurzer dicker Pfeil ohne Spitze.

er half ihn verzehren; nicht wahr? ... Er ist ein sehr tapfrer Fresser; er hat einen herrlichen Appetit.

Bote. Er ist auch ein guter Soldat, mein Fräulein.

Beatrice. Auch ein guter Soldat gegen ein Fräulein? ... Aber was ist er denn gegen einen Junker?

Bote. Ein Junker gegen einen Junker, ein Mann gegen einen Mann; mit allen rühmlichen Eigenschaften angefüllt.

Beatrice. Ja freylich, angefüllt ist er immer; doch was das Anfüllen betrifft *) ... nun! Wir sind alle sterblich.

Leonato. Er muß meine Nichte nicht unrecht verstehen, mein Freund. Es ist eine Art von scherzhaftem Krieg zwischen Signor Benedikt und ihr; sie kommen nie zusammen, ohne daß es ein Scharmützel von witzigen Einfällen setzt.

Beatrice. Nur gewinnt er leider! nicht viel dabey. In unserm letzten Gefecht liefen vier von

---

*) Im Englischen: he is no less than a stuff'd man; but for the stuffing --- Beatrice thut hier einer Zweydeutigkeit Einhalt, die sie im Begriffe war, auseinander zu setzen. *A stuffed man* war nämlich damals auch so viel, als ein Hahnrey. Farmer.

seinen fünf Sinnen *) als Krüppel davon, und der arme Mann muß sich seitdem mit einem behelfen. Wenn er also noch Witz genug hat, sich warm zu halten, **) so mag er das als ein Abzeichen tragen, das ihn von seinem Pferde unterscheidet; ein bischen Menschenverstand ist alles, was er davon gebracht hat! = = Wer ist denn itzo sein Günstling? Denn er pflegt alle Monate einen neuen Herzensfreund zu haben.

Bote. Ist das möglich?

Beatrice. Sehr leicht möglich; denn er hält es mit seiner Treue, wie mit seinem Huth; die Form desselben wechselt mit jedem neuen Blocke, worauf er gemodelt wird.

Bote. Wie ich sehe, mein Fräulein, so ist Herr Benedikt nicht zum Besten bey Ihnen angeschrieben.

Beatrice. O nein! wenn ers wäre, so wollt' ich alle meine Schreiberey verbrennen. Aber sag

---

*) four of his five *wits*.

**) Eine sprüchwörtliche Redensart, wobey es Warburton's Aenderung nicht brauchte, der to keep himself *from harm* zu lesen nöthig hielt. Die Redensart to bear any thing *for a difference*, ist aus der Heraldik entlehnt. Johnson.

Er mir doch, wer ist itzt sein Kamerad? Hat er keinen jungen Schwindelkopf, der eine Reise zum Teufel mit ihm machen will?

Bote. Er ist meistens in Gesellschaft des edeln Klaudio.

Beatrice. O Himmel! er wird ihn an den Hals kriegen, wie eine Seuche; man wird schneller von ihm angesteckt, als von der Pest, und der Angesteckte wird auf der Stelle toll. Tröste Gott den edeln Klaudio! wenn er den Benedikt am Halse hat; unter tausend Pfund wird er nicht wieder von ihm geheilt.

Bote. Ich will mit Ihnen gute Freundschaft halten, mein Fräulein.

Beatrice. Thu das, guter Freund.

Leonato. Sie werden niemals toll werden, Nichte.

Beatrice. Nein, außer in einem heißen Januar.

Bote. Da kömmt Don Pedro.

Zweyter Auftritt.

Die Vorigen. Don Pedro. Klaudio. Benedikt. Balthasar. Don Juan.

Pedro. Mein lieber Signor Leonato, Sie kommen Ihrer Unruhe entgegen. Es ist sonst der Welt

Brauch, Unkosten zu vermeiden; und Sie suchen sie auf.

Leonato. Niemals kam die Unruh in Ihrer Gestalt, gnädiger Herr, in mein Haus; sie flieht vielmehr vor der Freude, welche ein so angenehmer Gast mit sich bringt; und nur wenn Sie von mir gehen, stellt sich der Kummer ein, und die Glückseligkeit nimmt Abschied.

Pedro. Sie nehmen Ihre Last zu willig auf sich = = Ich vermuthe, das ist Ihre Tochter.

Leonato. Das hat mir ihre Mutter oft gesagt.

Benedikt. Zweifelten Sie denn etwa daran, Herr Leonato, daß Sie das fragten?

Leonato. Nein, Signor Benedikt; denn damals waren Sie noch ein Kind.

Pedro. Da haben Sie's, Benedikt; man sieht daraus, was Sie itzt, als Mann, seyn müssen. In Wahrheit, das Fraulein kündigt ihren Vater beym ersten Anblick an. Seyn Sie glücklich, Fräulein; Sie gleichen einem sehr würdigen Vater.

Benedikt. Wenn Signor Leonato ihr Vater ist, so würde sie wahrlich um ganz Meßina seinen Kopf nicht auf ihren Schultern haben wollen, so ähnlich sie ihm auch ist.

Beatrice. Mich wundert, daß Sie immer was sagen wollen, Signor Benedikt; es achtet ja doch niemand darauf.

Benedikt. Ha! mein liebes Fräulein Verachtung, leben Sie auch noch?

Beatrice. Wie könnte Verachtung sterben, wenn sie eine so gute Nahrung vor sich hat, wie Signor Benedikt ist? Höflichkeit selbst muß sich in Verachtung verwandeln, wenn Sie sich vor ihr sehen lassen.

Benedikt. So ist Höflichkeit ein Ueberläufer. Aber so viel ist gewiß, alle Damen lieben mich, Sie allein ausgenommen; und ich wollte, mein Herz sagte mir, daß ich kein hartes Herz hätte; denn wahrlich! ich liebe keine.

Beatrice. Ein schätzbares Glück für unser Geschlecht! es wäre sonst mit einem gefährlichen Liebhaber geplagt. Ich danke Gott und meiner Kaltblütigkeit, daß ich hierinn mit Ihnen eines Sinnes bin; lieber wollt' ich meinen Hund nach einer Krähe bellen hören, als einen Mann schwören, daß er mich liebe.

Benedikt. Gott erhalte Sie immer bey der Gesinnung, gnädiges Fräulein, so wird doch einer oder der andre ehrliche Mann dem Schicksal eines zerkratzten Gesichts entgehen.

Beatrice. Kratzen könnt' es nicht schlimmer machen, wenn es ein Gesicht wäre, wie das Ihrige.

Benedikt. Wahrhaftig, Sie würden eine treffliche Lehrmeisterinn für Papagoyen abgeben.

Beatrice. Ein Vogel von meiner Zunge ist besser, als ein Vieh von der Ihrigen.

Benedikt. Ich wollte, mein Pferd wäre so schnell, wie Ihre Zunge, und liefe so in Eins fort; aber gehn Sie mit dem lieben Gott; ich bin fertig.

Beatrice. Sie müssen doch allemal mit Pferdegeschichten *) aufhören; ich kenne sie von alten Zeiten her.

Pedro. Kurz und gut, Leonato = = Signor Klaudio, und Signor Benedikt = = mein werther Freund Leonato hat euch alle eingeladen. Ich sage ihm, wir werden wenigstens einen Monat hier verweilen, und er wünscht herzlich, daß irgend eine Veranlassung uns länger aufhalten möchte. Ich

*) *a jades trick* bedeutet auch eine Zote.

wollte schwören, daß er kein Heuchler ist, sondern uns aus ganzem Herzen einladet.

Leonato. Sie würden gewiß nicht falsch schwören, mein gnädiger Herr = = Erlauben Sie mir, Don Juan, Sie nach dieser glücklichen Aussöhnung mit dem Prinzen, Ihrem Bruder, willkommen zu heißen; ich widme Ihnen alle meine Dienste.

Don Juan. Ich danke Ihnen; ich bin nicht von vielen Worten; aber ich danke Ihnen.

Leonato. Gefällt es Ihnen, hinein zu gehen, gnädiger Herr?

Pedro. Ihre Hand, Leonato; wir wollen mit einander gehen.

(Sie gehen ab.)

Dritter Auftritt.

Benedikt. Klaudio.

Klaudio. Benedikt, bemerktest du wohl die Tochter des Signor Leonato?

Benedikt. Ich bemerkte sie nicht; aber ich sah sie an.

Klaudio. Ist sie nicht ein sittsames junges Fräulein?

Benedikt. Fragen Sie mich als ein ehrlicher Mann um meine aufrichtige Meynung? oder soll ich Ihnen, meiner Gewohnheit nach, als ein erklärter Feind ihres Geschlechts antworten?

Klaudio. Nein, ich bitte dich, sprich in vollem Ernst, wie du denkst.

Benedikt. Nun auf meine Ehre, mich dünkt, sie ist zu niedrig für ein hohes Lob, zu braun für ein schönes *) Lob, und zu klein für ein großes Lob; alles, was ich zu ihrem Ruhme sagen kann, ist dies: wäre sie anders, als sie ist, so wäre sie nicht hübsch; und weil sie nicht anders ist, als sie ist, so gefällt sie mir nicht.

Klaudio. Du denkst, ich scherze; ich bitte dich, sage mir aufrichtig, wie gefällt sie dir?

Benedikt. Wollen Sie sie etwa kaufen, weil Sie sich so genau nach ihr erkundigen?

Klaudio. Kann die ganze Welt solch ein Kleinod kaufen?

Benedikt. Ja wohl; und ein Futteral dazu. Aber sagen Sie das im ganzen Ernst? oder machen Sie nur den Hanswurst, um uns zu

---

*) *fair* heißt auch blond, und wird hier in dieser Nebenbedeutung dem braunen entgegengesetzt.

sagen, Cupido sey ein guter Hasenjäger, und Vulkan ein vorzüglicher Zimmermann? *) Sagen Sie doch, was für ein Schlüssel muß man brauchen, um den rechten Ton Ihres Gesangs zu treffen?

Klaudio. In meinen Augen ist sie das liebenswürdigste Fräulein, das ich in meinem Leben gesehen habe.

Benedikt. Ich kann noch ohne Brille sehen, und sehe doch nichts dergleichen. Ihre Base hier, wenn sie nur nicht eine solche Furie im Leibe hätte, übertrifft sie an Schönheit so weit, als der erste May den letzten December; aber ich hoffe, Sie denken nicht darauf, ein Ehemann zu werden; oder thun sie das vielleicht?

Klaudio. Wenn ich schon das Gegentheil geschworen hätte, so wollt' ich mir doch kaum selbst trauen, so bald Hero meine Frau werden wollte.

Benedikt. Nun wahrhaftig! steht es so mit Ihnen? Hat die Welt nicht einen einzigen Mann,

*) D. i. um uns unglaubliche Dinge zu sagen, wie die, daß Amor nicht blind, und Holz nicht brennbar wäre; oder mit andern Worten: daß sie verliebt seyn könnten, ohne blind zu seyn, und mit der Flamme spielen könnten, ohne sich zu versengen? Steevens.

der seine Kappe ohne Sorge tragen will? Soll ich keinen Junggesellen von sechszig Jahren mehr sehen? Nun wohl! wenn du denn ja deinen Hals in ein Joch schmiegen willst, so trage den Druck davon, und seufze deine Sonntage hinweg. *) Da kömmt Don Pedro wieder her, und sucht Sie.

Vierter Auftritt.

Die Vorigen. Don Pedro. Don Juan.

Pedro. Was habt ihr denn hier für Geheimnisse, daß ihr nicht mit uns in Leonato's Haus gegangen seyd?

Benedikt. Ich wollte, Sie nöthigten mich, es zu sagen.

Pedro. So befehl' ichs dir, bey deiner Lehnspflicht.

Benedikt. Sie hören es, Graf Klaudio. Ich kann so verschwiegen seyn, als ein Stummer, das glauben Sie mir; aber bey meiner Lehnspflicht - - sehn Sie nur - - bey meiner Lehnspflicht! - - Er

*) Ein sprüchwörtlicher Ausdruck, um anzudeuten, daß einer überall keine Ruhe hat, da er selbst den Sonntag ohne Erholung und Ergötzlichkeit zubringen muß. Warburton.

ist verliebt. Sie werden fragen: in wen? .. Und sehn Sie nur, wie kurz die Antwort ist: in Hero, in Leonato's kurze Tochter.

Klaudio. Wenn das so wäre, so wäre es bald gesagt.

Benedikt. Wie das alte Mährchen, gnädiger Herr; es ist nicht so, und war nicht so! .. Aber, wirklich, Gott verhüte, daß es jemals so sey!

Klaudio. Wenn meine Leidenschaft sich nicht in kurzem ändert, so verhüte der Himmel, daß es anders seyn sollte!

Pedro. Amen! wenn Sie sie lieben; denn das Fräulein ist es wohl werth.

Klaudio. Das sagen Sie nur, um mich hinein zu ziehen, gnädiger Herr!

Pedro. Bey meiner Ehre, ich rede, wie ich denke.

Klaudio. Und bey meiner Treu, ich auch, gnädiger Herr.

Benedikt. Und bey meiner zwiefachen Ehr' und Treu, gnädiger Herr, ich auch.

Klaudio. Daß ich sie liebe, das fühl' ich.

Pedro. Daß sie liebenswürdig ist, das weis ich.

Benedikt. Und daß ich weder fühle, wie man

sie lieben kann, noch weis, wie sie dessen würdig ist, das ist eine Ueberzeugung, welche kein Feuer aus mir heraus schmelzen kann; ich will mich dafür spiessen lassen.

Pedro. Du warst jederzeit ein verstockter Ketzer der Schönheit, der Schönheit zum Trotze.

Klaudio. Und er konnte seine Rolle nie anders behaupten, als indem er seinem Willen gegen seine eigne Ueberzeugung Gewalt anthat.

Benedikt. Daß ein Frauenzimmer mich empfangen hat, dafür dank' ich ihr; daß sie mich aufgezogen hat, auch dafür sag' ich ihr demüthigsten Dank; aber daß ich meine Stirne zu einem Signal mache, um die Hunde von der Spur zurück zu rufen, oder daß ich mein Horn an einen unsichtbaren Riemen hängen soll, da wird mich das gesammte Frauenzimmer für entschuldigt halten. Weil ich ihnen das Unrecht nicht thun möchte, irgend eine im Verdacht zu haben, so will ich mir selbst das Recht widerfahren lassen, keiner zu trauen; und das Ende vom Lied' ist, wobey ich immer am besten wegkommen werde, *) daß ich ein Junggeselle bleiben will.

*) Im Original wird mit dem Worte *fine* gespielt.

Pedro. Ich erleb' es noch, daß du vor Liebe ganz blaß aussehen wirst.

Benedikt. Vor Zorn, vor Krankheit, oder vor Hunger, aber nicht vor Liebe, gnädiger Herr. Wenn ich jemals aus Liebe mehr Blut verliere, als ich durch eine Flasche Wein wieder bekommen kann, so kratze man mir die Augen mit eines Balladenmachers Feder aus, und hänge mich über die Thür eines liederlichen Hauses statt des Schildes des blinden Cupido.

Pedro. Nun ja, wenn du jemals von diesem Glauben abfällst, so wirst du tüchtig zum Gespötte werden.

Benedikt. Thu' ich das; so hänge man mich wie eine Katze in einer Flasche auf, und schieße nach mir; *) und den, der mich trifft, klopfe man auf die Schulter, und nenne ihn Adam. **)

---

*) In einigen Grafschaften von England wurde ehemals eine Katze mit einer Menge von Ruß in eine hölzerne Flasche gesperrt, dergleichen die Schäfer zu ihrem Getränke zu haben pflegen, und an ein Seil gehängt. Derjenige, der, indem er darunter durchrannte, den Boden einstieß, und behende genug war, dem darinn enthaltenen zu entgehen, wurde als der Held dieser Ergötzlichkeit angesehen. Steevens.

**) Ein Räuber von der Bande des berüchtigten

Pedro. Nun gut, die Zeit wird lehren; mit Zeit und Weile lernt ein wilder Ochs das Joch tragen.

Benedikt. Das mag der wilde Ochs; aber wenn es jemals der vernünftige Benedikt tragen lernt, so reißt dem Ochsen seine Hörner aus, und setzt sie an meine Stirne, und laßt mich in dieser Gestalt von einem Sudler abmahlen, und mit so großen Buchstaben, wie man zu schreiben pflegt: „Hier sind gute Pferde zu vermiethen„ laßt unter mein Bildniß schreiben: Hier ist zu sehen Benedikt, der verheyrathete Mann!

Klaudio. Wenn das je geschähe, so würdest du hörnertoll seyn.

Pedro. Freylich, wenn Cupido nicht seinen ganzen Köcher in Venedig *) verschossen hat, so wirst du in kurzem für diesen Uebermuth beben müssen.

Benedikt. Ja, wenn die ganze Erde mit bebt!

Robin Hood, und zugleich ein fertiger Bogenschütze. Johnson und Theobald.

*) Alle neuere Schriftsteller stimmen darinn überein, Venedig in eben dem Lichte vorzustellen, wie die Alten Cypern; und auf diesen Charakter der Venetianer wird hier angespielt. Warburton.

Pedro. Gut; andre Zeiten, andre Gedanken. Indeß, mein lieber Signor Benedikt, gehn Sie in Leonato's Haus, machen Sie ihm meine Empfehlung, und sagen, daß ich auf den Abend unfehlbar bey ihm seyn werde; denn in der That hat er große Zurüstungen gemacht.

Benedikt. Ich habe Stoffs genug in mir zu einer solchen Gesandschaft; und hiemit empfehl' ich Sie = =

Klaudio. Dem Schutz Gottes.. Von Hause; wenn ich eins hätte.

Pedro. Den sechsten Julius. Dero getreuer Freund Benedikt.

Benedikt. O! spottet nicht, spottet nicht. Der Innhalt eurer Gespräche ist zuweilen mit alten Lappen verbrämt, und die Verbrämung ist beym Einen und beym Andern sehr schwach aufgenäht. Eh' ihr die Leute mit so abgenutzten Einfällen foppen wollt, prüft vorher euer Gewissen. Und hiemit empfehl' ich mich.

(Er geht ab.)

Fünfter Auftritt.

Klaudio. Pedro.

Klaudio. Mein gebietender Herr, itzt könnten Sie mir eine große Gnade erweisen.

Pedro. Meine Freundschaft ist dein, um sie zu belehren; lehre sie nur, was sie für dich thun soll; und du wirst sehen, wie willig sie ist, auch die schwerste Lection zu lernen, die zu deinem Besten dienen kann.

Klaudio. Hat Leonato einen Sohn, gnädiger Herr?

Pedro. Er hat sonst kein Kind, als Hero, sie ist seine einzige Erbinn. Hast du Absichten auf sie, Klaudio?

Klaudio. O! mein gnädiger Herr, wie wir in diesen nun geendigten Krieg zogen, sah ich Sie mit den Augen eines Soldaten an. Ich war ihr gut; aber ich hatte eine zu rauhe Arbeit vor, dieß Gutseyn bis zur Liebe zu treiben! Itzt, da ich wieder zurückgekommen bin, und die Kriegsgedanken ihren Platz ledig gelassen haben, drängen sanfte und zärtliche Triebe sich an ihre Stelle, die mir alle zuflüstern, wie schön die junge Hero ist, und daß ich ihr schon gut war, eh' ich in den Krieg gieng.

Pedro. Vermuthlich wirst du auch sogleich lieben, und den, der dich anhört, mit einem ganzen Buche von Wörtern einschläfern. Liebst du die schöne Hero, so laß dirs nicht leid seyn. Ich will ihr und ihrem Vater den Antrag machen, und du sollst sie haben. War es nicht in dieser Absicht, daß du eine so schöne Historie zu flechten anfiengst?

Klaudio. Wie gütig schenken Sie der Liebe ihren Beystand! weil Sie den Schmerz der Liebe aus ihrer Miene kennen! Damit aber meine Zuneigung nicht zu plötzlich scheinen möchte, so hätt' ich sie gern mit weitläufigern Reden bemäntelt.

Pedro. Wozu braucht die Brücke breiter zu seyn, als das Wasser? Der beste Antrieb, eine Bitte zu gewähren, ist die Nothwendigkeit. Siehst du nicht, daß die größten Vorbereitungen schon so gut als gemacht sind? Du bist nun einmal verliebt; für das Mittel gegen deine Krankheit will ich sorgen. Ich weis, es wird diesen Abend ein maskirter Ball seyn; ich will in irgend einer Verkleidung deine Rolle spielen, und der schönen Hero sagen, ich sey Klaudio. Ich werde dann mein Herz in ihren Busen ausschütten, und ihr Ohr durch die Gewalt und den starken Angriff meiner verliebten Klagen gefangen nehmen. Alsdann will ich mich an ihren Vater machen; und das Ende vom Liede ist, daß sie dein seyn soll. Wir wollen uns auf der Stelle zur Ausführung anschicken.

(Sie gehen ab.)

Sechster Auftritt.

Ein Zimmer in Leonato's Hause.

Leonato. Antonio.

Leonato. Nun, Bruder, wo ist mein Vetter, dein Sohn? Hat er die Musik besorgt?

Antonio. Er macht sich sehr viel damit zu thun. Aber, Bruder, ich kann dir etwas neues sagen, wovon du dir wohl nicht hättest träumen lassen.

Leonato. Ist es was Gutes?

Antonio. Nachdem der Ausgang es stempeln wird; wenigstens ist das äusserliche Ansehen gut; es fällt gut in die Augen. Der Prinz und Graf Klaudio, die in einem dicht verwachsenen Gang in meinem Garten spazieren giengen, wurden von einem meiner Leute behorcht. Der Prinz entdeckte dem Klaudio, er sey in meine Nichte, deine Tochter, verliebt, und Willens, ihr diesend Abend beym Baal seine Erklärung zu machen, und wenn er finde, daß ihr Herz einwillige, so gedenke er, ohne sich lange zu besinnen, dir einen Antrag zu machen.

Leonato. Hat der Bursche einigen Verstand, der dir das erzählte?

Antonio. Es ist ein guter, schlauer Bursche; ich will ihn rufen lassen, damit du ihn selbst ausfragen könnest.

Leonato. Nein, nein, wir wollen es für einen Traum halten, bis es an den Tag kömmt. Aber ich will doch meiner Tochter davon sagen, damit sie sich desto besser auf eine Antwort gefaßt machen kann, wenn es von ungefähr wahr seyn sollte. Geh du doch hin, und sag ihr davon. (Man sieht verschiedne Bediente über die Bühne laufen.) == Vetter, du weist, was du zu thun hast == O! ich bitte Euch um Vergebung, mein Freund; kommt doch mit mir; ich will mich eurer Geschicklichkeit bedienen == Lieber Vetter, sey auf der Hut, so lange diese unruhige Zeit dauert. ==

(Sie gehen ab.)

Siebenter Auftritt.

Ein andres Zimmer in Leonato's Hause.

Don Juan. Conrad.

Conrad. Was zum Kukuk, Don Juan, warum sind Sie denn so unmäßig schwermüthig?

Don Juan. Weil ich unmäßig viel Ursache dazu habe.

Conrad. Sie sollen die Vernunft anhören.

Don Juan. Und wenn ich sie nun angehört habe, was wird mir das für Vortheil bringen?

Conrad. Wo nicht schleunige Hülfe, doch Geduld.

Don Juan. Du bist, deiner eignen Aussage nach, unter dem Einfluß des Saturns geboren; und so wundert michs, daß du dich damit abgiebst, eine moralische Arzney gegen ein Uebel, wie das meinige ist, gebrauchen zu wollen. Ich kann nicht verbergen, wer ich bin; *) ich muß schwermüthig seyn, wenn ich Ursach dazu habe, und über Niemands Einfälle lächeln; essen, wenn mich hungert, und auf Niemand warten; schlafen, wenn mich schläfert, und um Niemands Geschäfte

*) Dieß ist einer von den so wahren Zügen der Natur bey unserm Dichter. Ein neidisches und ungeselliges Gemüth, zu stolz um andern Vergnügen zu schaffen, und zu grämlich, um dessen selbst zu genießen, sucht allemal seine Bösartigkeit vor sich und der Welt unter dem Schein der bloßen Aufrichtigkeit oder der Würde einer edeln Unabhängigkeit zu verbergen. - Johnson.

willen wachen; lachen, wenn ich lustig bin, und keinem in seiner Laune schmeicheln.

Conrad. Das ist wohl alles gut; aber Sie müssen sichs nicht so stark ansehen lassen, bis Sie es ohne Ihren Nachtheil thun können. Erst neulich haben Sie sich mit Ihrem Bruder überworfen, und ganz kürzlich erst hat er sich wieder mit Ihnen ausgesöhnt. Unmöglich können Sie in seiner Gunst Wurzeln schlagen, wenn Sie nicht selbst gutes Wetter dazu machen. Sie müssen sich nothwendig die gute Witterung zu Ihrer Aernte selbst besorgen.

Don Juan. Lieber möcht' ich eine wilde Blume am Zaun, als durch seine Gunst eine Rose seyn. Für mein Blut schickt sichs besser, von Jedermann gehaßt zu werden, als ein künstliches Betragen anzunehmen, um Jemands Liebe zu erschleichen. In dieser Absicht ists richtig; wenn ich schon kein schmeichlerischer Bidermann bin, so kann man mir doch den Namen eines aufrichtigen Bösewichts nicht absprechen. Man traut mir, weil ich einen Maulkorb trage, und läßt mir, wegen meiner Fesseln an den Füßen, so viel Freyheit, als ich will. Ich bin also entschlossen, in meinem

Käficht nicht zu singen. Hätt' ich meine Zähne frey, so würd' ich beissen; hätt' ich meinen freyen Lauf, so thät' ich, was mir beliebt. Bis dahin laß mich seyn, was ich bin; such mich nicht zu ändern.

Conrad. Können Sie denn von Ihrem Misvergnügen keinen Gebrauch machen?

Don Juan. Ich mache allen möglichen Gebrauch davon; ich brauch' es bloß. Wer kömmt denn da?

Achter Auftritt.

Die Vorigen. Borachio.

Don Juan. Was giebts Neues, Borachio?

Borachio. Ich komme von einer grossen Abendmahlzeit; der Prinz, Ihr Bruder, wird von Leonato königlich bewirthet, und ich kann Ihnen vorläufig sagen, es ist eine Heyrath im Werk.

Don Juan. Werd' ich das vielleicht zur Anlage brauchen können, Unglück darauf zu bauen? = = Wer ist denn der Narr, der sich an ewige Unruhe verloben will?

Borachio. Ey, es ist Ihres Bruders rechte Hand.

Don Juan. Wer? der unvergleichliche Klaudio?

Borachio. Eben der.

Don Juan. Ein junger Herr, wie ich ihn brauche! - - Und mit wem? mit wem? Auf wen hat er sein Auge geworfen?

Borachio. Auf nichts geringers, als Hero, die Tochter und Erbinn Leonato's.

Don Juan. Ein sehr voreiliges Märzhühnchen! - - Wie hast denn du das erfahren?

Borachio. Ich habe das Ausräuchern der Zimmer zu besorgen; und da ich eben damit beschäftigt war, kamen der Prinz und Klaudio, Hand in Hand, und in sehr ernsthafter Unterredung. Ich kroch geschwind hinter die Tapeten, und da hört' ich, daß man mit einander abredete, der Prinz sollte um Hero für sich selbst werben, und wenn er sie bekommen hätte, sie dem Grafen Klaudio geben.

Don Juan. Kommt, wir wollen gleich daran; das kann meinem Misvergnügen Nahrung verschaffen. Dieser junge plötzlich aufgeschoßne Bursche hat mich um alles mein Ansehen gebracht; ich werde mich allewege glücklich schätzen, wenn ich ihn nur auf einem seiner Wege durchkreuzen kann. Ihr seyd beyde zuverläßige Leute, und werdet mir beystehen.

Conrad. Bis in den Tod, gnädiger Herr.

Don Juan. Wir wollen doch zu dem großen Gastmahl! Ihr Wohlleben ist desto größer, weil ich zu Grunde gerichtet bin. Ich wollte, der Koch dächte, wie ich! .. Wollen wir gehn; und sehen, was zu thun ist?

Borachio. Wir werden Sie begleiten, gnädiger Herr.

(Sie gehn ab.)

Zweyter Aufzug.

Erster Auftritt.

Ein Saal in Leonato's Hause.

Leonato. Antonio. Hero. Beatrice. Margarethe. Ursula.

Leonato. War der Graf Don Juan nicht zum Abendessen hier?

Antonio. Ich hab' ihn nicht gesehen.

Beatrice. Wie sauer dieser Don Juan aussieht! Ich

s. Ich kann ihn niemals ansehen, ohne auf eine Stunde lang das Sodbrennen zu kriegen. *)

Hero. Er hat ein sehr melancholisches Temperament.

Beatrice. Das müßte ein vortrefflicher Mann seyn, der so beschaffen wäre, daß er gerade das Mittel zwischen ihm und Benedikt hielte. Der eine ist wie eine Bildsäule, und sagt gar nichts; und der andre ist, wie meiner gnädigen Frau ältester Sohn, und plappert immerfort.

Leonato. Folglich würde die Hälfte von Signor Benedikts Zunge in Don Juans Mund, und die Hälfte von Don Juan's Schwermuth in Signor Benedikts Gesicht ..

Beatrice. Mit einem hübschen Paar Waden und einem feinen Fuß, Onkel und Geld genug in der Tasche, solch ein Mann würde jedes Frauenzimmer auf der Welt gewinnen, wenn er ein Mittel finden könnte, sich bey ihr in Gunst zu setzen.

Leonato. Auf meine Ehre, Nichte, du kriegst

---

*) Da das Sodbrennen aus einer Säure im Magen entsteht, so wird es mit vieler Schicklichkeit als eine Wirkung saurer Blicke angegeben. Johnson.

in deinem Leben keinen Mann, wenn du solch eine böse Zunge hast.

Antonio. In der That, sie ist zu böse.

Beatrice. Zu böse, ist, mehr als Böse. Auf diese Art komm' ich um eine Gabe Gottes; denn man pflegt zu sagen: Gott giebt einer bösen Kuh kurze Hörner; *) aber einer zu bösen Kuh giebt er keine.

Leonato. Also, weil Sie zu böse sind, wird Ihnen Gott keine Hörner geben.

Beatrice. Richtig, wenn er mir keinen Mann giebt; eine Gnade, um die ich ihn alle Morgen und Abend auf meinen Knien bitte. Himmel! wie könnt' ich einen Mann mit einem Bart im Gesicht aussehen? Lieber wollt' ich auf wollenen Decken schlafen. **)

Leonato. Sie können ja einen Mann nehmen, der keinen Bart hat.

Beatrice. Und was soll ich mit ihm anfangen? — Ihm meine Kleider anziehen, und ihn zum Kam-

---

*) Das lateinische Sprüchwort: Dat Deus immitti cornua curta bovi, d. i. die Fürsehung richtet es so ein, daß es denen, welche den Willen haben, zu schaden, an Vermögen oder Mitteln dazu fehlt. Grey.

**) D. i. in äußerster Armuth leben.

Ammermädchen brauchen? Wer einen Bart hat, ist mehr als ein Jüngling, und wer keinen hat, ist weniger als ein Mann; wer mehr als ein Jüngling ist, taugt nicht für mich, und wer weniger ist als ein Mann, für den taug' ich nicht; ich will also lieber von dem Bärenziehrr sechs Pfenninge zum Lohn nehmen, und seine Affen zur Höllen treiben.*)

Leonato. Nun wohl, so gehn Sie zur Hölle.**)

Beatrice. Nein, nur an die Höllenpforte; und da wird mir denn der Teufel entgegen kommen, wie ein alter Hahnrey, mit Hörnern auf dem Kopf, und zu mir sagen: Geh zum Himmel, Beatrice, geh zum Himmel; hier ist kein Platz für euch Mädchen. Dann liefr' ich ihm meine Affen ab, und geh' zu St. Peter, nach dem Himmel zu;

*) D. i. ich will lieber als eine alte Jungfer sterben. Im Englischen ist es ein Sprüchwort: „Alte Jungfern führen Affen zur Hölle. Grey.

**) Diese und die folgende Rede erklärt Dr. Warburton für gottlosen Unsinn, und für ein Einschiebsel der Schauspieler. Ich fürchte indeß, daß sie zu sehr in der Manier unsers Dichters sind, der zuweilen die Belustigung der Zuschauer um einen zu theuren Preiß zu kaufen pflegt. Johnson.

der weist mir den Platz, wo die Junggesellen sitzen, und da leben wir so lustig, als der Tag lang ist.

Antonio (zu Hero.) Nun, liebe Nichte, ich hoffe, Sie werden sich von ihrem Vater regieren lassen.

Beatrice. O ja, wahrhaftig, es ist meiner Base Schuldigkeit, einen Knicks zu machen, und zu sagen: Wie es Ihnen beliebt, Herr Vater! Aber bey allem dem, Base, muß es ein hübscher junger Mensch seyn; oder sonst mach einen zweyten Knicks, und sprich: Wie es mir beliebt, Herr Vater!

Leonato. Schon gut, Nichte; ich hoffe den Tag noch zu erleben, da Sie einen Mann bekommen werden, der Ihrer würdig ist.

Beatrice. Nicht eher, bis unser Herr Gott die Männer aus einem andern Stoffe macht, als aus Erde. Sollt' es ein ehrliches Mädchen nicht verdrießen, sich von einem Stück mächtigen Staubes übermeistern zu lassen? einem sauertöpfischen Erdenklosse Rechenschaft von ihrem Thun und Lassen zu geben? Nein, Onkel, ich will keinen Mann. Adams Söhne sind meine Brüder, und im vollen Ernst, ich mache mir ein Gewissen daraus, so nahe in meine Freundschaft zu heyrathen.

Leonato. Tochter, denk an das, was ich dir sagte; wenn der Prinz dich auf eine solche Art versuchen wollte, so weist du, was du zu antworten hast.

Beatrice. Die Schuld wird an der Musik liegen, Base, wenn man nicht zur rechten Zeit um dich anhält. Wenn der Prinz zu ungestümm ist, so sag ihm, man müsse in jedem Dinge Maaß *) halten, und so vertanze die Antwort. Denn höre nur, Hero, Freyen, Heyrathen, und Bereuen, ist wie ein Schottischer Tanz, ein Menuet, und eine Polonoise. **) Die erste Bewerbung geht hitzig und schnell, wie der Schottische Tanz, und eben so schwärmerisch; das Heyrathen selbst geht ganz manierlich sittsam, wie ein Menuet, voller Würde und Anstand; und dann kömmt die Reue, und fällt mit ihren elenden Beinen in die Polonoise,

*) Measure heißt auch das Zeitmaaß in der Musik.

**) Im Englischen steht, statt der beyden letzten Tanzarten: a measure and a cinque pace. Ich habe in ihre Stelle zwey unter uns bekanntere gesetzt, die mir in Ansehung des Grads der Bewegung, jenen zu entsprechen scheinen.

immer schwerer und schwerer, bis sie in ihr Grab sinkt.

Leonato. Base, du siehst alles mit sehr hämischen Augen an.

Beatrice. Ich habe gute Augen, Oheim; ich kann bey hellem Tage eine Kirche sehen.

Leonato. Die Masken kommen. Bruder, mach Platz.

Zweyter Auftritt.

Don Pedro. Klaudio. Benedikt. Balthasar. Don Juan. Borachio. Margarethe. Ursel, und andre, maskirt.

Don Pedro. Gefällt es Ihnen, mein Fräulein, mit Ihrem Freunde umher zu gehen?

Hero. Wenn Sie langsam gehen, und freundlich aussehen, und nichts sagen, so bin ich von der Parthey, sonderlich wenn ich davon gehe.

Pedro. Mit mir in Ihrer Gesellschaft?

Hero. Das kann ich, zum Exempel, sagen, wenn es mir gefällt.

Pedro. Und wann gefällt es Ihnen?

Hero. Wenn mir Ihre Miene gefällt? denn Gott verhüte, daß die Laute dem Futteral gleich sey!

Pedro. Meine Maske ist wie Philemons Hütte; drinnen ist Jupiter.

Hero. Wenn das so ist, so sollte Ihre Maske mit Stroh gedeckt seyn.

Pedro. Redet sachte, wenn ihr von der Liebe redet.

Balthasar (zu Margarethe.) Nun, ich wollte, du liebtest mich.

Margarethe. Das wollt' ich um dein selbst willen nicht; denn ich habe eine Menge böser Eigenschaften.

Balthasar. Nur Eine davon?

Margarethe. Ich bethe laut.

Balthasar. Desto lieber bist du mir; denn so kann der, ders hört, Amen sagen.

Margarethe. Der Himmel verleihe mir einen guten Tänzer!

Balthasar. Amen.

Margarethe. Und schaff' ihn mir aus den Augen, so bald der Tanz aus ist. Nun Küster, antworte doch!

Balthasar. Nichts mehr; der Küster hat seine Antwort.

Ursel. Ich kenne Sie gar wohl; Sie sind Signor Antonio.

Antonio. Auf mein Wort, das bin ich nicht.

Ursel. Ich kenne Sie an Ihrem wackelnden Kopf.

Antonio. Die Wahrheit zu sagen, ich mach's ihm nach.

Ursel. Sie können ihm unmöglich in so schlechtem Grade gut nachmachen, wenn Sie nicht der Mann selbst wären. Hier ist seine dürre Hand ganz und gar. Sie sinds, Sie sinds.

Antonio. Auf mein Wort, ich bins nicht.

Ursel. Ach was? denken sie denn, ich kenne Sie nicht an Ihrem lebhaften Witz? Kann Tugend sich verbergen? Ha! ganz gewiß sind Sie Antonio. Rühmliche Eigenschaften scheinen durch, und damit ists aus.

Beatrice (zu Benedikt.) Wollen Sie mir nicht sagen, wer Ihnen das gesagt hat?

Benedikt. Nein, das bitt' ich mir aus.

Beatrice. Wollen Sie mir auch nicht sagen, wer Sie sind?

Benedikt. Itzt nicht.

Beatrice. Ich soll also voller Sprödigkeit seyn, und meinen ganzen Witz aus den hundert lustigen

Erzählungen *) hernehmen? – – Schon recht; das war Signor Benedikt, der das sagte.

Benedikt. Wer ist das?

Beatrice. Ich bin gewiß, Sie kennen ihn gut genug.

Benedikt. Nein gewiß nicht.

Beatrice. Hat er Ihnen nie zu lachen gemacht?

Benedikt. Sagen Sie mir doch, wer ist er denn?

Beatrice. Wer er ist? – – Des Prinzen Hofnarr; eine dumme, abgeschmackte Art von einem Narren, dessen einzige Gabe darinn besteht, unmögliche **) Lästerungen zu ersinnen. Er hat keine andre Freunde, als Leute von liederlicher Lebensart; und die Ursache, warum sie ihn gern haben, ist nicht sein Witz, sondern seine Niederträchtigkeit. Denn wenn er ihnen auf dieser Seite gefällt, so

*) Die *Cent nouvelles Nouvelles*, die man gemeiniglich einer Königinn von Navarra zuschreibt, und wovon, wie Steevens anmerkt, schon zu Shakespear's Zeiten eine Englische Uebersetzung vorhanden war.

**) D. i. so ungereimte, daß sie sich selbst widersagen. Johnson.

ärgert er sie auf der andern; und dann lachen sie über ihn, und prügeln ihn zu gleicher Zeit. Ich weis gewiß, er ist hier. Ich wollt', er hätte sich an mich gemacht.

Benedikt. Sollt' ich diesen Herrn finden, so werd' ich ihm sagen, wie Sie von ihm sprechen.

Beatrice. Ja, ja, thun Sie das. Er wird höchstens ein paar Gleichnisse an mir zerbrechen; und wenn sich's fügt, daß niemand darauf Acht giebt, oder darüber lacht, so wird er augenblicklich melancholisch; und dann ist ein Rebhuhnflügel gerettet; denn der Narr wird den Abend gewiß nicht essen. (Man hört Musik drinnen.) Wir müssen den Anführern folgen.

Benedikt. In allem, was gut ist.

Beatrice. Freylich, wenn sie zu etwas bösem führen, so will ich sie bey der nächsten Tour verlassen.

(Sie gehen ab.)

Dritter Auftritt.

Don Juan. Borachio. Klaudio.

Don Juan. Nichts ist gewisser; mein Bruder ist in Hero verliebt, und hat ihren Vater auf die

Seite genommen, um ihm den Antrag zu machen. Die Damen folgen ihr, und es bleibt nur eine Maske zurück.

Borachio. Und das ist Klaudio; ich kenn' ihn am Gange.

Don Juan. Sind Sie nicht Signor Benedikt?

Klaudio. Sie haben Recht; ich bin's.

Don Juan. Signor, mein Bruder hat viele Freundschaft für Sie; er ist in Hero verliebt. Ich bitte Sie, reden Sie ihm das aus; sie schickt sich nicht für seinen Stand. Sie würden hierinn als ein rechtschaffner Mann gegen ihn handeln.

Klaudio. Woher wissen Sie denn, daß er sie liebt?

Don Juan. Ich hab' es ihn mit Schwüren bekräftigen hören.

Borachio. Ich auch; er schwur, er wolle sie diese Nacht noch heyrathen.

Don Juan. Kommen Sie, wir wollen zur Tafel.

(Don Juan und Borachio gehen ab.)

Klaudio. So antwort' ich zwar in Benedikts Namen, aber höre diese böse Nachricht mit Klaudio's Ohren! .. Es ist richtig, der Prinz wirbt für sich selbst! = = Freundschaft ist in allen andern Dingen zuverläßig, nur nicht in Liebessachen! = = O Liebhaber, laßt euch das zur Warnung dienen; laßt eure eigne Zungen eure Unterhändler seyn, und jedes Auge sein eigner Agent = = Denn Schönheit ist eine Hexe; durch deren Zauberkünste Treue in Blut zerschmilzt. *). Dieß lern' ich itzt aus einer Probe, die ich kaum seit einer Stunde anstellte, und auf die ich mich so sicher verließ. = = So lebe denn wohl, Hero!

(Benedikt kömmt.)

Benedikt. Graf Klaudio?

Klaudio. Ja, das bin ich.

Benedikt. Wollen Sie nicht mit mir gehen?

Klaudio. Wohin?

Benedikt. An die nächste Weide in Ihren eignen Angelegenheiten, Graf. Wie wollen Sie den Kranz tragen? Um den Hals, wie eines Wucherers Kette, **) oder unterm Arm, wie eines Lieu-

---

*) Eine Anspielung auf den alten Aberglauben, daß die Hexen Wasser, Wein, und dergl. durch ihre Zaubereyen in Blut verwandelten. Warburton.

**) Ich weis nicht, ob die reichen Bürger zu unsers Dichters Zeiten Ketten zu tragen pflegten, oder ob er aus Satyre die beyden Wörter Wucherer und Alderman als gleichbedeutend ansah. Johnson.

tenants Schärpe? Tragen müssen Sie ihn auf die eine oder andre Art, denn der Prinz hat Ihre Hero weggeschnappt.

Klaudio. Glück damit!

Benedikt. Nun, das ist gesprochen, wie ein ehrlicher Viehhändler; so endigt man einen Ochsenkauf. Aber hätten Sie wohl gedacht, daß Ihnen der Prinz einen solchen Streich spielen würde?

Klaudio. Ich bitte, lassen Sie mich allein.

Benedikt. Ho, ho! Sie schlagen ja, wie der Blinde! -- Der Junge hat Ihnen Ihr Essen gestohlen; und Sie schlagen den Pfosten. *)

Klaudio. Wenn Sie nicht gehn wollen, so geh' ich.

(Geht ab.)

Benedikt. Au weh! das arme verwundete Wasserhühnchen! Itzt wird sichs in die Binsen verkriechen. -- Aber daß Fräulein Beatrice mich kennt, und doch nicht kennt! -- Des Prinzen Hofnarr? -- ha! es mag seyn; man sieht mich für so was an, weil ich spaßhaft bin. -- Hätt' ich mir doch bald selbst Unrecht gethan! die Welt glaubt

*) Mich dünkt, es steht eine Geschichte im Lazarillo de Tormes, worauf dieß vielleicht eine Anspielung ist.

das gar nicht von mir. Es ist bloß die boshafte, hämische Denkungsart Beatricens, welche die Rolle der Welt spielt, und mich gern in solchen Ruf bringen möchte. Schon gut, ich will mich an ihr rächen, so gut ich kann.

Vierter Auftritt.

Benedikt. Don Pedro.

Pedro. Wo ist der Graf? = = Haben Sie ihn gesehen?

Benedikt. Wirklich, gnädiger Herr, ich habe bey ihm die Rolle der Frau Fama gespielt. Ich fand ihn hier so melancholisch, wie eine Jägerhütte in einem Forst; *) da sagt' ich ihm = = und ich denke, ich sagte ihm die Wahrheit = = Sie, gnädiger Herr, hätten das Herz dieses jungen Fräuleins gewonnen, und da bot ich ihm meine Gesellschaft an, wenn er einen Weidenbaum suchen wollte, entweder einen Kranz zu machen, weil ihm seine Geliebte untreu worden wäre; oder eine

*) Ein ähnlicher Gedanke ist in Jesaia I, 8. „ Was aber noch übrig ist von der Tochter Zion, ist wie ein Häuslein im Weinberge, wie eine Nachthütte in den Kürbisgärten. " Steevens.

Ruthe für ihn zu binden, weil er werth wäre, gepeitscht zu werden.

Pedro. Gepeitscht? - - Was hat er denn begangen?

Benedikt. Die alberne Sünde eines Schulknaben, *) der, voller Freuden, daß er sein Vogelnest gefunden hat, es seinem Kameraden zeigt, ders ihm wegstiehlt.

Pedro. Willst du denn das Zutrauen zu einem guten Freunde zur Sünde machen? Die Sünde trifft bloß den Stehler.

Benedikt. So wär' es doch nicht umsonst gewesen, wenn wir die Ruthe gemacht hätten, und den Kranz dazu. Denn den Kranz hätt' er selbst tragen können, und die Ruthe Ihnen geben; denn Sie, glaub' ich, haben ihm sein Vogelnest gestohlen.

Pedro. Ich will seine Vögel nur singen lehren, und sie dann dem Eigenthümer wieder zustellen.

Benedikt. Wenn ihr Gesang mit Ihren Worten

*) Benedikt spricht von Hero, als ob sie auf der Bühne wäre. Vielleicht sollten sie und Leonato zugleich mit Pedro auftreten. Wenn hernach Beatrice kömmt, so wird von ihr, als allein auftretend, geredet. Steevens.

übereinstimmt, so ist das; bey meiner Treu, edel gesprochen.

Pedro. Das Fräulein Beatrice hat einen Handel mit Ihnen; der junge Herr, der mit ihr tanzte, hat ihr gesagt, Sie hätten sehr übel von ihr gesprochen.

Benedikt. O! gerade das Gegentheil! Sie sprach von mir, daß es kein Klotz ausgehalten hätte; eine Eiche, an der nur noch ein einziges grünes Laub gewesen wäre, würde ihr geantwortet haben. Selbst meine Maske fieng an lebendig zu werden, und mit ihr zu keifen. Sie sagte mir, indem sie mich für einen andern ansah, ich sey des Prinzen Hofnarr, und schwerfälliger, als starkes Thauwetter; das gieng, Streich auf Streich, mit einer so verzweifelten Geschwindigkeit, daß ich nicht anders da stand, als ein Mann an einer Scheibe, mit einer ganzen Armee, die nach mir schoß. Sie spricht lauter Dolche; jedes Wort durchbohrt. Wär' ihr Athem so gefährlich, als ihre Ausdrücke, so wäre keine Möglichkeit, mit ihr zu leben; sie würde alles, bis zum Nordpol, vergiften. Ich möchte sie nicht heyrathen, wenn sie auch alles besäße, was Adam vor dem Sündenfall

fall hatte; sie hätte selbst den Herkules gezwungen, ihr die Braten zu wenden; ja, sie hätte ihm seine Keule noch dazu gespalten, um Feuer damit zu machen. Wir wollen nicht mehr von ihr reden; sie ist eine höllische Furie, nur gut gekleidet. *) Hätten wir doch nur jemand, der sie beschwören könnte! Denn wahrhaftig, so lange sie hier ist, lebt sichs in der Hölle so ruhig, wie in einem Heiligthum, und die Leute sündigen mit Fleiß, weil sie gerne dort wären; so sehr folgt ihr alle Unruhe, Grausen und Verwirrung.

Fünfter Auftritt.

Die Vorigen. Klaudio. Beatrice. Leonato. Hero.

Pedro. Da kömmt sie eben her.

Benedikt. O! gnädiger Herr, haben sie nicht etwa ein Gewerbe für mich ans Ende der Welt? Ich bin bereit, um des schlechtesten Auftrags willen zu den Antipoden zu gehen; ich will Ihnen aus der äußersten Spitze von Asien einen Zahn-

*) Eine Anspielung auf die Gewohnheit der alten Dichter und Mahler, die Furien in Lumpen vorzustellen. Warburton.

stocher holen, Ihnen das Maaß von Priester Johanns Fuß bringen, oder ein Haar aus dem Barte des grosen Chans, will eher eine Gesandschaft zu den Pygmäen übernehmen, eh' ich nur drey Worte mit dieser Harpie wechseln sollte. Haben Sie wirklich nichts für mich zu thun?

Pedro. Nichts, als daß ich Sie bitte, hier zu bleiben.

Benedikt. O Himmel! das ist ein Gericht, wovon ich kein Liebhaber bin; ich kann diese Madam Zunge nicht ausstehen.

Pedro. Hören Sie doch, mein Fräulein, Sie haben Signor Benedikts Herz verloren.

Beatrice. Es ist wahr, gnädiger Herr, er hat es mir eine Zeitlang geliehen, und ich gab es ihm mit Wucher wieder, ein doppeltes für ein einfaches. Er gewann mirs einmal mit falschen Würfeln ab, und Sie können daher wohl sagen, daß ichs verloren habe.

Pedro. Sie haben ihn zu Boden gelegt, Fräulein, Sie haben ihn zu Boden gelegt.

Beatrice. Ich wollte nicht, daß er mir das thäte, gnädiger Herr; sonst möchte ich eine Mutter von Narren werden. Ich habe den Grafen

Klaudio mitgebracht, den Sie mir zu suchen befohlen hatten.

Pedro. Nun, wie stehts, Graf? - - Warum so schwermüthig?

Klaudio. Nicht schwermüthig, gnädiger Herr.

Pedro. Was denn? - - Krank?

Klaudio. Auch das nicht.

Beatrice. Der Graf ist weder schwermüthig, noch krank, noch lustig, noch wohl; aber höflich, Graf, höflich wie eine Pomeranze, und ein wenig von eben so eifersüchtiger Farbe.

Pedro. Wirklich, Fräulein, ich glaube, Sie haben es errathen; ob ich gleich schwören wollte, daß er unrecht hat, wenn ers ist. Hier, Klaudio, ich habe in deinem Namen um deine Liebste geworben, und die schöne Hero ist gewonnen. Ich habe mit ihrem Vater gesprochen, und seine Einwilligung erhalten. Bestimme itzt deinen Hochzeittag; ich wünsche dir herzlich Glück dazu.

Leonato. Herr Graf, ich gebe Ihnen meine Tochter, und mit ihr mein Vermögen. Seiner Gnaden hat die Heyrath gemacht; und des Himmels Gnade sage Amen! dazu.

Beatrice. Reden Sie doch Graf; die Reihe ist an Ihnen.

Klaudio. Schweigen ist der beste Herold der Freude. Ich wäre nur wenig glücklich, wenn ich sagen könnte, wie sehr ich es bin. Gnädiges Fräulein, wie Sie die meinige sind, so bin ich der Ihrige; ich gebe mich selbst um Ihrentwillen hin, und sehne mich nach der Auswechselung.

Beatrice. Rede doch, Base, oder wenn du nicht kannst, so stopf ihm den Mund mit einem Kuß, und laß ihn auch nichts sagen.

Pedro. Wahrhaftig, Fräulein, Sie haben ein recht fröhliches Herz.

Beatrice. O ja, gnädiger Herr, ich weis es ihm Dank, dem närrischen Dinge; es hält sich immer an der Windseite des Kummers. Meine Base sagt es ihm ins Ohr, daß er in ihrem Herzen ist.

Klaudio. Ja, das thut sie, Base.

Beatrice. Lieber Gott! wie sich das paart! = = So kömmt jedermann unter die Haube, nur ich nicht; ich muß mich von der Sonne brennen lassen; *) ich muß nun wohl im Winkel sitzen, und rufen: Heyda! schaff mir einen Mann!

---

*) *to go to the world* (in die Welt gehen) ist eine Redensart, die Shakespear auch anderswo vom Hey=

Pedro. Fräulein Beatrice, ich will Ihnen einen schaffen.

Beatrice. Ich möchte lieber einen, den mir Ihr Vater geschafft hätte. Haben Ihre Gnaden nicht etwa einen Bruder, der Ihnen ähnlich ist? = = Ihr Vater schaffte herrliche Ehemänner, wenn ein ehrliches Mädchen nur daran kommen könnte!

Pedro. Wollen Sie mich haben, Fräulein?

Beatrice. Nein, gnädiger Herr, ich müßte denn einen andern daneben für die Werkeltage haben können. Ihre Gnaden sind zu kostbar, um Sie für Alltage zu tragen. Aber ich muß Ihre Gnaden sehr um Vergebung bitten; ich bin nun einmal dazu geboren, lauter lustiges Zeug, und nichts gescheides zu sprechen.

Pedro. Nichts misfällt mir so sehr, als Ihr Stillschweigen. Lustigkeit kleidet Sie am besten; denn ganz gewiß sind Sie in einer lustigen Stunde geboren.

---

rathen braucht; nur sieht man nicht, warum er das Verbrennen der Sonne jenem entgegen setzt. Johnson muthmaßt daher, es sollte vielleicht stehen: Thus goes everi one to the *wood*: „So findet jedermann im Walde sein Obdach„.

Beatrice. Nein, wahrhaftig, gnädiger Herr, meine Mutter weinte laut. Aber es tanzte eben ein Stern, und unter dem ward ich geboren . . Glück zu, Vetter und Base!

Leonato. Nichte, wollen Sie so gut seyn, und das besorgen, wovon ich Ihnen gesagt habe?

Beatrice. O! ich bitt' um Vergebung, Onkel. Ich empfehle mich Ihrer Gnaden.

(Geht ab.)

Pedro. Wahrhaftig! ein angenehmes, lebhaftes Fräulein.

Leonato. Sie hat wenig von dem melancholischen Temperament in sich, gnädiger Herr. Sie ist niemals ernsthaft, als wenn sie schläft, und auch da nicht einmal; denn meine Tochter sagt mir, sie träume oft närrisches Zeug, und wache vom Lachen auf.

Pedro. Sie kanns nicht leiden, wenn man ihr von einem Manne sagt.

Leonato. Um alles in der Welt nicht; Sie spottet alle ihre Liebhaber von sich weg.

Pedro. Das wäre eine vortreffliche Frau für Benedikt.

Leonato. Behüte Gott, gnädiger Herr, sie würden einander in der ersten Woche toll schwatzen.

Pedro. Graf Klaudio, wann gedenken Sie Ihre Braut zur Kirche zu führen?

Klaudio. Morgen, gnädiger Herr. Die Zeit geht auf Krücken, bis die Liebe im Besitz aller ihrer Rechte ist.

Leonato. Nicht eher bis Montag, mein lieber Sohn; es sind gerade noch acht Tage; und auch diese Zeit ist noch immer zu kurz, um alles so zu veranstalten, wie ich es gerne hätte.

Pedro. Ha! sie schütteln den Kopf über einen so langen Aufschub! : . Aber ich stehe dir dafür, Klaudio, wir wollen unterdeß keine lange Weile haben. Ich will in der Zwischenzeit eine herkulische Arbeit übernehmen, und Signor Benedikt und Fräulein Beatrice sterblich in einander verliebt machen. Ich möchte gar zu gern ein Paar aus ihnen; und ich habe die beste Hoffnung, damit zu Stande zu kommen, wenn ihr drey mir dazu behülflich seyn, und die Rollen spielen wollt, die ich einem jeden geben will.

Leonato. Ich bin zu Ihren Diensten, gnädiger Herr, und sollt' es mich zehn schlaflose Nächte kosten.

Klaudio. Ich auch, gnädiger Herr.

Pedro. Und Sie auch, liebenswürdige Hero?

Hero. Ich will alles thun, was mit Ehren geschehen kann, um meiner Base zu einem braven Manne zu verhelfen.

Pedro. Und Benedikt ist noch keiner von den hoffnungslosesten Männern, die ich kenne. So viel kann ich wenigstens zu seinem Ruhme sagen, daß er von edler Abkunft, bekannter Tapferkeit, und bewährter Redlichkeit ist. Ich will Sie's lehren, Fräulein, wie Sie es Ihrer Base beybringen sollen, daß sie in Benedikt verliebt werde; und ich will, mit euer beyder Hülfe, Benedikt so bearbeiten, daß er trotz seinem schnellen Witz und seinem eckeln Gaumen in Fräulein Beatrice verliebt werden soll. Bringen wir das zu Stande, so ist Cupido kein Bogenschütze mehr; sein Ruhm wird auf uns fallen, denn wir sind dann die einzigen Liebesgötter. Kommt mit mir hinein; ich will euch meinen Plan sagen.

(Sie gehen ab.)

Sechster Auftritt.

Ein andres Zimmer in Leonato's Hause.

Don Juan. Borachio.

Don Juan. Nun ist es richtig; der Graf Klaudio heyrathet Leonato's Tochter.

Borachio. Ja, gnädiger Herr; aber ich kann noch einen Querstrich dadurch machen.

Don Juan. Jeder Querstrich, jeder Schlagbaum, jedes Hinderniß wird eine Arzney für mich seyn. Ich bin krank von Haß gegen ihn; und alles, was seinen Neigungen entgegen läuft, geht mit den meinigen auf einem Pfade. Wie kannst du denn durch diese Heyrath einen Querstrich machen?

Borachio. Auf keine ehrliche Art, gnädiger Herr, aber so verdeckt, daß niemand den mindesten Argwohn auf mich werfen soll.

Don Juan. Wie denn? = = Mach es kurz.

Borachio. Ich denke, gnädiger Herr, ich sagte Ihnen schon vor einem Jahr, wie weit ich es in der Gunst der Jungfer Margarethe, des Kammermädchens beym Fräulein Hero, gebracht habe.

Don Juan. Ich erinnre michs.

Borachio. Ich kann sie, in welcher Stunde der Nacht ich will, bestellen, daß sie aus ihrer Fräulein Kammerfenster heraussehe.

Don Juan. Und was ist denn darinn für Leben, um der Tod dieser Heyrath zu seyn?

Borachio. Das ist alsdann Ihre Sache, aus diesem Umstande Gift zu ziehen. Sie gehen, zum

Exempel, zum Prinzen, Ihrem Bruder, und sagen ihm, daß es ihm wenig Ehre machen werde, einen so braven Kavalier, wie Klaudio ... dessen Verdienste Sie dann mächtig erheben müssen ... mit einer so unzüchtigen Person, wie Hero, zu verheyrathen.

Don Juan. Und was soll ich ihm für einen Beweis davon geben?

Borachio. Beweis genug, den Prinzen zu betriegen, Klaudio zu quälen, Hero zu Grunde zu richten, und Leonato ums Leben zu bringen. Was verlangen Sie mehr?

Don Juan. Kann ich Ihnen nur Verdruß machen, so soll mir nichts zu viel seyn.

Borachio. Nun wohl, so suchen Sie eine bequeme Stunde, in der Sie mit Don Pedro und mit Klaudio allein sprechen können. Sagen Sie Ihnen, Sie wüßten, Hero liebe mich; stellen Sie sich sehr eifrig für den Prinzen sowohl als für Klaudio, und thun Sie, als ob nichts anders, als Ihre Sorge für die Ehre Ihres Bruders, der diese Heyrath gemacht, und seines Freundes, der so schändlich durch die Maske der Unschuld hintergangen werde, Sie zu dieser Entdeckung bewogen habe. Sie werden Ihnen schwerlich ohne Beweis glauben; erbieten Sie sich also, Sie zu Augenzeugen zu machen. Sie sollen mich alsdann vor ihrem Kammerfenster sehen, und hören, wie ich Margarethen Hero nenne, wie Margarethe mich Borachio nennt; und lassen Sie dieß gerade die Nacht vor dem bestimmten Hochzeittage sehen. Ich will indeß schon Anstalt machen, daß Hero um diese Zeit abwesend seyn soll. Kurz, es sollen sich so wahrscheinliche Beweise von Hero's Untreue zeigen, daß Eifersucht Ueberzeugung scheinen, und alle Zurüstungen unnütz werden sollen.

Don Juan. Es mag auch noch so viel Unheil daraus entstehen, so will ich doch deinen Entwurf ausführen helfen. Spiele deine Rolle gut, und tausend Dukaten sollen deine Belohnung seyn.

Borachio. Seyn Sie nur standhaft bey der Anklage; von meiner Rolle will ich gewiß keine Schande haben.

Don Juan. Ich will gleich gehen, und mich erkundigen, was für einen Tag sie zur Hochzeit angesetzt haben.

(Sie gehen ab.)

Siebenter Auftritt.

Leonato's Garten.

Benedikt. Ein Bedienter.

Benedikt. Höre doch!

Bedienter. Gnädiger Herr.

Benedikt. In meinem Kammerfenster liegt ein Buch, bringe mir das hieher in den Garten.

Bedienter. Ich bin schon hier, gnädiger Herr.

(Geht ab.)

Benedikt. Das weis ich; aber ich will dich fort haben, und hernach wieder hier .. Mich wundert doch, wie es möglich ist, daß einer, der es gesehen hat, was ein verliebter Mensch für ein närrisches Geschöpf ist, und der solche schaale Thorheiten an andern lang genug belacht hat, zuletzt der Gegenstand seiner eignen Verachtung, und selbst verliebt werden kann! Und ein solcher Mann ist Klaudio. Ich weis die Zeit, da Trommel und Querpfeifen die einzige Musik waren, die er leiden konnte; und itzt hörte er lieber Flöten und Tambourins. Ich weis die Zeit, daß er zehn Meilen zu Fuß gegangen wäre, um eine schöne Waffenrüstung zu sehen; und itzt kann er zehn

Nächte ohne Schlaf zubringen, um einen neuen Schnitt von einem Wams auszusinnen. Sonst sprach er ungekünstelt, platte, gesunde Vernunft, wie ein ehrlicher Mann und ein Soldat; und nun ist er ein Wortklauber worden, und seine Worte sind, wie ein närrisch ausgedachtes Gastmahl: lauter seltsame und fremde Gerichte. Sollt' ich, so lange ich noch mit diesen Augen sehe, mich jemals so verwandeln? Ich kanns nicht sagen; aber ich glaube doch, es ist unmöglich. Ich will nicht dafür schwören, daß mich die Liebe nicht in eine Auster verwandeln könne; aber darauf wollt' ich doch wohl einen Eid ablegen, daß sie mich vorher in eine Auster verwandeln muß, ehe sie einen solchen Narren aus mir machen soll. Dieses Frauenzimmer ist schön, das thut mir noch nichts; ein andres ist witzig, das thut mir auch nichts; eine dritte tugendhaft, das thut mir noch immer nichts; bis sich alle Vollkommenheiten in einem einzigen Frauenzimmer vereinigen, soll kein einzelnes Mädchen Gnade vor mir finden. Reich muß sie seyn, das ist ausgemacht; klug, oder ich bedanke mich dafür; tugendhaft, oder ich thue gewiß kein Bott auf sie; schön, oder ich möchte sie nicht ansehen;

sanft, oder bleib mir vom Leibe; edel, oder ich wollte sie nicht, wenn sie auch sonst ein Engel wäre; angenehm im Umgange, vollkommen in der Musik; und wenn sie das alles ist, so sey ihr Haar von welcher Farbe es Gott gefällt! = = Ha! da kömmt der Prinz und Herr Amor. Ich will mich in diese Laube verbergen. (Er geht beyseite.)

Achter Auftritt.

Don Pedro. Leonato. Klaudio. Balthasar.

Don Pedro. Sagen Sie, wollen wir dieß Stück anhören?

Klaudio. Mit Vergnügen, gnädiger Herr = = Wie still der Abend ist, als ob er es mit Fleiß wäre, um die Harmonie zu begünstigen!

Don Pedro (leise.) Sehen Sie wohl, daß sich Benedikt dort versteckt hat?

Klaudio. O! sehr wohl, gnädiger Herr. Wenn die Musik vorbey ist, so wollen wir mit dem entdeckten Fuchs schon fertig werden.

Pedro. Komm, Balthasar, wir wollen das Lied noch einmal hören.

Balthasar. O! gnädiger Herr, nöthigen Sie

mich nicht, mit einer so schlechten Stimme der Musik mehr als einmal Schande zu machen.

Pedro. Eine bescheidne Meynung von sich selbst ist allezeit die Eigenschaft wahrer Talente. Ich bitte dich, singe doch, und laß mich nicht länger darum anhalten.

Balthasar. Nun, weil Sie vom Anhalten sprechen, so will ich singen; denn mancher Freywerber hält um eine Person an, die er nicht dessen für würdig erkennt, und hält doch an, und schwört doch, er liebe sie.

Pedro. O so mache doch! oder willst du ja mehr Worte machen, so thu es nach Noten.

Balthasar. Notiren Sie sich das, ehe Sie meine Noten hören: keine einzige von meinen Noten verdient, daß man Notiz davon nimmt.

Pedro. Das sind ja lauter Fratzen, *) die er da spricht, Notiren, und Noten, und Notiz!

Benedikt (für sich.) Nun, o göttliche Harmonie! nun ist seine Seele in Verzückung! „Ist es nicht seltsam, daß Schafgedärme menschliche Seelen

---

*) In dem Englischen Worte, *crotchets*, liegt ein Doppelsinn; denn in der Musik bedeutet es Viertelnoten.

aus ihren Leibern ziehen können? . . Gut, trinkt einmal für mein Geld, wenn ihr fertig seyd.

Lied.

Seufzt, Mädchen, seufzt doch nicht so sehr,
Daß Männer treulos handeln,
Halb auf dem Land', halb auf dem Meer,
Stets Sinn und Neigung wandeln.
Hört auf zu flehn, und laßt sie gehn,
Laßt eure Lust nichts stören;
Seyd keck und froh, laßt, Ach und O!
In Heysa! sich verkehren.
Singt keine Lieder, singt nicht mehr,
Um euer Leid zu klagen;
Nie waren Männer ehrlicher,
Seit Bäume Blätter tragen.
Hört auf zu flehn, &c. &c.

Pedro. Bey meiner Ehre, ein hübscher Gesang.

Balthasar. Und ein schlechter Sänger, gnädiger Herr.

Pedro. O nein, wahrhaftig! für den Nothfall singst du gut genug.

Benedikt (beyseite.) Wär' es ein Hund gewesen, der so geheult hätte, so hätten sie ihn hängen lassen;

Gott

Gott gebe nur, daß seine schlechte Stimme kein Unglück bedeute! Eben so gern hätt' ich den Nachtraben gehört, es möchte auch noch so viel Unheil darauf erfolgt seyn.

Pedro. Ja, wirklich .. Höre, Balthasar, schaff uns doch recht hübsche Musik; wir möchten gern eine morgen Abend vor des Fräulein Hero Kammerfenster machen.

Balthasar. So gut ich nur kann, gnädiger Herr.

(Er geht ab.)

Pedro. Leb' indessen wohl .. Waren Sie es nicht, Leonato, der mir heute sagte, Ihre Nichte Beatrice sey in Signor Benedikt verliebt?

Klaudio (leise zu Pedro.) Ha! nur weiter, nur weiter, der Vogel sitzt! .. (Laut.) Ich hätte nimmermehr geglaubt, daß dieses Fräulein in jemand verliebt werden könnte.

Leonato. Ich wahrlich auch nicht. Aber das Wunderbarste ist, daß sie es in den Signor Benedikt ist, den sie, dem äußerlichen Scheine nach, immer so sehr verabscheut hat.

Benedikt (für sich.) Ists möglich? .. kömmt da der Wind her?

Leonato. Bey meiner Treue, gnädiger Herr, ich weis nicht, was ich sonst davon denken soll; als daß sie bis zur Raserey in ihn verliebt ist; es übersteigt alles, was man sich nur einbilden kann.

Pedro. Vielleicht ist es nur Verstellung.

Klaudio. In der That, das ist sehr wahrscheinlich.

Leonato. O Himmel! Verstellung? .. Wenn das Verstellung ist, so kam gewiß noch keine Liebe der Natur so nahe, als diejenige, die sie äußert.

Pedro. Und was für Zeichen einer so heftigen Liebe haben Sie denn an ihr bemerkt?

Klaudio (leise.) Nur den Angel gut besteckt! der Fisch wird schon anbeissen.

Leonato. Was für Zeichen? .. Sie sitzt Ihnen da .. meine Tochter sagte Ihnen ja, wie.

Klaudio. Es ist wahr, sie sagte es.

Pedro. Wie denn? wie? .. o! sagen Sie doch! .. Sie setzen mich in Erstaunen; ich hätte gedacht, ihr Herz wäre gegen alle Anfälle der Liebe unüberwindlich.

Leonato. Ich hätte darauf geschworen, gnädiger Herr, besonders gegen Benedikt.

Benedikt (für sich.) Wenn das der alte Graubart da nicht sagte, so würd' ich es für Erdichtung halten; aber es ist unmöglich, daß Schelmerey sich in solch ein ehrwürdiges Ansehn verkleiden sollte.

Klaudio (sachte.) Er hat schon angebissen; nur weiter.

Pedro. Sie hat doch Benedikt noch nichts von ihrer Neigung merken lassen?

Leonato. O nein! und sie schwört, das nie zu thun. Das ist eben ihre Quaal.

Klaudio. Freylich, das ist wahr; so sagte mir auch Ihre Tochter. Soll ich, sagt sie, die ich ihn so oft mit Verachtung abgefertigt habe, soll ich ihm itzt schreiben, daß ich ihn liebe?

Leonato. Das sagt sie, wenn sie einen Brief an ihn angefangen hat. Denn sie steht wohl zwanzigmal in der Nacht auf, setzt sich im Nachthemde hin, und schreibt einen ganzen Bogen voll . . . Meine Tochter sagt uns alles.

Klaudio. Nun? *)

---

*) Bey Gelegenheit des Bogens Papier (*a sheet*) erinnert Klaudio den Leonato an einen Spaß, den ihnen Hero erzählt hätte, und der in einem Wortspiele mit dem Worte *sheet* liegt, welches auch ein Bettuch heißen kann: *She* found Benedick and Beatrice *between the sheet.*

Leonato. O! sie zerriß den Brief in tausend Halbpfenningstückchen *), und schimpfte auf sich selbst, daß sie so schamlos seyn könnte, an jemand zu schreiben, von dem sie gewiß wisse, daß er ihrer spotten werde. Ich beurtheile ihn nach mir selbst, sagte sie; denn ich würde ihn aushöhnen, wenn er mir schriebe; ja, ob ich ihn gleich liebe, so thät ichs doch.

Klaudio. Hernach fällt sie auf ihre Knie, weint, schluchzt, schlägt sich auf die Brust, rauft sich die Haare aus, betet, flucht: o liebster Benedikt! . . Himmel! gib mir Geduld!

Leonato. Freylich, das thut sie, wie meine Tochter sagt; und es ist wirklich so weit mit ihr gekommen, daß meine Tochter zuweilen fürchtet, sie möchte sich in der Verzweiflung selbst zu nahe thun. Es ist alles sehr wahr.

Pedro. Es wäre doch gut, wenn Benedikt es von jemand anders erführe, da sie es ihm selbst nicht entdecken will.

---

*) Theobald erklärt dieß für eine Anspielung auf die alten Silberpfenninge, die kreuzweise einen Einschnitt hatten, und folglich in zwey oder vier Stücke zerbrochen werden konnten, die dann kleinere Münze ausmachten.

Klaudio. Wozu das? Er würde einen Spaß daraus machen, und das arme Fräulein desto ärger quälen.

Pedro. Wenn er das thäte; so wär' es ein verdienstlich Werk ihn zu hängen. Sie ist ein vortreffliches, angenehmes Frauenzimmer, und außer allem Zweifel tugendhaft.

Klaudio. Und ungemein verständig.

Pedro. In allen andern Dingen, nur nicht darinn, daß sie in Benedikt verliebt ist.

Leonato. O! gnädiger Herr, wenn Verstand und Blut in einer so jungen Person gegen einander kämpfen, so haben wir zehn Exempel gegen eins, daß das letztere den Sieg erhält. Es ist mir leid um sie; und dazu hab' ich alle Ursache, weil ich ihr Oheim und Fürmund bin.

Pedro. Ich wollte, es wär' ihr eingefallen, sich in mich zu verlieben; ich hätte alle Bedenklichkeiten beyseite gesetzt, und sie zu meiner Hälfte gemacht. Man muß wirklich Benedikt davon unterrichten, und hören, was er dazu sagt.

Leonato. Meynen Sie, daß das gut wäre?

Klaudio. Hero glaubt einmal für gewiß, es werde ihr Tod seyn; denn sie sagt, sie sterbe, wenn er sie nicht wieder liebe, und sie wolle lieber sterben, als ihm ihre Liebe entdecken; und wenn er sich auch um sie bewürbe, so wolle sie lieber sterben, ehe sie nur das geringste von dem gewöhnlichen widersprechenden Tone nachlassen wolle, worinn sie mit ihm umzugehen pflegt.

Pedro. Sie hat Recht. Wenn sie ihm ihre Neigung merken liesse, so könnte er sie leicht mit Verachtung abweisen; denn der Mann hat, wie ihr alle wißt, eine übermüthige Denkungsart.

Klaudio. Er ist sonst ein hübscher Mann.

Pedro. Er hat freylich eine sehr vortheilhafte Bildung.

Klaudio. Ganz gewiß, und, wie mich dünkt, auch viel Verstand.

Pedro. Er giebt allerdings einige Funken von sich, die wie Witz aussehen.

Leonato. Und ich halt' ihn auch für tapfer.

Pedro. Wie Hektor, das versichr' ich Ihnen, und nach der andern Art, wie er sich aus Zwistigkeiten herauszuwickeln weis, muß man urtheilen, daß er Klugheit besitzt; denn entweder weicht er ihnen mit großer Vorsichtigkeit aus, oder unterzieht sich ihnen mit christlicher Furcht.

Leonato. Wenn er Gott fürchtet, so muß er nothwendig friedfertig seyn; und wenn er den Frieden bricht, so hat er alle Ursache, mit Furcht und Zittern eine Schlägerey einzugehen.

Pedro. Und das thut er auch; denn der Mann fürchtet Gott, ob er gleich, seiner freyen Scherze wegen, nicht dafür angesehen wird. Es mag nun seyn wie es will, so dauert mich Ihre Nichte. Wollen wir gehn und Benedikt aufsuchen, und ihm von ihrer Liebe sagen?

Klaudio. Sagen Sie es ihm ja nicht, gnädiger Herr. Man muß ihr diese Schwachheit auszureden suchen.

Leonato. O! das ist unmöglich; ihr Herz würde eher brechen.

Pedro. Nun, wir wollen hören, was Ihre Tochter weiter davon sagt, und sichs indeß verkühlen lassen. Ich liebe Benedikt, und wollte, daß er sich selbst mit aller Bescheidenheit prüfen, und einsehen möchte, wie wenig er es verdient, eine so liebenswürdige Frau zu bekommen.

Leonato. Wollen wir gehn, gnädiger Herr? Das Mittagsessen ist schon fertig.

Klaudio (beyseite.) Wird er hiedurch nicht bis

zum Unsinn in sie verliebt, so will ich mir selbst mein Tage nichts mehr glauben.

Don Pedro (leise zu Leonato.) Man muß sie in dem nämlichen Netze zu fangen suchen, und das muß durch Ihre Tochter und ihr Kammermädchen geschehen. Es wird ein Spaß seyn, wenn Eins das Andre in sich verliebt glaubt, und doch nichts daran ist. Das ist die Scene, die ich sehen möchte; es wird eine wahre Pantomime seyn. Wir wollen sie herschicken, ihn zu Tische zu rufen.

(Sie gehen ab.)

Neunter Auftritt.

Benedikt allein; hernach Beatrice.

Benedikt. Das kann keine Schelmerey seyn; das Gespräch war zu ernsthaft. . . Sie haben die Gewißheit der Sache von Hero. Sie scheinen, das Fräulein zu bedauren; und ihre Leidenschaft scheint den äußersten Grad erreicht zu haben . . . In mich verliebt! . . O! das muß erwiedert werden! . . Ich höre, wie man mich tadelt. Sie sagen, ich werde übermüthig werden, wenn ich merke, daß sie mich liebe; auch sagen sie, sie werde eher sterben, als ihre Zuneigung gegen mich äußern . . Ich dachte mich nie zu verheyrathen . . Aber man soll mich nicht für übermüthig halten! . . Glücklich sind die, die es hören, was man an ihnen aussetzt, und sich darnach bessern können! . . Sie sagen, das Fräulein sey schön; das ist eine Wahrheit, die ich mit bezeugen kann; und tugendhaft . . allerdings ich kann nichts darwider sagen . . und klug, außer darinn, daß sie in mich verliebt ist . . Ja, wahrhaftig, das ist eben kein Zuwachs ihres Verstandes; aber doch auch eben kein Beweis ihrer Thorheit; denn ich will wieder ganz abscheulich in sie verliebt seyn. . . Freylich werden wohl etliche alberne Spässe und abgedroschne witzige Einfälle an mir verbraucht werden, weil ich mich bisher immer wider das Heyrathen lustig gemacht habe; aber kann sich der Appetit nicht ändern? Man pflegt oft in seiner Jugend eine Speise zu lieben, die man im Alter nicht ausstehen kann. Soll sich ein ehrlicher Mann durch Possen und Sentenzen, und jene Papierkugeln des Gehirns aus der ebenen Bahn seiner Laune heraustreiben lassen. Nein! die Welt muß bevölkert werden. Als ich sagte, ich wollt' als Junggeselle sterben, dacht ich es nicht zu erleben, daß ich noch eine Frau nehmen würde. Da kömmt Beatrice. Wahrhaftig, sie ist ein sehr hübsches Mädchen; ich bemerke schon einige Zeichen der Liebe an ihr.

Beatrice. Wider meinen Willen hat man mich hergeschickt, Sie zum Essen zu rufen.

Benedikt. Schönste Beatrice, ich dank' Ihnen für Ihre Mühe.

Beatrice. Es kostete mich eben so wenig Mühe, diesen Dank zu verdienen, als Sie, ihn mir zu sagen. Wär' es mühsam gewesen, so wär' ich nicht gekommen.

Benedikt. Dieß Gewerbe hat Ihnen also Vergnügen gemacht?

Beatrice. Ja, gerade so viel, als sie auf eine Messerspitze nehmen können, um einer Dohle damit den Kropf zu würgen. . . Sie haben wohl keinen Appetit, mein Herr; leben Sie wohl.

(Sie geht ab.)

Benedikt. Ha! . . „Wider meinen Willen hat „man mich hergeschickt„ . . . Das kann zweyerley bedeuten! . . Es kostete mich eben so wenig Mühe, „diesen Dank zu verdienen, als Sie, ihn mir zu „sagen.„ . . . Das heißt so viel, als: eine jede Mühe, die ich für Sie übernehme, ist so leicht, wie ein Dank. Hab' ich nicht Mitleid mit ihr, so bin ich ein Schurke; lieb' ich sie nicht, so bin ich ein Jude; ich will gleich gehen, und ihr Bildniß zu erhalten suchen.

(Er geht ab.)

Dritter Aufzug.

Erster Auftritt.

Leonato's Garten.

Hero. Margarethe. Ursel.

Hero. Liebe Margarethe, lauf, so geschwinde du kannst, in den Saal; du wirst da meine Base Beatrice mit dem Prinzen und Klaudio im Gespräch finden. Raune ihr ins Ohr, ich und Ursel gehen im Garten spatzieren, und unsre ganze Unterredung betreffe sie allein. Sage, du habest uns behorcht, und bitte sie, sie möchte sich in die bedeckte Laube schleichen, wo duftende Waldlilien, von der Sonne gereift, der Sonne den Eingang wehren, gleich Günstlingen, von Fürsten stolz gemacht, die ihren Stolz gegen die Macht auslassen, die ihn erweckte. Laß sie sich dort verbergen, wenn sie unsre Unterredung anhören will. Richte das gut aus, und geh nur.

Margarethe. Sie soll gleich da seyn.

(Geht ab.)

Hero. Nun, Ursel, wenn Beatrice kömmt, so muß Benedikt, beym Auf- und Abgehen in dieser Allee, der einzige Innhalt unsers Gesprächs seyn. Wenn ich ihn nenne, so mußt du ihm mehr Lobsprüche beylegen, als ie einer verdiente; ich werde dir dann erzählen, wie sterblich Benedikt in Beatrice verliebt sey. Des kleinen Amors schlauer Pfeil ist nun einmal so gemacht, daß er bloß durch Hörensagen verwundet. Fang itzt an. (Beatrice schleicht sich hinter die Laube.) Siehst du sie? Sie schlüpft, wie ein Kibitz, über den Boden weg, um unser Gespräch zu belauschen.

Ursel. Beym Angeln ist nichts lustigers, als zu sehen, wie der Fisch mit seinen goldnen Rudern den Silberstrom durchschneidet, und gierig die verrätherische Lockspeise in sich schlingt. So angeln wir itzt nach dem Fräulein Beatrice, die sich eben itzt hinter die Decke von Geißblatt gesetzt hat. Sorgen Sie nicht für mich; ich will meine Rolle schon spielen.

Hero. So wollen wir näher hingehen, damit ihr Ohr nichts von der falschen süßen Lockspeise verliere, die wir ihm legen. . . Nein, in der That, Ursel, sie ist zu spröde; ich weis, ihr Gemüth ist so scheu und wild, als ein wilder Falke.

Ursel. Aber wissen Sie es denn gewiß, daß Benedikt so erstaunlich verliebt in Fräulein Beatrice ist.

Hero. So sagt der Prinz, und mein Bräutigam.

Ursel. Und hießen sie denn Sie, mein Fräulein, ihr was davon zu sagen?

Hero. Sie baten mich, ich sollt' ihr davon sagen; aber ich stellte ihnen vor, wenn sie den Signor Benedikt lieb hätten, so sollten sie ihm rathen, seine Neigung zu bekämpfen, und Beatrice nichts davon wissen zu lassen.

Ursel. Aber warum thaten Sie das? . . Verdient denn dieser junge Herr es nicht mehr als zu sehr, das Fräulein Beatrice zu besitzen?

Hero. O freylich hat er alle Verdienste, die irgend einer haben kann; aber niemals bildete die Natur ein weibliches Herz aus spröderm Stoffe, als Beatricens ihres. Stolz und Verachtung fahren funkelnd in ihren Augen umher, und verschmähen alles, was sie nur ansehen; und ihr Witz schätzt sich selbst so hoch, daß alles andre in ihren Augen nichts ist. Kurz, sie liebt sich selbst so sehr, daß sie nicht im Stande ist, eine andre Person zu lieben, oder nur verliebt zu thun.

Ursel. Das glaub' ich auch; und es wäre also gewiß nicht gut, wenn sie etwas von seiner Liebe wüßte; sie würde nur ihr Gespötte damit treiben.

Hero. Darinn hast du Recht. Ich habe noch niemand gesehen, er mochte so klug, so edel, so jung, so schön gebildet seyn, als er wollte, dem sie nicht alles verkehrt ausgelegt hätte. Hatte er eine weiße Haut, so schwur sie, der Mensch sollte billig ihre Schwester seyn; war er schwarz, so hatte sich die Natur, als sie ihn schuf, an einem Pickelhering *) versehen; war er lang, so hieß er eine Lanze mit einem schlechten Kopf; war er klein,

*) *The Antick* war ein lächerlicher Charakter, in den alten Englischen Possenspielen, mit geschwärztem Gesicht und buntgeflicktem Kleide. Dr. Warburton glaubt, die Benennung zeige den Ursprung dieser Maske aus den alten Mimen an, von welchen Apulejus sagt: Mimi centunculo, fuligine Faciem obducti.

ein übelgeschnitztes Agatbildchen; *) war er gesprächig, ein Wetterhahn, der von jedem Winde bewegt wird; schwieg er, ein Klotz, den keiner bewegen konnte. So kehrt sie bey jedermann die unrechte Seite heraus, und steht niemals der Wahrheit und Tugend dasjenige zu, was Redlichkeit und Verdienst mit Recht fodern kann.

Ursel. Gewiß, mit der Verkleinerungssucht wird sie sich wenig Freunde machen.

Hero. Nein wahrhaftig, wenn man so wunderlich und eigensinnig ist, wie Beatrice, so macht man sich gewiß keine Freunde. Aber wer darf ihr das sagen? Wenn ich reden wollte, so würden sie mich mit Spöttereyen in die Luft sprengen, mich aus mir selbst hinaus lachen, und mit Witz zu tode pressen. Benedikt mag also, wie verdecktes Feuer, in Seufzer verrauchen, und vor verhaltnem Gram sich verzehren. Es ist noch immer ein besserer Tod, als sich zu tode spotten zu lassen, welches nicht besser ist, als zu tode gekitzelt zu werden.

---

*) Warburton liest *aglet*; und dann bedeutete es den Knopf einer Haarnadel, der ehmals geschnitzte Figuren, wenigstens einen Kopf vorzustellen pflegte.

Ursel. Ihre Gnaden sollten doch mit ihr darüber sprechen, und hören, was sie dazu sagt.

Hero. Nein; lieber geh' ich zu Benedikt, und rathe ihm, daß er seine Leidenschaft soll zu unterdrücken suchen. Und wirklich, ich will einige ehrliche Verläumdungen auf meine Base ersinnen; man glaubt nicht, wie sehr ein einziges nachtheiliges Wort die Zuneigung vergiften kann.

Ursel. O! ich bitte Sie, mein Fräulein, thun Sie Ihrer Base kein so großes Unrecht. Wenn sie so viel Verstand hat, wie jedermann von ihr sagt, so kann sie unmöglich so gar von aller gesunden Vernunft verlassen seyn, einen so vortrefflichen jungen Herrn, wie Benedikt, abzuweisen.

Hero. Er ist der einzige Mann in Italien, nur meinen lieben Klaudio ausgenommen.

Ursel. Halten Sie mirs zu Gnaden, mein Fräulein, daß ich rede, wie mirs ums Herz ist. Signor Benedikt wird nun einmal dafür gehalten, daß er in ganz Italien an Gestalt, Artigkeit, Wohlredenheit und Tapferkeit seines Gleichen nicht habe.

Hero. Freylich, er steht in sehr gutem Ruf.

Ursel. Seine Tugenden verdienten diesen Ruf,

ehe er ihn hatte = = Wann ist denn ihre Hochzeit, gnädiges Fräulein?

Hero. O! alle Tage = = morgen! = = komm mit in mein Zimmer, ich will dir einige neue Anzüge zeigen, und du sollst mir rathen, welcher sich auf morgen am besten schickt.

Ursel (leise.) Sie klebt an der Stange, dafür will ich gut seyn; wir haben sie gefangen, gnädiges Fräulein.

Hero. Wenn das ist, so kömmt die Liebe durch blindes Glück; einige Liebesgötter tödten mit Pfeilen, andre fangen in Fallen.

(Sie gehen ab.)

Beatrice. (Die hinter der Laube hervorkömmt.) Was für ein Feuer brennt in meinen Ohren? *) Soll ich glauben, daß es so sey, wie sie sagen? Verurtheilt man mich so strenge wegen Sprödigkeit und Stolz? So fahre wohl, Sprödigkeit! und du, jungfräulicher Stolz, fahre wohl! Man lobt die nicht hinter ihrem Rücken, die euch besitzen.

*) Eine Anspielung auf eine sprüchwörtliche Redensart des gemeinen Mannes im Englischen, daß einem die Ohren brennen, wenn andre von einem sprechen. Warburton.

Und du, Benedikt, liebe mich nur ferner; ich will deine Zärtlichkeit erwiedern, will mein wildes Herz zahm machen und an deine liebende Hand gewöhnen. Liebst du mich wirklich, so wird deine Zärtlichkeit dich bewegen, unsere Herzen in ein geheiligtes Band zu schlingen. Man sagt, du verdienst es, und ich glaub' es mit besserm Grunde, als auf bloßes Hörensagen.*)

Zweyter Auftritt.

Leonato's Haus.

Don Pedro. Klaudio. Benedikt. Leonato.

Pedro. Ich halte mich nur noch auf, bis Ihre Hochzeit vorbey ist, und gehe dann nach Arragonien zurück.

Klaudio. Ich werde Sie dahin begleiten, gnädiger Herr, wenn Sie mirs erlauben wollen.

Pedro. Nein, das würde sich übel für einen angehenden Ehemann schicken; das käme eben so heraus, als wenn man einem Kinde seinen neuen Rock zeigte, und verböt' ihm, daß es ihn nicht

*) Diese ganze Rede der Beatrice ist im Original in Reimen.

tragen dürfte.' Ich will mir bloß Benedikts Gesellschaft ausbitten; denn er ist vom Kopf bis zur Fußsohle lauter Fröhlichkeit. Er hat dem Cupido zwey oder dreymal die Sehne an seinem Bogen abgeschnitten, und seitdem getraut sich der kleine Henker *) nicht mehr nach ihm zu schießen. Sein Herz ist so ganz, wie eine Glocke, und seine Zunge ist der Kleppel; denn was sein Herz denkt, das sagt seine Zunge.

Benedikt. Ihr Herren, ich bin nicht mehr, was ich war.

Leonato. Das sag' ich auch; mich dünkt, Sie sind ernsthafter.

Klaudio. Ich hoffe, er ist verliebt.

Pedro. Warum nicht gar? = = Er hat keinen einzigen Blutstropfen im Leibe, der einer wahren Liebe fähig wäre. Wenn er nicht aufgeräumt ist, so hat er kein Geld.

Benedikt. Mich schmerzt der Zahn.

Pedro. Heraus damit!

Benedikt. An den Galgen damit!

---

*) Dieser Charakter Cupido's rührt aus Sir Philipp Sidney's Gedicht Arkadia her, woraus Farmer die hieher gehörige Stelle anführt.

Klaudio. Erst gehängt, und hernach heraus gezogen!

Pedro. Pfui! wer wollte um Zahnweh seufzen!

Leonato. Das doch nur ein Fluß, oder ein Wurm ist.

Benedikt. Es ist leicht, über den Schmerz Meister zu seyn, nur nicht für den, der ihn hat.

Klaudio. Ich sage doch, er ist verliebt.

Pedro. Ich kann nicht glauben, daß er Grillen *) im Kopf haben sollte, es müßte denn die Grille seyn, die er hat, alle Tage in einer andern ausländischen Tracht zu erscheinen; heute wie ein Niederländer, morgen wie ein Franzos, oder gar in der Kleidung zweyer Nationen auf einmal; ein Deutscher von der Hüfte bis zu den Füßen, alles ausgezackt, und ein Spanier vom Gürtel bis oben aus, ohne Brusttuch. Wenn er diese närrische Grille nicht hätte, die er doch augenscheinlich hat, so wäre er kein Narr aus Grille, wie Sie behaupten wollen, daß er sey.

---

*) Das Wort *Fancy* wird von Shakespear besonders von verliebten Grillen, und der Liebe selbst gebraucht.

Klaudio. Wenn er nicht in irgend ein Frauenzimmer verliebt ist, so gilt kein Zeichen im Kalender mehr. Er bürstet alle Morgen seinen Hut ab; was bedeutet das?

Pedro. Hat ihn jemand beym Barbier gesehen?

Klaudio. Nein; aber wohl den Barbier bey ihm; und die ehmalige Zierde seiner Wangen ist bereits gebraucht, Bälle damit auszustopfen.

Leonato. In der That, er sieht um einen Bart jünger aus.

Pedro. Und er reibt sich mit Zibeth; könnt ihr ihm nun anriechen, wo's ihm fehlt?

Klaudio. Das heißt so viel, der holde Knabe ist verliebt.

Pedro. Der größte Beweis davon ist seine Schwermuth.

Klaudio. Und wann pflegt' er sonst sein Gesicht zu waschen?

Pedro. Oder sich zu schminken? - - Ich höre aber wohl, was man deswegen von ihm sagt.

Klaudio. Nein, aber sein sprudelnder Geist, der itzt in eine Lautensaite gekrochen ist, und durch Griffe regiert wird.

Pedro. Freylich, das bedeutet alles nicht viel gutes. Summa, er ist verliebt.

Klaudio. Und ich weis auch, wer in ihn verliebt ist.

Pedro. Das möcht' ich doch auch wissen. Ich wette, es ist eine, die ihn nicht kennt.

Klaudio. O! freylich, und die sich, trotz allen seinen Mängeln und Gebrechen, um ihn zu tode seufzt.

Pedro. So soll sie mit dem Gesicht aufwärts begraben werden. *)

Benedikt. Aber das alles hilft nicht fürs Zahnweh. Alter Herr kommen Sie ein wenig mit mir auf die Seite; ich habe acht oder neun gescheide Worte ausstudirt, die ich Ihnen gerne sagen möchte, und die diese Steckenpferde nicht zu hören brauchen.

(Benedikt und Leonato gehen ab.)

Pedro. Ich wollte mein Leben drauf verwetten, er hält bey ihm um Beatrice an.

---

*) Aber so wird jedermann begraben. Theobald liest daher: with her *heels* upwards „mit ihren Fersen aufwärts„ -- Steevens glaubt, es solle vielleicht nichts weiter heissen, als, in den Armen ihres Liebhabers.

Klaudio. Ganz gewiß. Hero und Margarethe haben unterdeß ihre Rolle mit Beatrice gespielt; und nun werden wohl die zwey Bären einander nicht beißen, wenn sie zusammen kommen.

Dritter Auftritt.

Die Vorigen. Don Juan.

Don Juan. Mein Fürst und Bruder, seyn Sie gegrüßt.

Pedro. Guten Tag, Bruder.

Don Juan. Wenn es Ihnen gelegen wäre, möcht' ich gern mit Ihnen sprechen.

Pedro. Allein?

Don Juan. Wenn es Ihnen gefiele. Doch darf es der Graf Klaudio wohl hören; denn was ich zu sagen habe, geht ihn an.

Pedro. Was ist es denn?

Don Juan (zu Klaudio.) Gedenken Ihre Gnaden sich morgen zu vermählen?

Pedro. Freylich; das wissen Sie ja schon.

Don Juan. Ich weis nicht, was er thun wird, wenn er weis, was ich weis.

Klaudio. Wenn Sie ein Hinderniß wissen, so bitt' ich, entdecken Sie es.

Don Juan. Sie denken vielleicht, ich sey Ihr Freund nicht; der Erfolg soll es beweisen, und dann werden Sie schon besser von mir denken. Von meinem Bruder glaub' ich, daß er viel auf Sie hält, und Ihnen aus Freundschaft für Sie zu dieser Heyrath geholfen hat. Wahrhaftig ein unnützer Aufwand! eine verlorne Mühe!

Pedro. Wie? = = Was wollen Sie damit sagen?

Don Juan. Ich kam hieher Ihnen zu sagen, und will es nur kurz zusammen fassen, denn man spricht schon zu lange von ihr, = = Das Fräulein ist ungetreu.

Klaudio. Wer? = = Hero?

Don Juan. Eben sie; Leonato's Hero, Ihre Hero, Jedermanns Hero.

Klaudio. Ungetreu?

Don Juan. Das Wort ist noch zu gut, ihren schändlichen Charakter zu mahlen: ich könnte sagen, sie ist noch weit schlimmer; denken Sie nur auf eine weit schlimmere Benennung für sie, und ich will zeigen, daß sie derselben würdig ist. Wundern Sie sich nicht, bis sie bessere Beweise haben. Kommen Sie nur diesen Abend mit mir; und Sie sollen sehen, daß einer in ihr Kammerfenster steigt, selbst in der Nacht vor ihrem Hochzeittage. Sind Sie dann noch in sie verliebt, so heyrathen Sie sie morgen; aber für Ihre Ehre wär' es doch besser, Sie änderten Ihre Gedanken.

Klaudio. Ist das möglich?

Pedro. Ich wills nicht hoffen.

Don Juan. Sie sollen es niemand als Ihren eignen Augen glauben. Wenn Sie mit mir kommen wollen, so will ich Ihnen genug zeigen. Wenn Sie mehr gesehen und gehört haben, so thun Sie hernach, was Ihnen beliebt.

Klaudio. Sehe ich diese Nacht das geringste, weswegen ich sie morgen nicht heyrathen könnte, so will ich sie morgen vor der Trauung, in Gegenwart der ganzen Versammlung, beschämen.

Pedro. Und so, wie ich mich für dich um sie beworben habe, so will ich mich mit dir vereinigen, sie zu bestrafen.

Don Juan. Ich will nichts weiter von ihr sagen, bis ihr meine Zeugen seyd. Seyd nur noch bis diese Nacht ganz ruhig darüber, hernach mag denn die Sache selbst reden.

Pedro. O! unglücklicher Hochzeittag!

Klaudio. O! unvermuthet herbeykommender Unfall!

Don Juan. O! glücklich und zu rechter Zeit noch verhütetes Unheil! So werdet ihr sagen, wenn ihr gesehen habt, was erfolgen wird.

(Sie gehen ab.)

Vierter Auftritt.

Die Straße.

Dogberry. Verges. Wache.

Dogberry. Seyd ihr ehrliche Leute, und treu?

Verges. Ja; sonst hülfe nichts dafür, sie müßten die ewige Salvation leiden an Leib und Seel.

Dogberry. Nein, das wäre noch zu wenig Strafe für sie, wenn sie die kleinste Fidelität begiengen, da sie zu des Prinzen Wache auserkohren sind.

Verges. Gut; gebt ihnen ihre Ordres, Nachbar Dogberry.

Dogberry. Fürs erste, wer meynt ihr, daß am unmeritirtesten wäre, Konstabel zu seyn?

1. Wache. Hugh Haberkuchen, Herr, oder Jürgen Seekohl; denn sie können beyde schreiben und lesen.

Dogberry. Kommt her, Nachbar Seekohl. Gott hat Euch mit einem guten Namen begabt. Ein Mann von guten Gaben seyn, ist ein Geschenk des Glücks; schreiben und lesen kömmt von der Natur.

2. Wache. Beydes, Herr Konstabel ⸗ ⸗

Dogberry. Habt Ihr; ich weis, daß Ihr das sagen wolltet. Nun, was eure Gaben betrifft, da gebt Gott die Ehre, und macht nicht viel Rühmens davon; und euer Schreiben und Lesen, das könnt Ihr auf ein andermal sparen; wo man's nöthig hat. Man glaubt hier, Ihr seyd der inkapabelste und tauglichste, Konstabel von der Wache zu seyn; haltet also die Laterne, und thut euer Amt. Ihr sollt alle Vagabunden beystecken; ihr seyd da, allen Leuten zuzurufen: halt! in des Prinzen Namen!

2. Wache. Aber, wenn nun einer nicht halten will?

Dogberry. Ey, dann kümmert euch gar nicht um ihn, und laßt ihn gehen, und ruft augenblicklich die übrige Wache zusammen, und dankt Gott, daß ihr eines Schurken los seyd.

Verges. Wenn ihr halt! ruft, und er will

sich nicht stellen, so ist er keiner von des Prinzen Unterthanen.

Dogberry. Das ist auch wahr; und sie haben sonst mit niemand zu thun, als mit des Prinzen Unterthanen. Ihr sollt auch keinen Lärmen in den Straßen machen; denn auf den Posten zu plappern und zu schwatzen, ist höchst tolerabel, und kann nicht geduldet werden.

2. Wache. Wir werden eher schlafen, als reden; wir wissen gar wohl, was eine Wache zu thun hat.

Dogberry. Wohl gesprochen! Ihr redet wie ein alter und ruhiger Wächter. Ich seh' auch nicht, was im Schlafen Böses seyn sollte. Nur nehmt euch in Acht, daß euch eure Hellebarden nicht gestohlen werden. Ferner sollt ihr in allen Bierschenken Nachfrage halten, und denen, die einen Rausch haben, sagen, sie sollen zu Bette gehen.

2. Wache. Aber wenn sie nicht wollen?

Dogberry. Nun, dann laßt sie sitzen bis sie wieder nüchtern sind. Und wenn sie euch dann keine bessere Antwort geben, so könnt ihr ihnen sagen, sie seyn nicht die Leute, wofür ihr sie gehalten habt.

2. Wache. Gut, Herr.

Dogberry. Solltet ihr einem Diebe begegnen, so könnt ihr, kraft eures Amtes, ihn in Verdacht haben, daß er kein Biedermann sey; und was dergleichen Leute betrifft, je weniger ihr mit ihnen zu verkehren habt, desto besser ist es für eure Ehrlichkeit.

2. Wache. Wenn wir ihn kennen, daß er ein Dieb ist, sollen wir da nicht Hand an ihn legen?

Dogberry. Freylich, kraft eures Amts könnt ihrs thun. Aber ich denke eben, wer Pech angreift, besudelt sich; der friedfertigste Weg für euch, wenn ihr einen Dieb gefangen habt, ist der, daß ihr ihn zeigen laßt, wer er ist; und ihm erlaubt, sich von euch wegzustehlen.

Verges. Ihr habt doch immer für einen barmherzigen Mann paßirt Gevatter Dogberry.

Dogberry. Das ist wahr; mit meinem Willen möcht' ich keinen Hund hängen; wie vielmehr denn einen Menschen, der nur etwas Ehrlichkeit im Leibe hat.

Verges. Wenn ihr ein Kind in der Nacht schreyen hört, so müßt ihr der Amme rufen, daß sie es stillen soll.

2. Wache. Aber wenn die Amme schläft, oder uns nicht hört?

Dogberry. Nun, so geht ihr im Frieden weiter, und laßt sie das Kind mit seinem Schreyen wecken. Denn das Schaf, das sein Lamm nicht hören will, wenn es meckert, wird wohl keinem Kalbe antworten, wenn es blöckt.

Verges. Das ist sehr wahr.

Dogberry. Das ist das Ende eurer Commission: Ihr Konstabel, präsentirt itzt des Prinzen eigne Person; wenn ihr dem Prinzen in der Nacht begegnet, so könnt ihr ihn stehen heißen.

Verges. Nein, meiner Treu, das kann er wohl nicht.

Dogberry. Fünf Schillinge gegen einen, daß ein jeder, der die Statuten kennt, sagen wird, daß er ihn stehen heißen kann; aber zum Henker! es versteht sich, wenn der Prinz stehen will; denn freylich, die Wache darf niemand beleidigen; und es ist doch eine Beleidigung, jemand wider seinen Willen stehen zu heißen.

Verges. Sapperment, das denk' ich auch.

Dogberry. Ha, ha, ha! Nun, ihr Herren, gute Nacht. Sollte was wichtiges vorfallen, so ruft mir. Nehmt euren und eures Kameraden Verstand zu Hülfe, und schlaft wohl. Kommt, Nachbar.

2. Wache. Gut, ihr Herren, wir haben nun gehört, was wir zu thun haben. Wir wollen gehen, und uns hier bis zwey Uhr auf die Kirchenbank setzen, und hernach geht alles zu Bette.

Dogberry. Nur noch ein Wort, ehrliche Nachbarn. Wacht doch bey Signor Leonato's Thüre; denn weil da morgen eine Hochzeit ist, so ist die ganze Nacht viel Lärmen im Hause. Adieu, seyd wachsam, darum bitte ich euch.

(Dogberry und Verges gehn ab.)

Fünfter Auftritt.

Borachio. Conrad. Wache, in der Ferne.

Borachio. He! Conrad! ‥

Wache (beyseite.) Sachte, rührt euch nicht.

Borachio. Conrad, sag' ich!

Conrad. Siehst du denn nicht? Ich stoße dich ja an den Ellbogen.

Borachio. Der Henker! mein Ellbogen juckt mir auch. Ich dachte wohl, daß das die Krätze nach sich ziehen würde.

Conrad. Die Antwort darauf bleib' ich dir schuldig; itzt sage nur weiter, was du zu sagen hast.

Borachio. So stelle dich nur hart unter dieses Schirmdach, denn es fängt an zu regnen; und nun will ich dir, wie ein ehrlicher Trunkenbold, alles sagen, was ich weis.

Wache (beyseite.) Irgend eine Verrätherey, ihr Leute; aber steht geschlossen, und rüpple sich keiner.

Borachio. Wisse also, ich habe tausend Dukaten von Don Juan verdient.

Conrad. Ist es möglich, daß ein Schurkenstreich so theuer seyn kann?

Borachio. Du solltest vielmehr fragen, ob es möglich ist, daß ein Schurke so reich seyn kann: denn wenn reiche Bösewichter der armen benöthigt sind, so können die armen fodern, was sie wollen.

Conrad. Das wundert mich.

Borachio. Man sieht wohl, daß du noch ein Neuling bist. Du solltest doch wissen, daß die Form oder der Schnitt eines Wams, eines Huts, oder eines Rocks für einen Mann so viel als nichts ist.

Conrad. O! freylich, es ist ein Kleidungsstück.

Borachio. Ich rede bloß von dem Schnitt.

Conrad.

Conrad. Ja, ja, der Schnitt ist der Schnitt.

Borachio. Das ist eben so viel gesagt, als, ein Narr ist ein Narr. Aber siehst du nicht, was für ein häßlicher Dieb dieser Schnitt ist?

Wache (beyseite.) Ha! Schnitt! = = den kenn' ich schon. Er treibt das Diebshandwerk schon seit sieben Jahren; er geht wie ein vornehmer Herr in der Stadt herum; ich erinnere mich seines Namens.

Borachio. Hörtest du niemand?

Conrad. Nein, es war die Fahne auf dem Hause.

Borachio. Siehst du nicht, sag' ich, was für ein häßlicher Dieb dieser Schnitt ist? Wie schwindlicht er alle hitzige junge Leute, zwischen vierzehn und fünf und dreyßig, umher dreht? Bald giebt er ihnen die Gestalt von Pharao's Soldaten in großen Mahlereyen; bald von des Gotts Bel Priestern auf dem alten Kirchenfenster; bald von dem beschornen Herkules *) auf den närrischen, schäbich-

*) Dr. Warburton sucht in einer langen Note zu zeigen, daß hier Simson gemeynt sey, und macht dem Dichter bey dieser Gelegenheit über diese Euphemie und seine Ehrerbietung gegen die Religion, Lobsprüche,

ten Tapeten, wo sein Hosenlatz so groß und dick ist, als seine Keule.

Conrad. Alles das seh' ich, und sehe, daß der Schnitt allemal mehr in die Augen fällt, als der Mann selbst. Aber bist du nicht selbst ein Schwindelkopf, daß du von deiner Erzählung abgekommen bist, um über den Schnitt eins daher zu moralisiren?

Borachio. Nicht so sehr, als du meynst. Aber wisse, daß ich diese Nacht mit Margarethen, der Fräulein Hero Kammerjungfer, unter dem Namen Hero, gesprochen habe. Sie bückte sich weit aus ihres Fräuleins Kammerfenster heraus, wünschte mir wohl tausendmal eine gute Nacht = = O! ich erzähle dirs ganz erbärmlich = = ich hätte vorher sagen sollen, daß der Prinz, Klaudio, und mein gnädiger Herr, Don Juan, die beyden ersten von dem letzten schon zum Voraus eingenommen und vorbereitet, sich in einer gewissen Entfernung im

die hier wohl eben so am unrechten Orte stehen, als manche Vorwürfe, die er ihm anderswo über seine Irreligion macht -- Steevens erklärt den Ausdruck, der beschorne Herkules, ohne Zweifel richtiger, von der Abscheerung seines Haars im Dienste der Omphale, um ihm ein desto weiblichers Ansehen zu geben.

Garten verborgen hatten, und dieser zärtlichen Scene zusahen.

Conrad. Sahn Sie denn Margarethe für Hero an?

Borachio. Zwey von ihnen thaten's, der Prinz und Klaudio; aber der Teufel von meinem Herrn wußte wohl, daß es Margarethe war. Theils seine Schwüre, wodurch er sie schon vorher geblendet hatte, theils die Dunkelheit der Nacht, wodurch sie betrogen wurden, vornehmlich aber meine Spitzbüberey, die alle Verläumdung des Don Juan bekräftigte, das alles machte, daß Klaudio wüthend davon gieng, und schwur, er werde morgen, der Abrede nach, mit ihr in der Kirche seyn, sie da vor der ganzen Versammlung durch Entdeckung desjenigen beschimpfen, was er diese Nacht gesehen hätte, und sie dann ohne Mann wieder nach Hause schicken.

1. Wache. Wir befehlen euch in des Prinzen Namen, steht!

2. Wache. Weckt den Herrn Konstabel! Wir haben hier den gefährlichsten und liederlichsten Handel entdeckt, der jemals im gemeinen Wesen erhört worden ist.

1. Wache. Und ein gewisser Schnitt ist mit im Spiel; ich kenn' ihn schon, er trägt einen Hackenschlüssel bey sich.

Conrad. Ihr Herren ..

2. Wache. Man wird euch schon bekennen lehren, wo Schnitt sich aufhält, das glaubt mir nur.

Conrad. Ihr Herren ..

1. Wache. Schweigt! .. Wir befehlen euch, daß wir euch gehorchen, mit uns zu gehen.

Borachio. Wir werden vermuthlich eine gute Waare abgeben, wenn uns diese Männer auf ihre Hellebarden setzen.

Conrad. Ja freylich, eine recht kostbare Waare, wir wollen euch folgen.

(Sie gehen ab.)

Sechster Auftritt.

Ein Zimmer in Leonato's Hause.

Hero. Margarethe. Ursel.

Hero. Liebe Ursel, wecke doch meine Base Beatrice, und bitte sie, aufzustehen.

Ursel. Sogleich, gnädiges Fräulein.

Hero. Und laß sie hieher kommen.

Ursel. Sehr wohl.

(Geht ab.)

Margarethe. In der That, mein Fräulein, mich dünkt, Ihr andrer Palatin war besser.

Hero. Nein, liebes Gretchen, ich will doch lieber diesen tragen.

Margarethe. Auf meine Ehre, er ist nicht so gut, und ich steh' Ihnen dafür, Ihr Fräulein Base wird Ihnen das auch sagen.

Hero. Meine Base ist eine Närrin, und du bist die zweyte. Ich will keinen andern Palatin tragen, als diesen hier.

Margarethe. Mir gefällt Ihr neuer Kopfputz ungemein, wenn das Haar nur ein klein wenig brauner wäre; und Ihr Kleid hat wirklich den schönsten Schnitt von der Welt. Ich habe das Kleid der Herzoginn von Mayland gesehen, wovon man so viel Rühmens macht.

Hero. Das soll ja über alles gehen, sagt man.

Margarethe. O! wahrhaftig es ist ein Nachtrock in Vergleich mit Ihrem Kleide. Das Zeug ist von Gold und fassonirt; mit Silber besetzt, mit Perlen gestickt; Aermel, die herunter, Aermel, die an der Seite hängen, und rundum verbrämt mit einem bläulichten Lahn unterlegt; aber in Betracht des schönen, zierlicheu, gefälligen, und vortrefflichen Schnitts, ist Ihres zehnmal besser.

Hero. Gott gebe nur, daß ich es mit Freuden tragen möge! Denn mein Herz ist erstaunlich schwer.

Margarethe. Es wird bald unter der Last eines Mannes noch schwerer werden.

Hero. Pfui! schämst du dich denn nicht?

Margarethe. Wovor, mein Fräulein? Daß ich von Dingen in Ehren rede? - - Ist nicht Heyrathen selbst bey einem Bettler ein Ding in Ehren? Ist nicht Ihr künftiger Herr Gemahl auch ohne Heyrath ein Mann in Ehren? *) - - Ich glaube, ich hätte sagen sollen - - wenn Sie mirs nicht übel nehmen - - durch die Last eines Ehemannes. Wenn nicht schlechte Gedanken gute Reden verdrehen, so werd' ich niemand Aergerniß geben. Ist wohl was Böses darinn, wenn man sagt: desto schwerer durch einen Ehemann? Nicht das geringste dünkt mich, sobald es nur der rechte Mann und die rechte Frau ist; sonst ist es freylich

---

*) Is not your lord honourable without marriage? -- Das Wort honourable ist bekanntermaßen das Prädikat der Lords.

leicht *), und nicht schwer. Fragen Sie nur das Fräulein Beatrice; da kömmt sie eben.

Siebenter Auftritt.

Die Vorigen. Beatrice.

Hero. Guten Morgen, Base.

Beatrice. Guten Morgen, meine liebe Hero.

Hero. Nun? was fehlt dir? du sprichst ja in einem so kranken Tone.

Beatrice. Mich dünkt, ich bin aus jedem andern Ton herausgekommen. **) = = Aber es ist schon fünf Uhr, Base; es ist Zeit, daß du fertig seyn solltest = = Bey meiner Treu, mir ist gar nicht wohl.

Margarethe. Nun, ich will nichts sagen; aber wenn Fräulein Beatrice keine Renegatin geworden ist, so kann man nicht mehr nach den Sternen segeln. ***)

Beatrice. Was meynt die Närrin damit?

---

*) D. i. Leichtsinnig.

**) Hier bleibt eine kleine Lücke von ein paar unübersetzlichen Reden.

***) D. i. sich auf nichts mehr verlassen.

Margarethe. Ich? .. O! gar nichts, als, Gott gebe einem jeden, was sein Herz wünscht!

Hero. Diese Handschuh schickte mir der Graf; sie sind sehr angenehm parfumirt.

Beatrice. Ich bin verstopft, Base; ich rieche nichts.

Margarethe. Eine Jungfer, und verstopft? .. Aber man kann sich freylich leicht erkälten.

Beatrice. O! behüte Gott! behüte Gott! Wie lange ists denn, daß du Profession vom Witz machst?

Margarethe. Seitdem Sie es aufgegeben haben, mein Fräulein. Läßt mir mein Witz nicht unvergleichlich gut?

Beatrice. Er fällt nicht genug in die Augen; du solltest ihn auf deiner Haube tragen. Bey meiner Treu', ich bin krank.

Margarethe. Ihre Gnaden sollten sich abgezogenen Kardobenedikt holen lassen, und ihn aufs Herz legen; es ist kein bessers Mittel für die Engbrüstigkeit.

Hero (leise.) Da kitzelst du sie mit einer Distel.

Beatrice. Benedikt? warum Benedikt? .. Es soll wohl gar eine Moral in dem Worte Benedikt stecken?

Margarethe. Eine Moral? - - Nein wahrhaftig, ich meynte nichts moralisches damit; ich meynte natürliche Kardobenediktendistel. Sie glauben vielleicht, ich halte Sie für verliebt? Nein, beym Himmel, ich bin keine solche Närrinn, daß ich nur das denken sollte, was ich will; man denkt, was man kann; und wenn ich mir den Kopf ausdächte, so kann ich nicht denken, daß Sie, mein Fräulein, verliebt seyn, oder jemals verliebt seyn werden, oder verliebt seyn können. Und doch war Benedikt auch so einer; und was für ein Mann ist seit kurzem aus ihm geworden? Er schwur, er wolle nie heyrathen; und itzo ist es, trotz seinem stolzen Herzen, schon so weit mit ihm gekommen, daß er allen Appetit zum Essen verloren hat. *) Ob Ihre Gnaden sich auch noch bekehren können, weis ich nicht; aber mich dünkt, Sie sehen auch eben so mit Ihren Augen, wie andre Frauenzimmer.

---

*) he eats his meat without grudging, heißt eigentlich: „er verzehrt sein Essen ohne Murren.„ Die Redensart muß sprüchwörtlich gewesen seyn, und heißt vielleicht so viel: er machts itzt, wie andre ehrliche Leute, lebt eben so, wie sie, von Essen und Trinken, und wird, eben so wie sie, eine Frau nehmen. Johnson.

Beatrice. Was ist das für ein Gang, den deine Zunge nimmt?

Margarethe. Nicht ein falscher Galop.

Ursel (die zurück kömmt.) Gnädiges Fräulein, es ist Zeit; der Prinz, der Graf, Signor Benedikt, Don Juan, und alle junge Kavaliere in der Stadt sind da, um Sie in die Kirche zu führen.

Hero. Helft mir vollends ankleiden, liebe Base, liebes Gretchen, liebe Ursel.

(Sie gehn ab.)

Achter Auftritt.

Ein andres Zimmer in Leonato's Hause.

Leonato. Dogberry. Verges.

Leonato. Was verlangt ihr von mir, meine ehrlichen Nachbaren?

Dogberry. Ey, gnädiger Herr, ich möchte gern eine Confidenz mit Ihnen haben, woran Ihnen sehr gelegen ist.

Leonato. Macht es kurz, ich bitte euch; ihr [sehet,] ich habe viel zu thun.

[Dog]berry. Ey ja doch, gnädiger Herr, dieß

Verges. Ja freylich, das ist es, gnädiger Herr.

Leonato. Was ist es denn, meine guten Freude?

Dogberry. Der gute ehrliche Verges wird Ihnen was von der Sache sagen können, gnädiger Herr; ein alter Mann, Herr; und sein Verstand ist freylich, Gott sey Dank, nicht so stumpf, als ichs wünschte; aber, mein Treu! er ist so ehrlich, wie die Haut zwischen seinen Augenbraunen.

Verges. Ja, ich bin gottlob! so ehrlich, als ein Mann auf der Welt, der ein alter Mann ist, und nicht ehrlicher, als ich.

Dogberry. Vergleichungen sind odorás; *palabras*, Nachbar Verges.

Leonato. Nachbarn, ihr seyd tediös.

Dogberry. Das beliebt Ihrer Gnaden nur so zu sagen; aber wir sind des armen Herzogs Gerichtsbediente. Wiewohl, wahrhaftig, wär' ich auch so tediös, als ein König, so wollt' ich michs nicht dauren lassen, alles auf Ihre Gnaden zu wenden.

Leonato. Alle deine Tediösität auf mich?

Dogberry. O ja, und wenn's noch zwanzigmal mehr wäre, als es ist; denn ich höre eine so gute Exclamation von Ihrer Gnaden, als von irgend jemand in der Stadt; und wenn ich schon nur ein armer Mann bin, so freut michs doch, daß ich so viel Gutes von Ihnen höre.

Verges. Und mich auch.

Leonato. Ich möchte gerne wissen, was ihr mir denn zu sagen habt.

Verges. Zum Henker, gnädiger Herr, unsre Wache hat die vergangne Nacht, mit Ihrer Gnaden Respekt zu melden, ein Paar so leichtfertiger Schelme aufgefangen, als man nur in ganz Meßina finden kann.

Dogberry. Ein guter alter Mann! gnädiger Herr; er muß immer was zu sprechen haben, wie man zu sagen pflegt. Wenn das Alter kömmt, geht der Verstand davon; tröste Gott, es geht nun einmal in der Welt nicht anders! - - Wohl gesagt, mein Treu, Nachbar Verges! - - freylich, der liebe Gott meynts gut - - Wenn ihrer zwey auf einem Pferde reiten, so muß schon einer hinten aufsitzen. *) - - Eine ehrliche Seele, mein

*) Dieß ist hier nicht am unrechten Orte, oder ohne Bedeutung, gesagt. Dogberry, der in seiner Eitelkeit über seinen vorzüglichen Verstand, für seinen Nachbar spricht, macht die Anmerkung, daß, wenn ihrer

Treu! = = Ja, gnädiger Herr, das ist er, so gut als einer, der Brod ißt = = Aber, was Gott thut, das ist wohl gethan! = = Es können leider! nicht alle Menschen gleich seyn = = Der gute, ehrliche Nachbar!

Leonato. In der That, Nachbar, er reicht doch nicht an euch.

Dogberry. Das sind Gaben, die Gott giebt.

Leonato. Ich muß gehen.

Dogberry. Nur ein Wort, gnädiger Herr. Unsre Wache hat wirklich zwey auspiciöse Personen eingezogen, und wir möchten gern, daß Ihre Gnaden sie diesen Morgen in Verhör nähmen.

Leonato. Nehmt sie selbst in Verhör, und bringt mir das Protokoll darüber; ihr seht selbst, daß ich itzt unmöglich Zeit habe.

Dogberry. Es soll alles wohl besorgt werden.

Leonato. Laßt euch ein Glas Wein geben, eh' ihr geht, und lebt wohl.

(Es kömmt ein Bedienter.)

---

zwey auf einem Pferde reiten, der eine hinten aufsitzen muß; der erste Platz kann nur einem gehören, und dieser muß den, der unter ihm ist, nicht verachten. Johnson.

Bedienter. Gnädiger Herr, man wartet auf Sie, um Ihr Fräulein Tochter zur Trauung zu führen.

Leonato. Ich will gleich bey ihnen seyn; ich bin fertig.

(Leonato und der Bediente gehn ab.)

Dogberry. Geh doch, lieber Gevatter, geh doch zu Franz Seekohl, und sag ihm, er soll seine Feder und sein Dintenfaß mit sich ins Gefängniß bringen; wir wollen die Leute gleich ins Verhör nehmen.

Verges. Und das muß mit Verstand geschehen.

Dogberry. An Verstande solls nicht fehlen, das versichr' ich dir. Hier sitzt was (Er zeigt auf seine Stirne) das einen oder andern schon heiß machen soll. Hole du uns nur den gelehrten Schreiber, um unsre Excommunication zu Papier zu bringen, und komm dann wieder zu mir ins Gefängniß.

(Sie gehen ab.)

Vierter Aufzug.

Erster Auftritt.

Eine Kirche.

Don Pedro. Don Juan. Leonato. Ein Mönch. Klaudio. Benedikt. Hero. Beatrice.

Leonato. Wohlan, Pater Franciscus, machen Sie's kurz. Nichts, als was nothwendig zur Trauung gehört; ihre besondern Pflichten können Sie ihnen hernach, gelegentlich vorhalten.

Mönch. Sind Sie hier, gnädiger Herr, um dieses Fräulein sich zu vermählen?

Klaudio. Nein.

Leonato. Mit ihr vermählt zu werden, Herr Pater. Sie sind ja hier, um Sie zu vermählen.

Mönch. Sind Sie hier, gnädiges Fräulein, um mit diesem Herrn Grafen vermählt zu werden?

Hero. Ja.

Mönch. Wofern Eins von Ihnen einiges innerliches Hinderniß weis, weswegen Sie nicht zusammen kommen können, so beschwör' ich Sie, so lieb Sie Ihre Seele haben, es zu entdecken.

Klaudio. Wissen Sie eins, Hero?

Hero. Keines, mein Herr.

Mönch. Wissen Sie eins, Herr Graf?

Leonato. Ich getraue mir, für ihn zu antworten: keines.

Klaudio. O! was getrauen sich die Menschen nicht! Was thun sie nicht alle Tage, ohne zu wissen, was sie thun!

Benedikt. Nun? Interjectionen? .. Freylich: „ einige werden gebraucht zum Lachen, als: Ha! ha! he! „ *)

Klaudio. Ein wenig Geduld, Herr Pater .. Herr Vater, mit Ihrer Erlaubniß; sind Sie aus freyer und eigner Bewegung Willens, mir dieses Mädchen, Ihre Tochter, zu geben?

Leonato. So frey, mein Sohn, als Gott sie mir gegeben hat.

Klaudio. Und was kann ich Ihnen dagegen zurückgeben, das einem so reichen und kostbaren Geschenke das Gegengewicht halten kann?

---

*) Eine Stelle aus dem Donat.

Pedro. Nichts; Sie müßten sie denn selbst wieder zurückgeben.

Klaudio. Liebster Prinz, Sie lehren mich eine edle Art der Dankbarkeit = = Hier, Leonato, nehmen Sie sie wieder zurück. Machen Sie Ihrem Freunde kein Geschenk mit dieser wurmstichigen Pomeranze; sie ist nur der leere Schein jungfräulicher Ehre; sehn Sie nur, wie ähnlich einem unschuldigen Mädchen sie hier erröthet. O! daß sich doch das schlaue Verbrechen mit diesem ehrwürdigen Ansehen der Unschuld decken kann! Kömmt nicht dieß Blut auf ihre Wangen, als wollt' es ein unverwerfliches Zeugniß ihrer reinen Tugend ablegen? Würdet ihr nicht, ihr alle, die ihr sie hier seht, auf diesen Anschein schwören, sie sey noch unschuldig? = = Aber das ist sie nicht! sie ist schon mit der Ausschweifung bekannt; ihr Erröthen ist Schuld, nicht Sittsamkeit.

Leonato. Was wollen Sie damit sagen, Graf Klaudio?

Klaudio. Daß ich sie nicht heyrathen, daß ich meine Seele mit keiner offenbaren Buhlschwester verknüpfen will.

Leonato. Mein lieber Graf, wenn sie vielleicht, weil Ihnen das so offenbar dünkt, den Widerstand ihrer Jugend besiegt, und ihre Tugend zum Falle gebracht haben = = =

Klaudio. Ich weis, was Sie sagen wollen. Wenn ich das gethan hätte, wollen Sie sagen; so habe sie einen Gemahl in mir umarmt, und dieß verringere die vorläufige Sünde. Nein, Leonato, ich versuchte sie niemals, selbst mit keinem zu freyen Worte; und die Liebe, die ich ihr zeigte, war die unschuldige Liebe eines Bruders zu seiner Schwester.

Hero. Und hab' ich Ihnen jemals anders geschienen?

Klaudio. Weg mit dem Schein! = = Ich will ein Buch gegen den Schein schreiben = = Sie schienen mir, wie Diana in ihrem Kreise, so keusch, wie die Knospe, ehe sie aufgeblüht ist; aber Sie sind unmäßiger in Ihren Trieben, als Venus, oder jene üppigen Thiere, die sich in wilder Sinnlichkeit umherwälzen.

Hero. Sind Sie bey sich selbst, daß Sie so reden?

Klaudio. Liebster Prinz, warum reden Sie nicht?

Pedro. Was soll ich reden? Ich stehe beschämt da, daß ich mich darauf eingelassen habe, meinen Freund mit einer gemeinen Buhlschwester zu verkuppeln.

Leonato. Wird dieß alles wirklich gesprochen, oder träume ich nur?

Don Juan. Es wird wirklich gesprochen, und ist alles wahr.

Benedikt. Dieß sieht nun eben keiner Hochzeit ähnlich.

Hero. Wahr? - - O Gott!

Klaudio. Leonato, steh' ich hier? Ist dieß der Prinz? Ist dieß des Prinzen Bruder? Ist dieß Gesicht der Hero ihres? Sind diese Augen unser eigen?

Leonato. Freylich; aber was wollen Sie mit allem dem sagen?

Klaudio. Lassen Sie mich nur eine einzige Frage an Ihre Tochter thun, und befehlen Sie ihr kraft der väterlichen und natürlichen Gewalt, die Sie über sie haben, daß sie die Wahrheit antworten soll.

Leonato. Ich befehle dir, wenn du mein Kind seyn willst; es zu thun.

Hero. Gott stehe mir bey! = = Wie stürmt alles auf mich zu! = = Was wird das für ein Verhör werden?

Klaudio. Sie müssen nach der Wahrheit antworten, was Sie für einen Namen führen.

Hero. Heiß' ich nicht Hero? = = Wer kann diesen Namen durch irgend einen gerechten Vorwurf auslöschen?

Klaudio. Das kann Hero; Hero selbst kann Hero's Tugend auslöschen. Wer war der Mann, mit dem Sie in der vorigen Nacht, zwischen Zwölfe und Eins aus Ihrem Fenster redeten? Sind Sie unschuldig, so antworten Sie mir hierauf.

Hero. Ich hab' um diese Stunde mit niemand geredet, Herr Graf.

Pedro. Nun, so sind Sie nicht unschuldig! = = Leonato, es ist mir leid, daß Sie dieß mit anhören müssen; aber, bey meiner fürstlichen Ehre! ich selbst, mein Bruder, und dieser beleidigte Graf, sahn sie, hörten sie die verwichene Nacht mit einem liederlichen Kerl aus ihrem Kammerfenster reden, der auch wirklich, wie ein niederträchtiger Bube, die schändlichen Zusammenkünfte gestanden hat, die sie wohl tausendmal insgeheim mit einander gehabt haben.

Don Juan. O pfui! gnädiger Herr, es läßt sich nicht davon reden; die Sprache hat keine Worte, die keusch genug wären, ohne Aergerniß davon zu reden. Ich bedaure also, mein schönes Fräulein, daß Ihre Aufführung so sehr schlecht gewesen ist.

Klaudio. O Hero! was für eine Hero wärst du gewesen, wenn nur die Hälfte deiner äußerlichen Schönheit den Gedanken und Neigungen deines Herzens zu Theil geworden wäre! Aber nun fahre wohl, du schöne Häßlichkeit; fahre wohl, du reizender Schein einer verscherzten Unschuld! Um deinetwillen werd' ich alle Thüren der Liebe verriegeln; um deinetwillen soll Mistrauen und Verdacht an meinen Augliedern hangen, die alle Bilder der Schönheit in Gedanken der Strafbarkeit bey mir verwandeln, und mich bewegen wird, sie niemals mehr für tugendhaft zu halten.

Leonato. Hat Niemands Dolch hier eine Spitze für mich? –

Beatrice. Wie? was ist, Base? = = Warum sinkst du zur Erde?

Don Juan. Wir wollen gehen; diese unvermuthete Entdeckung ihrer Schande betäubt alle ihre Lebensgeister.

(Don Pedro, Don Juan und Klaudio gehn ab.)

Benedikt. Was fehlt dem Fräulein?

Beatrice. Sie ist todt, fürcht' ich = = helfen Sie doch Onkel, = = Hero! he'! Hero! = = Onkel! = = Signor Benedikt! = = Herr Pater!

Leonato. O Schicksal! zieh deine schwere Hand nicht von ihr ab! Tod ist die schönste Hülle um ihre Schande, die man nur wünschen kann!

Beatrice. Wie stehts mit dir, Hero?

Mönch. Fassen Sie sich, Fräulein.

Leonato. Blickst du noch auf?

Mönch. O ja; warum sollte sie nicht?

Leonato. Warum? = = Wie? ruft nicht alles um sie her ihre Schande über sie aus? Kann sie die Geschichte hier läugnen, die in ihr Blut abgedruckt ist? *) = = Lebe nicht länger, Hero; öffne deine Augen nicht mehr. Dächt' ich nicht, du werdest sogleich sterben; dächt' ich, deine Lebensgeister wären stärker, als die Empfindung deiner

*) D. i. deren Wahrheit sie durch ihr Erröthen bestätigt.

Schmach, so wollt' ich zum Schluß meiner Vorwürfe dir selbst das Leben nehmen ⸗ ⸗ Klagt' ich darüber, daß ich nur ein Kind hätte? schalt' ich deswegen die Einrichtung der kargen Natur? ⸗ ⸗ Ach! ich habe Eins zu viel an dir! ⸗ ⸗ Warum mußt' ich eins haben? ⸗ ⸗ Warum warst du jemals liebenswürdig in meinen Augen? ⸗ ⸗ Warum hab' ich nicht statt deiner ein Bettelkind vor meiner Thür aufgehoben? von dem ich, wenn es mit solcher Schande befleckt worden wäre, hätte sagen können: ich habe kein Theil an ihr; diese Schmach stammt aus unbekannten Lenden. Aber mein eignes Kind, meins, das ich liebte, meins, das ich pries, meins, darauf ich stolz war, so sehr mein, daß ich selbst weniger mein war, als sie; sie ⸗ ⸗ o! sie! ist in einen Pfuhl von Dinte gefallen; die weite See hat nicht Wasser genug, sie rein zu waschen, nicht Salz genug, ihr angestecktes Fleisch vor der Fäulung zu verwahren.

Benedikt. Fassen Sie sich, gnädiger Herr; ich für mein Theil bin so bestürzt, daß ich nicht weis, was ich sagen soll.

Beatrice. O! bey meiner Seele! man belügt meine arme Base.

Benedikt. Gnädiges Fräulein, schliefen Sie die vorige Nacht mit ihr in einem Bette?

Beatrice. Nein, das that ich nicht, ob ich es gleich, diese einzige Nacht ausgenommen, seit einem Jahre allemal gethan habe.

Leonato. Bestätigt! Bestätigt! O! das wird itzt noch stärker gemacht, was schon vorher mit eisernen Banden umschlossen war! = = Würden beyde Prinzen lügen? Würde Klaudio lügen? Er, der sie so liebte, daß er, so gar da er von ihrer Schande redete, sie mit seinen Thränen wusch? = = Hinweg mit ihr! = = Laßt sie sterben!

Mönch. Hören Sie mich itzt ein wenig; denn ich habe nur bisher geschwiegen, und diesem seltsamen Zufalle seinen Lauf gelassen, weil ich das Fräulein beobachten wollte. Ich habe tausend erröthende Blitze eines edeln Zorns in ihrem Gesicht auffahren sehen, tausend unschuldige Gefühle der sich selbst bewußten Unschuld, die, in englische Weiße gekleidet, diese Schaamröthen hinwegnahmen. Ich hab' ein Feuer in ihren Augen gesehen, das die falsche Meynung wegbrannte, welche diese Prinzen gegen ihre jungfräuliche Unschuld gefaßt hatten. Nennen Sie mich einen Narren, glauben

Sie künftig niemals meiner Belesenheit, noch meinen Beobachtungen, die das Siegel der Erfahrung auf meine Wissenschaft drücken; glauben Sie weder meinem Alter, noch meinem Stande, Beruf und geistlichem Ansehen, wenn dieses liebenswürdige Fräulein nicht ohne alle Schuld unter dem Zahn der Verläumdung leidet.

Leonato. Es ist nicht möglich, ehrwürdiger Pater. Du siehst, alles Gefühl von Tugend, das sie noch übrig hat, besteht darinn, daß sie ihre Verdamniß nicht durch die Sünde des Meyneids vergrößern will. Sie läugnet es ja nicht. Warum suchst du denn eine Schande, die in ihrer ganzen Blöße da steht, durch Ausflüchte und Entschuldigungen zu decken?

Mönch. Fräulein, wer ist denn derjenige, mit dem Sie angeklagt werden?

Hero. Das müssen die wissen, die mich anklagen; ich kenne keinen. Wenn ich von irgend einem Manne auf der Welt mehr weis, als die jungfräuliche Sittsamkeit erlaubt, so mögen alle meine Sünden keine Vergebung finden! .. O! mein Vater, wenn man erweisen kann, daß irgend eine Mannsperson in verdächtigen Stunden mit mir gesprochen, oder daß ich in der verwichnen Nacht mit irgend einem lebendigen Geschöpf Worte gewechselt habe; so verstoßen Sie mich, hassen Sie mich, martern Sie mich zu tode!

Mönch. Irgend ein seltsamer Irrthum muß die Prinzen verblenden.

Benedikt. Zwey von ihnen sind Männer von ungezweifelter Ehre; und hat man Ihre Klugheit in dieser Sache irre geführt, so muß es durch die Kunstgriffe Don Juans, des Bastards, geschehen seyn, dessen ganzer Geist beständig Bubenstücke anzuspinnen beschäftigt ist.

Leonato. Ich weis es nicht; wenn sie die Wahrheit von ihr sagen, so sollen diese Hände sie zerreißen; aber haben sie ihr Unrecht gethan, so sollen sie, so vornehm sie auch seyn mögen, bald mehr davon hören. Die Zeit hat mein Blut noch so nicht aufgetrocknet, noch das Alter meinen Verstand so sehr geschwächt, noch das Glück meine Mittel so geplündert, noch eine schlechte Aufführung mir so viel Freunde geraubt, daß sie nicht sowohl Stärke des Leibes, als lebhafte Geisteskraft, zureichende Mittel, und auserlesene Freunde auf meiner Seite finden sollen, um mich völlig an ihnen zu rächen.

Mönch. Halten Sie ein wenig ein, und vernehmen meinen Rath in dieser Sache. Die Prinzen haben Ihre Tochter hier als todt verlassen; lassen Sie eine Zeitlang sie heimlich verschließen, und breiten aus, daß sie wirklich todt sey. Bekräftigen Sie das durch alle Merkmale der Trauer; hängen Sie an ihr altes Familienbegräbniß klagende Grabschriften, und machen Anstalten zu allen den Gebräuchen, die zu einem Leichbegängniß gehören.

Leonato. Und wozu soll das alles?

Mönch. Wenn alles dieß geschickt ausgeführt wird, so wird es, zu ihrem Besten, Verläumdung in Reue verwandeln; das ist schon etwas; aber ich habe bey einem so seltsamen Mittel noch größere Absichten. Da sie, wie man vorgeben muß, in eben dem Augenblicke starb, als man sie anklagte, so wird jedermann, der es hört, sie bedauren, bejammern, und entschuldigen. Denn so geht es nun einmal: was wir haben, das schätzen wir nie nach seinem Werth, so lange wir es genießen; aber so bald wir es verlieren, dann vergrößern wir seinen Werth; dann finden wir die Tugend, welche uns der Besitz nicht zeigte, so lange sie noch die unsrige war. Und so wird es auch Klaudio machen. Wenn er hört, daß seine Beschuldigungen sie ums Leben gebracht haben, dann wird die Vorstellung ihres Lebens sich über seine ganze Einbildungskraft verbreiten; und jedes liebenswürdige Organ ihres Lebens wird sich in glänzenderm Reize, rührender, feiner und belebter seiner Seele darstellen, als da sie wirklich lebte. Dann wird er, wenn er sie anders jemals geliebt hat, dann wird er trauren und wünschen, er hätte sie nie angeklagt, sogar in dem Falle nicht, wenn ers auch mit völligster Gewißheit hätte thun können. Thun Sie das, und zweifeln Sie nicht, der Ausgang wird glücklicher seyn, als ich es itzt nach Vermuthungen vorher sagen kann. Und gesetzt auch, daß alle andern Absichten fehl schlügen, so wird doch die Ueberredung, daß das Fräulein gestorben sey, das an sich schon unglaubliche Gerücht von ihrer Schande tilgen. Und, fügt es sich nicht besser, so bleibt Ihnen ja am Ende noch immer die Freyheit übrig, sie, wie sichs für ihren verletzten Ruf am besten schickt, in der Abgeschiedenheit eines Klosters, allen Augen, Zungen, Gedanken und Beleidigungen gänzlich zu entziehen.

Benedikt. Signor Leonato, folgen Sie dem

Rath des Paters: und ob Sie gleich wissen, daß ich dem Prinzen und Klaudio sehr ergeben bin, so schwör' ich doch bey meiner Ehre, daß ich in dieser Sache so geheim und gewissenhaft verfahren werde, als Ihre eigne Seele gegen ihren Körper nur immer thun könnte.

Leonato. In dieser Fluth von Sorgen muß ich mich freylich an dem schwächsten Aestchen halten.

Mönch. Gut, daß Sie mit mir eins sind. Itzt lassen Sie uns gleich gehen, denn außerordentliche Wunden fodern eine außerordentliche Heilungsart. Wohlan, Fräulein, sterben Sie, um zu leben; vielleicht ist das nur ein Aufschub dieser Hochzeit; haben Sie nur Geduld, und halten aus.

(Sie gehen ab.)

Zweyter Auftritt.

Benedikt und Beatrice, die zurückgeblieben sind.

Benedikt. Mein Fräulein, haben Sie denn diese ganze Zeit über geweint?

Beatrice. Ja; und ich werde noch eine Zeitlang weinen.

Benedikt. Das wünsch' ich nicht.

Beatrice. Dazu haben Sie nicht Ursach; ich thu' es von freyen Stücken.

Benedikt. In Wahrheit, ich glaube, man thut Ihrer schönen Base Unrecht.

Beatrice. Ach! wie sehr würde sich derjenige um mich verdient machen, der ihr Recht verschaffen wollte!

Benedikt. Giebt es irgend einen Weg, solche Freundschaft zu zeigen?

Beatrice. Einen sehr geraden Weg; aber keinen solchen Freund.

Benedikt. Ist es etwas, das ein Mann thun kann?

Beatrice. Es ist eines Mannes Geschäfte, aber nicht das Ihrige.

Benedikt. Ich liebe nichts auf der Welt so sehr, als Sie; klingt das nicht fremd?

Beatrice. Eben so fremd, als das, was ich nicht weis. Ich könnte eben so leicht sagen, ich liebe nichts so sehr, als Sie; aber glauben Sie mir nicht. Und doch lüg' ich nicht; ich bekenne nichts, und leugne auch nichts. Ich bin nur für meine Base bekümmert.

Benedikt. Bey meinem Degen, Beatrice, du liebst mich!

Beatrice. Schwören Sie nicht dabey, und essen Sie ihn.

Benedikt. Ich schwöre bey meinem Degen, daß Sie mich lieben, und den will ich zwingen ihn zu essen, der sagt, daß ich Sie nicht liebe.

Beatrice.. Wollen Sie das nicht wieder essen, *) was Sie da gesagt haben?

Benedikt. Mit keiner Brüh die nur irgend dazu erdacht werden kann. Ich schwöre, daß ich dich liebe.

Beatrice. Nun denn, Gott verzeih' mir.

Benedikt. Was für eine Sünde, liebste Beatrice?

Beatrice. Sie haben mich hier in einer glücklichen Stunde aufgehalten; ich war im Begriff, Ihnen zu versichern, daß ich Sie liebe.

Benedikt. O! thun Sie das von ganzem Herzen.

Beatrice. Ich liebe Sie mit so viel von meinem Herzen, daß nichts davon übrig ist, wobey ich es Ihnen betheuren könnte.

Benedikt. O! sage mir, es sey was es wolle, was ich für dich thun soll.

---

*) D. i. wieder zurücknehmen, die Englische Redensart to eat his word ist nicht so ganz ungewöhnlich.

Beatrice. Nimm Klaudio das Leben.

Benedikt. Ha! nicht für die weite Welt.

Beatrice. Sie tödten mich durch Ihre Weigerung. Leben Sie wohl.

Benedikt. Warten Sie noch, liebste Beatrice.

Beatrice. Ich bin weg, ob ich gleich noch hier bin. Sie lieben mich nicht. O! ich bitte, lassen Sie mich gehen.

Benedikt. Beatrice. = =

Beatrice. Im Ernst, ich will gehen.

Benedikt. Wir wollen vorher Freunde seyn.

Beatrice. Sie haben mehr Herz, mein Freund zu seyn, als, sich mit meinem Feinde zu schlagen.

Benedikt. Ist Klaudio dein Feind?

Beatrice. Hat er sich nicht im höchsten Grad als ein niederträchtiger Mensch bezeigt, der meine Base verläumdet, beschimpft, und um ihre Ehre gebracht hat? O! möcht' ich ein Mann seyn! = = Was? = = sie auf den Händen tragen, bis zu dem Augenblick, da sie einander die Hände geben sollen; und dann so öffentlich, so schimpflich, auf eine so unbarmherzige Art! = = O Gott! möcht' ich ein Mann seyn! Ich wollte sein Herz auf öffentlichem Markte verzehren!

Benedikt. Hören Sie mich, Beatrice.

Beatrice. Mit einer Mannsperson aus dem Fenster gesprochen! . . ein feines Mährchen!

Benedikt. Ja, aber Beatrice . .

Beatrice. Die liebste Hero , . . Sie ist beleidigt, sie ist verläumdet, sie ist zu Grunde gerichtet!

Benedikt. Beat- . .

Beatrice. Prinzen und Grafen! . . Wahrhaftig ein prinzenmäßiges Zeugniß! ein vortreffliches Grafenstückchen! ein saubrer Liebhaber, wahrhaftig! . . O! möcht' ich um seinetwillen ein Mann seyn! Oder hätt' ich wenigstens einen Freund, der um meinetwillen ein Mann seyn wollte! Aber Mannheit ist in Höflichkeit zerschmolzen, Tapferkeit in Complimente; und die Männer sind lauter Zunge worden, und sehr glatte dazu! Wer itzt flucht, und eins daher prahlt, ist so tapfer als Herkules! . . Ich kann von wünschen kein Mann werden; und so will ich denn als ein Weib mich zu tode grämen.

Benedikt. Bleibe, liebste Beatrice; bey dieser Hand, ich liebe dich!

Beatrice. Brauche sie mir zu Liebe zu was bessern, als dabey zu schwören.

Benedikt. Sind Sie in Ihrer Seele überzeugt, daß Graf Klaudio der Hero Unrecht gethan hat?

Beatrice. Ja, so wahr ich einen Gedanken oder eine Seele habe!

Benedikt. Genug; hier ist mein Wort; ich will ihn herausfodern. Lassen Sie mich Ihre Hand küssen; und leben Sie wohl. Bey dieser Hand, Klaudio soll mir eine schwere Rechenschaft geben. Wie Sie von mir hören, so denken Sie von mir. Gehn Sie, und trösten Ihre Base; ich muß sagen, sie sey todt. Und nun leben Sie wohl.

(Sie gehen ab.)

Dritter Auftritt.

Ein Gefängniß.

Dogberry. Verges. Boracchio. Conrad. Der Stadtschulz und ein Gerichtsschreiber, in Amtsröcken.

Stadtschulz. Ist unsre ganze Dissamblee beysammen?

Dogberry. O! einen Stuhl und ein Küssen für den Herrn Gerichtsschreiber.

Schreiber. Wo sind die Malefikanten?

Verges. Zum Henker, das bin ich und mein Herr Gevatter.

Dogberry. Ja freylich; wir haben die Inhibition, das Verhör vorzunehmen.

Schreiber. Aber wo sind die Verbrecher, die verhört werden sollen? Man führe Sie vor den Herrn Konstabel.

Stadtschulz. Ja, zum Henker, laßt sie vor mich kommen. Wie ist euer Name, Freund?

Borachio. Borachio.

Stadtschulz. Schreibt doch auf, Borachio. . . Und der eurige, Kamerad?

Conrad. Ich bin ein Edelmann, mein Herr, und mein Name ist Conrad.

Stadtschulz. Schreibt auf, Herr Edelmann Conrad . . Ihr Herren, dient ihr auch Gott?

Beyde. Ja, Herr, das hoffen wir.

Stadtschulz. Schreibt hin, sie hoffen, sie dienen Gott; und schreibt Gott zuerst; denn bewahre Gott, daß Gott nicht vor solchen Schelmen voran gehen sollte! . . Ihr Herren, es ist bereits bewiesen, daß ihr nicht viel bessers als Spitzbuben seyd; und es wird wohl ungefähr so heraus kommen, daß es nicht anders ist. Was habt ihr darauf zu antworten?

Conrad. Ey, nun, Herr, wir sagen, wir sind keine.

Stadtschulz. Ein verzweifelt witziger Bursche, das versichr' ich euch; aber ich will bald mit ihm fertig werden. Kommt näher, Kamerad; ein Wort ins Ohr, Herr; man glaubt, daß ihr beyde Spitzbuben seyd.

Borachio. Und ich sag' Ihm, Herr, daß wir keine sind.

Stadtschulz. Tretet wieder auf die Seite = = Bey Gott, sie sprechen, als hätten sie's mit einander verabredet! = = Habt ihr hineingeschrieben, daß sie keine sind?

Schreiber. Herr Stadtschulz, wenn Sie Verhör halten wollen, so verfahren Sie nicht, wie sichs gehört. Sie müssen die Wächter hereinrufen, die sie verklagt haben.

Stadtschulz. Ja, zum Henker! so gehört sichs auch. Laßt die Wache hereinkommen! = = = (Die Wächter kommen herein.) Ihr Leute, ich befehl' euch in des Prinzen Namen, eure Klage wider diese Männer vorzubringen.

1. Wache. Dieser Mann, Herr, sagte, Don Juan, des Prinzen Bruder, sey ein Bösewicht.

Stadtschulz. Schreibt, Don Juan sey ein Bösewicht . . Wie? das ist ja klarer Meyneid, eines Prinzen Bruder einen Bösewicht zu nennen!

Borachio. Herr Stadtschulz . .

Stadtschulz. Ich bitt' dich, guter Freund, schweig nur. Deine Miene steht mir gar nicht an, das versicht' ich dir.

Schreiber. Was habt ihr ihn denn sonst noch sagen gehört?

2. Wächter. Je nun! er habe tausend Dukaten von Don Juan gekriegt, weil er Fräulein Hero fälschlich angeklagt hätte.

Stadtschulz. Klarer Einbruch, wenn jemals einer begangen ist!

Dogberry. Ja, mein Treu, das ist es.

Schreiber. Was sonst noch, Freund?

1. Wächter. Und Graf Klaudio habe, seinen Reden zufolge, sich vorgenommen, Hero vor der ganzen Versammlung zu beschimpfen, und sie nicht zu heyrathen.

Stadtschulz. O du Spitzbube! du wirst zur

immerwährenden Redemtion dafür verdammt werden.

Schreiber. Was noch mehr?

2. Wächter. Das ist alles.

Schreiber. Und das ist mehr, ihr Herren, als ihr leugnen könnt. Prinz Don Juan hat sich diesen Morgen heimlich davon gemacht; Hero wurde auf diese Art angeklagt, auf eben diese Art verstoßen, und starb darüber plötzlich vor Betrübniß. Herr Konstabel, laß Er diese Leute binden und zu Leonato führen; ich will voran gehen, und ihm ihr Verhör zeigen.

Dogberry. Laßt ihnen die Arme zusammen binden.

Schreiber. Sie brauchen nur verwahrt zu werden.

(Er geht ab.)

Conrad. Fort, Stockfisch!

Dogberry. Potz tausend, wo ist der Schreiber? Er soll aufschreiben, des Prinzen Gerichtsbeamter ein Stockfisch! Kommt, bindet sie. Du nichtswürdiger Kerl!

Conrad. Fort, ihr seyd ein Esel, ihr seyd ein Esel.

Dogberry. Suspectirst du denn mein Amt nicht? Suspectirst du meine Jahre nicht? .. O! wär' er doch hier, daß er aufschreiben könnt', ich sey ein Esel! .. Aber ihr Herren, erinnert euch, daß ich ein Esel bin, wenn es schon nicht protokollirt ist, so vergeßt es doch nicht, daß ich ein Esel bin. Nein, du Schurke, du bist voller Pietät, wie durch gute Zeugnisse auf dich soll bewiesen werden. Ich bin ein verständiger Mann, und was noch mehr ist, ein Gerichtsbeamter, und was noch mehr ist, ein angesessener Mann, und was noch mehr ist, ein so hübsches Stück Fleisch, als eins in Meßina, und ein Mann, der sich auf die Gesetze versteht, seht ihrs! und ein Mann, der sein Vermögen hat, seht ihrs! und ein Mann, der um vieles gekommen ist, und ein Mann, der seine zwey Kleider, und alles am Leibe sauber hat .. Führt ihn fort! .. O! wenn's nur protokollirt wäre, daß ich ein Esel bin!

(Sie gehn ab.)

Fünfter Aufzug.

Erster Auftritt.

Vor Leonato's Hause.

Leonato. Antonio.

Antonio. Wenn das so fortgeht, so werden Sie sich noch das Leben kürzen; und es ist nicht weislich gehandelt, dem Kummer gegen sich selbst beyzustehen.

Leonato. Ich bitte dich, nur keinen Rath mehr! .. Er fällt fruchtlos in mein Ohr, wie Wasser in ein Sieb. Gib mir keinen Rath, und laß keinen Tröster meinem Ohr schmeicheln wollen, als nur einen solchen, dessen Unglück dem meinigen ähnlich ist. Bringe mir einen Vater, der sein Kind so liebte, wie ich, dessen Freude an demselben auf eine solche Art vernichtet ist, und heiß ihn dann von Geduld reden; laß ihn seinen Schmerz nach der Länge und Breite des meinigen abmessen, und laß seine Klage in allen ihren Tönen mit der meinigen zusammenstimmen, als das für das, und ein solches Weh für ein solches in jedem Zuge, jeder Gestalt und Form; wenn solch ein Mann lächelt, und seinen Bart streichelt, und ruft: fort mit dem Kummer! und Hem! sagt *), wenn er ächzen sollte; wenn er seinen Gram mit Sprüchwörtern überpflastert, und das Unglück bey nächtlichen Gelagen berauscht; so bring' ihn zu mir, und von ihm will ich Geduld lernen. Aber es giebt keinen solchen Mann. Die Leute, Bruder, können gut rathen und den Schmerz trösten, welchen sie selbst nicht fühlen; aber sobald sie selbst in unsern Fall kommen, so verwandelt sich ihre Weisheit in Leidenschaft, diese Weisheit, die vorher der Wuth Arzney verschreiben, die starke Raserey mit einem seidnen Faden fesseln, den Schmerz mit Luft, und Todesqualen mit Worten bezaubern wollte. Nein, nein; dem Unglücklichen, der sich unter der Last seines Elends krümmt, Geduld zusprechen, das kann jedermann; aber so weit erstreckt sich keines Menschen Tugend noch Weisheit, daß er noch eben so moralisch seyn könnte, wenn er selbst ein gleiches leidet. Gib mir also keinen Rath; meine Schmerzen schreyen lauter, als alle Vorstellungen.

*) *to hem* bezeichnet einen Laut des Vergnügens und der Sorglosigkeit.

Antonio. Der Unterschied zwischen einem Mann und einem Kinde, ist also in diesem Stücke nicht sehr groß.

Leonato. O laß mich doch; ich will nichts mehr seyn, als Fleisch und Blut. Noch nie gab es einen Weltweisen, der das Zahnweh geduldig aushalten konnte, ob sie gleich die Sprache der Götter geredet, und so gleichgültig von Zufall und Schmerz geschwatzt haben.

Antonio. Wenigstens kehren Sie doch nicht allen Ihren Gram gegen sich selbst, und lassen Sie auch diejenigen ihren Antheil leiden, die Sie so sehr beleidigen.

Leonato. Darinn hast du Recht; ja, das will ich thun. Mein Herz sagt es mir, Hero ist belogen; und das soll Klaudio, das soll der Prinz wissen, und die alle, die sie so um ihre Ehre bringen!

Zweyter Auftritt.

Die Vorigen. Don Pedro. Klaudio.

Antonio. Hier kömmt der Prinz und Klaudio, in großer Eile.

Pedro. Guten Tag, guten Tag.

Klaudio. Guten Tag, meine Herren.

Leonato. Ein Wort, meine Herren!

Pedro. Wir sind etwas eilig, Leonato.

Leonato. Eilig, gnädiger Herr? ‥ Nun gut, so lebt wohl! ‥ Seyd ihr nun so eilig? ‥ Gut, es ist alles eins.

Pedro. O! fange keine Händel mit uns an, guter Alter.

Antonio. Wenn er sich durch Händel Recht schaffen könnte, so würden einige von uns unten liegen.

Klaudio. Wer beleidigt ihn?

Leonato. Beym Himmel! Du beleidigst mich, du Heuchler, du! ‥ O! lege deine Hand nicht an deinen Degen; ich fürchte dich nicht.

Klaudio. Verwünscht sey meine Hand, wenn sie niederträchtig genug wäre, solch einem Greise zu drohen! In Wahrheit, diese Bewegung meiner Hand hatte keine Bedeutung.

Leonato. Spotte nicht, junger Mensch; ich rede nicht wie ein aberwitziger alter Mann, der unter dem Freyheitsbriefe des Alters mit den Thaten seiner Jugend prahlt, oder mit dem, was er thun wollte, wenn er nicht alt wäre. Wisse,

Klaudio, daß du mein unschuldiges Kind und mich so beleidigt hast, daß ich gezwungen bin, die Vorrechte meiner Jahre beyseite zu setzen, und mit grauem Haar und vielem Ungemach bedeckt, dich herauszufodern. Ich sage, du hast auf mein unschuldiges Kind gelogen; deine Lästerung hat ihr Herz durchbohrt, und nun liegt sie bey ihren Voreltern begraben . . . o! in einem Grabe, wo nie die Schande schlief, außer die ihrige, das Werk deiner niederträchtigen Bosheit.

Klaudio. Meiner niederträchtigen Bosheit?

Leonato. Ja, der deinigen, Klaudio, der deinigen, sag' ich.

Pedro. Sie haben Unrecht, guter Alter.

Leonato. Gnädiger Herr, ich will es auf seinen Kopf beweisen, wenn er das Herz hat; troz seiner Geschicklichkeit und Uebung im Fechten, troz dem Frühling seiner Jugend, und der vollen Blüthe seiner Kräfte.

Klaudio. Weg! ich werde mich nicht mit Ihnen einlassen.

Leonato. Kannst du mich so abweisen? . . Du hast mein Kind ermordet! . . Wenn du mich tödtest, Knabe, so tödtest du einen Mann.

Antonio. Er muß unser zwey tödten, und freylich Männer! = = Aber das hat nichts auf sich; laß ihn nur erst Einen tödten! = = Ich nehm' es auf mich; er soll es mit mir ausmachen. Komm, folge mir, komm, junger Mensch, folge mir. Junger Herr, ich will Sie von Ihrer Fuchtel wegpeitschen; so wahr ich ein Edelmann bin, das will ich.

Leonato. Bruder = =

Antonio. Sey ruhig! = = Gott weis, ich liebte meine Nichte, und sie ist todt; von niederträchtigen Buben zu tode gelästert, die gerade so viel Herz haben, sich gegen einen Mann zu stellen, als ich, eine Schlange bey der Zunge zu fassen; Knaben, Affen, Prahler, Gecken, Gelbschnäbel!

Leonato. Bruder Antonio = =

Antonio. Sey ruhig! = = Was? Freund, ich kenne sie, ja! = = ich weis, wie leicht sie wägen, wahrhaftig, bis auf den letzten Gran. Liederliche, unverschämte, modenkrämerische Buben! die lügen, und schwänzeln, und spotten, und lästern, große Schritte nehmen, und eisenfresserische Gesichter machen, und mit einem halben Dutzend gefährlicher Wörter um sich werfen, wie sie's ihren Feinden machen wollten, wenn sie das Herz hätten; und das ist alles!

Leonato. Aber Bruder Antonio = =

Antonio. Ach, was? das hat nichts auf sich; mische du dich nicht drein; laß michs ausmachen.

Pedro. Ihr Herren, wir wollen eure Geduld nicht reizen. Der Tod Ihrer Tochter geht mir sehr zu Herzen; aber bey meiner Ehre, es wurde ihr nichts Schuld gegeben, als was wahr, und überflüssig bewiesen war.

Leonato. Gnädiger Herr = =

Pedro. Ich will nichts mehr hören.

Leonato. Nicht? Komm mit, Bruder, ich will gehört seyn.

Antonio. Das sollst du, aber einige von uns sollen dafür büßen.

(Leonato und Antonio gehen ab.)

Dritter Auftritt.

Don Pedro. Klaudio. Benedikt.

Pedro. Seht, da kömmt der Mann, den wir suchen.

Klaudio. Nun, mein Herr, was giebts neues?

Benedikt. Guten Tag, gnädiger Herr.

Pedro. Willkommen, Signor Benedikt. Beynahe hätten Sie hier ein Scharmützel mit ansehen können.

Klaudio. Es fehlte wenig, so hätten ein Paar alte Männer ohne Zähne uns die Nasen abgebissen.

Pedro. Leonato und sein Bruder. Was denkst du davon? Ich weis nicht, ob wir zu jung für sie gewesen wären, wenn es zum Gefechte gekommen wäre.

Benedikt. Bey einer schlimmen Sache findet keine wahre Tapferkeit Statt. Ich kam, um euch beyde zu suchen.

Klaudio. Und wir suchen dich schon allenthalben; denn wir sind ganz entsetzlich schwermüthig, und hätten gerne, daß uns jemand aufgeräumt machte. Willst du uns mit deinem Witze behülflich seyn?

Benedikt. Mein Witz steckt hier in meiner Scheide; soll ich ihn ziehen?

Pedro. Trägst du deinen Witz an der Seite?

Klaudio. Das that noch niemand; ob es gleich viele giebt, die ihren Witz an die Seite gelegt haben. *) Ich will dich ihn ziehen heißen, wie man

*) Though very many have been *beside their wit* heißt eigentlich: obgleich bey vielen der Witz übergeschnappt ist.

die Fidler es zu heißen pflegt: *) Zieh von Leder, uns zu Gefallen.

Pedro. So wahr ich ehrlich bin, er sieht blaß aus = = Bist du krank oder verdrießlich?

Klaudio. Nun, lustig, Freund! = = Was ist es mehr, wenn der Kummer eine Katze ums Leben gebracht hat? = = Du hast Herz genug im Leibe, einen solchen Kummer zu tödten.

Benedikt. Herr, ich will mit Ihrem Witz auf dem Rennplatz zusammen kommen, wenn Sie ihn gegen mich losdrücken wollen = = Ich bitte, wählen Sie eine andre Materie zum Gespräch.

Klaudio. Nun, so geben Sie ihm eine andre Lanze; die letzte wurde mitten durch gebrochen.

Pedro. Beym Himmel! er verändert sich je länger je mehr; ich denk' immer, er ist böse.

Klaudio. Wenn er's ist, so weis er, wie er seinen Gürtel schnallen muß. **)

---

*) As we do the ministrels. Die Anspielung ist dunkel, und von keinem Ausleger erklärt.

**) Es ist im Englischen eine sprüchwörtliche Redensart: „Wenn er böse ist, so laß ihn die Schnalle seines Gürtels umkehren.„ Der Ursprung derselben ist mir indeß eben so wenig bekannt, als ihre Bedeutung.

John.

Benedikt. Kann ich Ihnen ein Wort ins Ohr sagen?

Klaudio. Gott behüte mich vor einer Ausfoderung!

Benedikt. Sie sind ein schlechter Kerl; ich spasse nicht. Ich will es beweisen, wie Sie wollen, und wann Sie wollen. Geben Sie mir Genugthuung, oder ich will's ausposaunen lassen, daß Sie eine feige Memme sind. Sie haben ein liebenswürdiges Mädchen ums Leben gebracht, und ihr Tod soll schwer auf Sie fallen. Lassen Sie mich ihre Antwort hören.

Klaudio. Gut, ich will erscheinen, wenn die Mahlzeit der Mühe werth ist.

Pedro. Wie? -- ein Schmaus? ein Schmaus?

Klaudio. In der That, ich bin ihm Dank schuldig, er hat mich auf einen Kalbskopf und einen Kapaunen eingeladen, und wenn ich die nicht ganz zierlich vorschneide, so sage man, daß mein

---

Johnson. -- In *Ray's* Collection of English Proverbs finde ich diese Redensart, aber gleichfalls ohne weitre Erklärung, so: Seyd ihr böse, so macht eure Gürtelschnalle auf den Rücken.

Messer nichts tauge. Soll ich nicht noch eine Schnepfe *) dazu suchen?

Benedikt. Herr, Ihr Witz geht einen guten Zelterpaß; er geht leicht.

Pedro. Ich will dir sagen, wie rühmlich Beatrice letzthin von deinem Witze sprach. Ich sagte, du hättest einen feinen Witz; richtig, sagte sie, fein und klein; nein, sagt' ich; einen großen Witz; das meyn' ich eben, sagte sie, groß und dick. Nein, sagt' ich, einen guten Witz; recht, sagte sie, er stößt niemand. Nein, sagt' ich, der junge Herr ist weise; freylich sagte sie, ein weiser junger Herr. **) Und was noch mehr ist, sagt' ich, er redet verschiedne Sprachen. Das glaub' ich, sagte sie; denn er schwur mir Montag Abends etwas zu, das er Dienstag Morgens wieder verschwur; das waren also zweyerley verschiedne Sprachen. So zerlegte sie eine ganze Stunde lang alle deine besondern Tugenden, und

*) A woodrock wird oft von einem Dummkopf gebraucht.

**) *A wise Gentleman* muß zu Shakespears Zeiten einen Nebenbegriff gehabt haben, der sich itzt verloren hat. Johnson muthmaßt, *a wise Gentle man* habe vielleicht einen Zaghaften bedeutet.

sagte endlich mit einem Seufzer, du seyst der artigste Mann in ganz Italien.

Klaudio. Und weinte die hellen Zähren dazu, und versicherte, sie bekümmere sich nichts darum.

Pedro. Ja, das that sie; und doch ist bey alle dem so viel richtig, daß sie ihn herzlich lieb haben würde, wenn sie ihn nicht tödtlich haßte. Des alten Mannes Tochter sagte uns alles.

Klaudio. Alles, alles; und außerdem sah ihn der liebe Gott, wie er sich im Garten versteckte.

Pedro. Und wann sollen wir denn des wilden Ochsen Hörner auf des vernünftigen Benedikts Stirne sehen?

Klaudio. Und darunter schreiben: Hier wohnt Benedikt, der verheyrathete Mann?

Benedikt. Leben Sie wohl, junger Mensch; Sie wissen meine Gesinnung; ich will Sie itzt Ihrer poßirlichen Laune überlassen. Sie handhaben mit Ihren Spässen, wie Großprahler mit ihren Degenklingen, die Gottlob! kein Leides thun . . Gnädiger Herr, ich danke Ihnen für alle Ihre Gütigkeiten; ich muß mich Ihrer Gesellschaft entziehen. Ihr Bruder, der Bastard, ist aus Meßina entflohen; Ihr habt beyde ein unschuldiges und liebenswürdiges Mädchen getödtet. Was den Herrn Ohnebart hier betrifft, so werden wir schon einander sprechen; bis dahin leb' er wohl!

(Er geht ab.)

Pedro. Es ist sein Ernst.

Klaudio. Sein völliger Ernst; und ich wollte wetten, alles aus Liebe zu Beatrice.

Pedro. Er hat dich also herausgefodert?

Klaudio. Mit dem größten Ernste.

Pedro. Was für ein artiges Ding ein Mann ist, der in seinem Wams und Hosen davon geht, *) und seinen Verstand dahinten läßt!

Klaudio. Er ist alsdann ein Riese gegen einen Affen; aber ein Affe ist dafür auch ein Doctor gegen solch einen Mann.

Vierter Auftritt.

Die Vorigen. Dogberry. Verges. Conrad. Borachio. Wache.

Pedro. Stille doch, itzt müssen wir ernsthaft seyn .. Sagte er nicht, mein Bruder habe sich davon gemacht?

---

*) Es wurde damals für ein Zeichen des Leichtsinnes gehalten, wenn einer in Wams und Hosen gieng, und den Rock wegließ. .. Warburton. .. In die Stelle des letztern wird hier der Verstand gesetzt.

Dogberry. Nur immer heran, guter Freund! „Wenn euch die Gerechtigkeit nicht zahm machen kann, so soll sie weiter kein Recht in ihrer Wagschale abwägen. Wenn ihr vorhin ein verwünschter Heuchler gewesen seyd, so muß man euch itzt auf die Finger sehen.

Pedro. Was ist das? Zwey von meines Bruders Leuten gebunden? und Borachio einer davon?

Klaudio. Erkundigen Sie sich doch, was sie gethan haben, gnädiger Herr?

Pedro. Gerichtsdiener, was haben diese Leute gethan?

Dogberry. Zum Henker, Herr, sie haben falschen Rapport begangen; ferner, sie haben Unwahrheiten gesagt; zweytens sind sie Kalumnianten; sechstens und letztens haben sie ein adliches Fräulein belogen; drittens haben sie unrichtige Dinge verificirt, und schließlich sind sie lügenhafte Spitzbuben.

Pedro. Erstlich frag' ich dich, was sie gethan haben; drittens frag' ich dich, worinn ihr Verbrechen besteht; sechstens und letztens, warum sie ins Gefängniß gebracht werden; und schließlich, was ihr ihnen zur Last legt?

Klaudio. Wohl gegeben, und nach eben der Eintheilung, die er selbst brauchte! .. Das heiß ich doch, einem seine Meynung begreiflich machen!

Pedro. Was habt ihr verbrochen, ihr Leute, daß man euch so gebunden herbey führt? Diese gelehrte Gerichtsperson hier ist zu scharfsinnig, als daß man ihn verstehen könnte. Worinn besteht euer Verbrechen?

Borachio. Gnädigster Herr, gestatten Sie nicht, daß ich weiter zum Verhör geführt werde; hören Sie mich an! und lassen Sie mich von Klaudio's Hand sterben. Ich habe Ihnen selbst ein Blendwerk vor den Augen gemacht; was Ihre Weisheit nicht entdecken konnte, haben diese schaalen Thoren ans Licht gebracht, die mich in der Nacht gehört haben, als ich diesem Manne hier erzählte, wie Don Juan, Ihr Bruder, mich angestiftet hat, das Fräulein Hero zu verläumden, wie Sie heimlich in den Garten geführt worden, und gesehen haben, daß ich Margarethen in Hero's Kleidern einen Liebesantrag that, wie Sie Graf Klaudio, sie verstoßen haben, als Sie sie heyrathen sollten. Diese meine schändlichen Thaten haben sie protokollirt; und das wollt' ich lieber mit meinem Tode besiegeln, als zu meiner Schande noch einmal ablesen hören. Das Fräulein ist durch meine und meines Herrn falsche Anklage ums Leben gekommen, und kurz, ich verlange itzt nichts weiter, als den Lohn eines Bösewichts.

Pedro. Rennt diese Rede nicht wie ein mörderisches Eisen durch Ihr Blut?

Klaudio. Ich habe Gift getrunken, als er sie vorbrachte.

Pedro. Und mein Bruder hat dich dazu angestiftet?

Borachio. Ja; und hat mich für die Ausführung seines Anschlags reichlich bezahlt.

Pedro. Er ist aus lauter Verrätherey gemacht und zusammengesetzt; und wegen dieser Schandthat ist er gewiß davon gegangen.

Klaudio. Liebste Hero! nun erscheint mir dein Bild wieder in der bezaubernden Gestalt, die beym ersten Anblick mein Herz entführte!

Dogberry. Führt die Beklagten weg; unser Schreiber wird dem Signor Leonato wohl schon von der Sache reformirt haben. Und, ihr Herren, vergeßt auch nicht, bey bequemer Zeit und Gelegenheit zu specificiren, daß ich ein Esel bin.

Verges. Hier, hier kömmt Herr Signor Leonato, und der Schreiber dazu.

Fünfter Auftritt.

Die Vorigen. Leonato. Der Schreiber.

Leonato. Wer ist der Bösewicht? -- Laßt mich ihn sehen, damit wenn ich einen andern Menschen sehe, der ihm gleich sieht, mich vor ihm hüten könne. Wer unter diesen ist's?

Borachio. Wollen Sie Ihren Beleidiger kennen lernen, so sehn Sie mich an.

Leonato. Bist du, bist du der Niederträchtige, der mit seinem Athem mein unschuldiges Kind ermordet hat?

Borachio. Ja, ich allein.

Leonato. Nein, nicht so, Bösewicht; du belügst dich selbst; hier stehn ein Paar ehrenvolle Männer, und ein dritter, der auch mit Hand im Spiel hatte, ist davon gelaufen. Euch, Prinzen, verdank' ich meiner Tochter Tod; zeichnet es zu euern übrigen erhabnen und preißwürdigen Thaten auf; es war eine edle That, wenn ihr's recht überlegt.

Klaudio. Ich kann freylich wohl kein geduldiges Gehör von Ihnen hoffen; und doch muß ich reden. Wählen Sie sich selbst eine Rache; legen Sie mir für meine Sünde eine Strafe auf, so schwer Sie dieselbe nur immer ersinnen können. Indeß hab' ich bloß aus Irrthum gesündigt.

Pedro. Bey meiner Seele, ich auch. Und doch werd' ich mich gern, um diesem würdigen Alten Genugthuung zu schaffen, unter jede Last beugen, die er mir auflegen will.

Leonato. Ihr könnt meine Tochter nicht wieder lebendig machen, das ist unmöglich. Aber ich bitt' euch beyde, macht es in ganz Meßina kund, daß sie unschuldig gestorben ist; und habt ihr Liebe genug für sie, euch mit so ernsthaften Erfindungen zu beschäftigen, so hängt eine Innschrift, die ihre Ehre rechtfertigt, an ihr Grabmal, und singt sie ihren Gebeinen; singt sie diese Nacht; und morgen früh kommen Sie, Graf Klaudio, in mein Haus; und, da Sie nun nicht mehr mein Schwiegersohn werden können, so werden Sie wenigstens mein Vetter. Mein Bruder hat eine Tochter, die das wahre Ebenbild meines verstorbenen Kindes ist; sie ist itzt die einzige Erbinn von uns beyden. *)

*) Shakespear scheint das vergessen zu haben, was

Uebertragen Sie ihr das Recht, das Sie ihrer Base hätten geben sollen; und das soll der Tod meiner Rache seyn.

Klaudio. O großmüthiger Mann! Das Uebermaaß Ihrer Güte preßt mir Thränen aus. Ich nehme Ihr Anerbieten an; von nun an schalten Sie nach Ihrem Gefallen mit dem armen Klaudio.

Leonato. Ich erwarte Sie also morgen, und nehme für diesen Abend Abschied von Ihnen. Dieser Nichtswürdige soll mit Margarethe zusammengebracht werden, die, wie ich vermuthe, gleichfalls von Ihrem Bruder bestochen, und mit in diese Büberey verwickelt war.

Borachio. Nein, bey meiner Seele, das war sie nicht. Sie wußte nicht einmal, was sie that, als sie mit mir sprach. Ich habe sie nie anders als tugendhaft und ihrer Herrschaft treu gekannt.

Dogberry. Anbey ist auch anzuzeigen, gnädiger Herr, ob es gleich freylich nicht schwarz auf weiß steht, daß dieser Beklagte, dieser Verbrecher

---

er Leonato in dem sechsten Auftritte des ersten Aufzugs zum Antonio sagen ließ: „Nun, Bruder, wo ist mein Vetter, dein Sohn? hat er die Musik besorgt?„ Johnson.

hier, mich einen Esel geheißen hat. Ich bitte Sie, daß man das bey seiner Bestrafung in Erwägung ziehn möge. Ferner hörte sie die Wache auch von einem gewissen Schnitt reden; er soll einen Schlüssel im Ohr tragen, woran eine Locke hängt; *) auch borgt er Geld um Gottes willen, und treibt das schon so lange, und bezahlt nichts, daß die Leute nun darüber hartherzig werden, und nichts mehr um Gottes willen leihen wollen. Verhören Sie ihn doch auch über diesen Punkt.

Leonato. Ich danke dir für deine Sorgfalt und wohlgemeynte Mühe.

Dogberry. Ihre Gnaden sprechen wie ein ehrwürdiger und dankbarer junger Mensch. Gott behüte Sie.

Leonato. Geh, ich entledige dich deines Gefangnen, und danke dir.

Dogberry. Ich verlasse Ihre Gnaden, und einen ausgemachten Schurken; und bitte Ihre

*) Eine seltsame Mode der damaligen Zeit, daß die Mannspersonen Ringe in den Ohren trugen, woran eine mit Bänder umwundne Favoritlocke hienge, welche eine Liebeslocke (*a love - lock*) hieß. William Pryme schrieb dagegen eine eigne Abhandlung: *The Unlovely ness of Love - Locks*. Warburton.

Gnaden, ihn selbst zu bestrafen, andern zum Exempel. Gott behüte Ihre Gnaden. Ich wünsche Ihrer Gnaden alles Gute. Gott gebe Ihnen gute Besserung. Ich ertheile Ihnen die unterthänigste Erlaubniß, zu gehen; und wenn man fröhliches Wiedersehen wünschen mag, so wolle Gott es verhüten. Kommt, Nachbar.

(Sie gehen ab.)

Leonato. Leben Sie also wohl bis morgen früh, meine Herren.

Antonio. Lebt wohl ihr Herren; wir erwarten euch morgen.

Pedro. Wir werden nicht ausbleiben.

Klaudio. Diese Nacht will ich meine traurigen Gedanken mit Hero beschäftigen.

Leonato. Bringt diese Leute fort; wir wollen erst mit Margarethe sprechen, wie sie mit diesem liederlichen Kerl bekannt geworden ist.

(Sie gehen von verschiednen Seiten ab.)

Sechster Auftritt.

Ein Zimmer in Leonato's Hause.

Benedikt. Margarethe.

Benedikt. Höre doch, liebes Grethchen, mache dich um mich verdient, und verhilf mir zu einer Unterredung mit Beatrice.

Margarethe. Wollen Sie mir auch dafür ein Sonnet zum Lobe meiner Schönheit machen?

Benedikt. In einer so erhabnen Schreibart, Margarethe, daß keiner auf der Welt darüber kommen soll; denn, wahrhaftig du verdienst es.

Margarethe. Daß keiner über mich kömmt? - - Soll ich denn immer bleiben, wer bin ich?

Benedikt. Dein Witz ist so behende, wie das Maul eines Windspiels; er fängt auf.

Margarethe. Und der Ihrige ist so stumpf, wie eines Fechters Rappier; es stößt, aber es verwundet nicht.

Benedikt. Ein sehr männlicher Witz, Margarethe; er mag kein Frauenzimmer verwunden. Und nun bitt' ich dich, rufe Beatrice; ich will dir gewonnen geben. *)

Margarethe. Nun gut, ich will sie herrufen; ich denke doch, daß sie Beine hat.

(Sie geht ab.)

Benedikt. Und folglich wird sie kommen.

---

*) I give thee *the* bucklers hat, nach Johnsons Erklärung, und den Steevens angeführten ähnlichen Stellen, diese Bedeutung. Diese Redensart veranlaßt noch im Original ein paar nicht zu übersetzende Zweydeutigkeiten.

(Er singt:)

Der Liebesgott dort oben
 Kennt meinen Sinn,
Und weis aus vielen Proben,
 Wie schwach ich bin ..

Ich meyne, im Singen; aber in der Liebe, war Leander, der erste Schwimmer, und Troilus, der erste Unterhändler mit Kupplern, und ein ganzen Buch voll von jenen alten vormaligen Liebesrittern, deren Namen noch itzt so geschmeidig in die ebne Bahn des jambischen Verses hinein glitschen, die alle waren niemals so ernstlich über und über in Liebe versenkt, wie mein armes Ich .. Verzweifelt! ich kann es nicht in Reimen an den Tag legen; ich hab's schon versucht! .. Ich kann keinen Reim auf **Madam** finden, als **Lamm**, ein Schafkopfsreim; auf **Zorn**, **Horn**, ein schwerer Reim; auf **Ohr**, **Thor**, ein plauderhafter Reim; sehr bedeutende Endungen! .. Nein, ich bin unter keinem reimenden Planeten geboren; denn ich kann meinen Liebesantrag nicht mit Sonntagsworten thun.

Siebenter Auftritt.

Benedikt. Beatrice.

Benedikt. Schönste Beatrice, willst du wohl kommen, wenn ich dir rufe?

Beatrice. Ja, mein Herr, und wieder gehn, wenn Sie michs heißen.

Benedikt. O! so bleiben Sie nur bis dahin.

Beatrice. Sie haben schon dahin gesagt; also leben Sie wohl. Doch, ehe ich gehe, möcht' ich das wissen, weswegen ich gekommen bin, nämlich, was zwischen Ihnen und Klaudio vorgefallen ist.

Benedikt. Nichts als böse Worte; und dafür will ich dich küssen.

Beatrice. Böse Worte sind nichts anders, als böser Wind, und böser Wind ist böser Athem, und böser Athem ist ungesund; also will ich ungeküßt wieder gehen.

Benedikt. Du hast das Wort aus seinem rechten Sinn herausgeschreckt; so gewaltig ist dein Witz. Aber ich muß dir nur gerade weg sagen, daß Klaudio meine Ausfoderung angenommen hat, und folglich muß ich entweder nächstens was von ihm hören, oder ich will's ihm schriftlich geben, daß er eine Memme ist. Und nun sage mir doch, in welche von meinen schlechten Eigenschaften verliebtest du dich zuerst?

Beatrice. In alle auf einmal; denn sie machen zusammen einen so wohl geordneten Staat von Fehlern aus, daß sie keiner guten Eigenschaft erlauben, sich unter sie zu mischen. Und für welche von meinen guten Eigenschaften litten Sie denn zuerst die Liebe?

Benedikt. Die Liebe leiden! . . . Ein guter Ausdruck! . . . Freylich, ich leide die Liebe; denn ich liebe dich wider meinen Willen.

Beatrice. Wohl gar deinem Herzen zum Trotz? . . . Das arme Herz! . . . Wenn Sie ihm um meinetwillen Trotz bieten, so biet' ich ihm wieder um Ihrentwillen Trotz; denn ich werde niemals das lieben, was mein Freund haßt.

Benedikt. Du und ich sind zu vernünftig, um uns friedlich um einander zu bewerben.

Beatrice. Das sollte man aus dieser Rede eben nicht schließen; es giebt nicht einen vernünftigen Mann unter zwanzig, der sich gerne selbst lobt.

Benedikt. Ein altes, altes Sprüchelchen, Beatrice, das zur Zeit der guten Nachbarn *) Mode war. Zu unsern Zeiten muß einer sich selbst ein Grabmal errichten, eh' er stirbt; oder sein Gedächtniß lebt nicht länger, als die Glocke läutet, und die Wittwe weint.

Beatrice. Und wie lange sollte das wohl seyn?

Benedikt. Ist das fragenswerth? : : Eine Stunde Geläut', und eine Viertelstunde Weinen! : : : Folglich ist es für einen vernünftigen Mann das sicherste . . wenn anders Don Wurm, sein Gewissen, nichts dawider einzuwenden hat . . die Trompete seiner eignen Tugenden zu seyn, wie ich es von den meinigen bin. So viel wegen meines Selbstlobes . : welches ich, die Wahrheit zu gestehen, gar wohl verdiene : : und nun sagen Sie mir, wie steht es um Ihre Base?

Beatrice. Sehr schlecht.

Benedikt. Und wie steht es mit Ihnen?

Beatrice. Auch sehr schlecht.

Benedikt. Seyn Sie fromm, lieben Sie mich,

---

*) D. i. als man noch nicht neidisch auf einander war, und jedem gab, was ihm gehörte. Warburton.

und bessern sich; und damit leben Sie wohl; denn hier kömmt eine sehr eilfertig.

Ursel (im Hereinlaufen.) Gnädiges Fräulein, Sie sollen zu Ihrem Onkel kommen; es sind wichtige Dinge vorgefallen. Das ist ein Lärmen im Hause! Es hat sich gefunden, daß Fräulein Hero fälschlich angeklagt, und der Prinz und Klaudio mächtig hintergangen sind. Don Juan, der davon gegangen ist, ist der Urheber von allem. Wollen Sie nicht sogleich kommen?

Beatrice. Wollen Sie das mit anhören?

Benedikt. Ich will in deinen Augen leben, in deinem Schooß sterben, und in deinem Herzen begraben werden; und über das alles will ich mit dir zu deinem Onkel gehen.

(Sie gehen ab.)

Achter Auftritt.

Eine Kirche.

Don Pedro. Klaudio. Bediente mit Fackeln.

Klaudio. Ist dieß Leonato's Begräbniß?

Bediente. Ja, gnädiger Herr.

Klaudio (liest:)

Getödtet durch der Schmähsucht Hohn
Schloß Hero früh ihr Leben;

Doch wird der Unschuld Lohn,
Unsterblichkeit, ihr geben.
So folgt des Todes kurzer Schmach
Ein Leben ew'ger Ehre nach.

Hänge du hier über ihrem Grabmahl, und preise sie noch, wenn ich nicht mehr zu reden vermag. Itzt macht Musik, und singt euer feyerliches Grablied.

Lied.

Schone derer, Göttinn Nacht,
Die die Unschuld umgebracht,
Und mit trauervollem Flehn
Klagend um ihr Grabmal gehn!
Mitternacht, stimm uns bey,
Mehr' unser Klaggeschrey,
Feyerlich, feyerlich!
Gräber, eröffnet euch,
Leeret das Todtenreich,
Feyerlich! feyerlich!

Klaudio. Gute Nacht nun dem Gebein!
Diese Fey'r soll jährlich seyn.

Pedro. *) Guten Morgen, ihr Herren; löscht

---

*) Auch der ganze Rest dieser Scene ist im Original in gereimten Versen.

eure Fackeln aus; die Wölfe rauben nicht mehr, und seht, der milde Tag besprenkelt vor den Rädern des Phöbus rund umher den schläfrigen Ost mit grauen Fleckchen. Habt alle Dank und verlaßt uns. Lebt wohl.

Klaudio. Guten Morgen, ihr Leute; geh ein jeder, wohin er gehört.

Pedro. Lassen Sie uns weggehen, und andre Kleider anlegen, und uns dann nach Leonato's Hause verfügen.

(Sie gehn ab.)

Neunter Auftritt.

Leonato's Haus.

Leonato. Benedikt. Margarethe. Ursel. Antonio. Der Mönch. Hero.

Mönch. Sagt' ich Ihnen nicht, sie sey unschuldig?

Leonato. Das ist auch der Prinz und Klaudio, die sie anklagten, indem sie selbst, wie Sie gehört haben, hintergangen sind. Aber Margarethe hatte doch etwas Schuld, obgleich wider ihren Willen, wie man aus dem ganzen Verlauf der Untersuchung sieht.

Antonio. Nun, ich bin froh, daß alles einen so guten Ausgang nimmt.

Benedikt. Das bin ich auch; um so mehr, da ich sonst durch mein gegebnes Wort verbunden gewesen wäre, den jungen Klaudio dafür zur Rechenschaft zu ziehen.

Leonato. Meine Tochter, und ihr Frauenzimmer alle, geht so lange in ein besondres Zimmer, und wenn ich euch rufen lasse, so kommt vernummt hieher. Der Prinz und Klaudio versprachen, mich um diese Zeit zu besuchen. Du weist, Bruder, was du zu thun hast; du mußt den Vater von deiner Nichte vorstellen, und sie dem jungen Klaudio geben.

(Die Frauenzimmer gehn ab.)

Antonio. Ich will meine Rolle spielen, wie sichs gehört.

Benedikt (zum Mönch.) Ehrwürdiger Herr, Sie werden sich wohl bemühen müssen.

Mönch. Womit, mein Herr?

Benedikt. Mich zu binden oder zu lösen; eins von beyden . . Signor Leonato, es hat seine Richtigkeit, daß mich Ihre Nichte mit günstigen Augen ansieht.

Leonato. Eben so richtig ist es, daß sie meiner Tochter diese Augen geliehen hat.

Benedikt. Und ich erwiedre ihr dafür mit Augen der Liebe.

Leonato. Die, so viel ich weis, von dem Prinzen, von Klaudio, und von mir, sehend gemacht sind. Und was ist nun Ihr Wille?

Benedikt. Ihre Antwort, gnädiger Herr, ist räthselhaft; aber was meinen Willen betrifft, so ist mein Wille kein andrer, als, daß es Ihr guter Wille seyn möge, an diesem nämlichen Tage ein Paar aus uns zu machen, wozu ich mir die Hülfe dieses guten Paters ausbitte.

Leonato. Meine Einwilligung geb' ich Ihnen von ganzem Herzen.

Mönch. Und meine Hülfe auch. Da kömmt der Prinz und Klaudio.

Zehnter Auftritt.

Die Vorigen. Don Pedro. Klaudio. Gefolge.

Pedro. Ich wünsche dieser ganzen edeln Gesellschaft einen guten Morgen.

Leonato. Guten Morgen, Prinz; guten Morgen, Klaudio. Wir warteten hier auf euch. Sind Sie noch entschlossen, Klaudio, heute meines Bruders Tochter zu heyrathen?

Klaudio. Ich bleibe bey meiner Entschließung, und wenn sie eine Mohrinn wäre.

Leonato. So hole sie doch her, Bruder; der Geistliche ist hier gleich bey der Hand.

(Antonio geht ab.)

Pedro. Guten Tag, Benedikt = = Nun, warum haben Sie denn eine solche Februarmiene, so voller Frost, Sturm und Wolken?

Klaudio. Ich glaube, er denkt an den wilden Ochsen. Aber fürchte nichts, mein Freund, wir wollen deine Hörner in Gold einfassen, und so soll ganz Europa Freude an deinem Anblick haben, wie Europa ehemals an dem verliebten Jupiter, da ihn die Gewalt der Liebe zwang, den Stier zu spielen.

Benedikt. Stier Jupiter, mein Herr, hatte ein liebliches Gebrüll; und irgend ein Stier von seiner Art besprang Ihres Vaters Kuh, und zeugte ein Kalb mit ihr, dem Sie ungemein ähnlich sind; denn sie haben vollkommen sein Geblöck.

Eilfter Auftritt.

Die Vorigen. Antonio. Hero. Beatrice, Margarethe. Ursel, maskirt.

Klaudio (zu Benedikt.) Von der Antwort muß ich Ihr Schuldner bleiben; denn hier kömmt eine andre Rechnung. Welche von diesen ist das Fräulein, an das ich mich machen muß?

Antonio. Diese hier ist es, und ich gebe sie Ihnen.

Klaudio. Nun wohl, so ist sie mein. Meine Theure, lassen Sie mich Ihr Gesicht sehen.

Leonato. Nein, das sollen Sie nicht, bis Sie ihre Hand nehmen, und vor diesem Mönch hier angeloben, sie zu heyrathen.

Klaudio. Geben Sie mir Ihre Hand; und vor diesem heiligen Manne schwör' ich, daß ich Ihr Gemahl seyn will, wenn ich Ihnen gefalle.

Hero (indem sie die Maske abnimmt.) Als ich lebte, war ich Ihre erste Frau, und als Sie mich liebten, waren Sie mein erster Mann.

Klaudio. Eine zweyte Hero?

Hero. Nichts ist gewisser. Eine Hero starb durch Verläumdung; aber ich lebe; und wahrlich! so wahr ich lebe, bin ich ein unschuldiges Mädchen!

Pedro. Die vorige Hero! ‥ Hero, die todt ist!

Leonato. Sie war nur so lange todt, gnädiger Herr, als ihre Verläumdung lebte!

Mönch. Alle diese Verwirrung kann ich am besten heben. Wenn die heiligen Gebräuche vollzogen sind, will ich das Räthsel von der schönen Hero Tod umständlich auflösen; bis dahin nehmen Sie diese wundervolle Sache für bekannt an, und folgen mir in die Kapelle.

Benedikt. Sachte, sachte, Herr Pater. Welche von diesen ist Beatrice?

Beatrice. Den Namen hab' ich; was verlangen Sie?

Benedikt. Lieben Sie mich nicht?

Beatrice. Ich? ‥ Nein, nicht mehr, als recht ist.

Benedikt. Also haben sich Ihr Onkel, der Prinz, und Klaudio betrogen; sie betheurten es, daß Sie mich liebten.

Beatrice. Lieben Sie mich denn nicht?

Benedikt. Wahrhaftig nein, nicht mehr als recht ist.

Beatrice. Also haben sich meine Base, Margarethe, und Ursel betrogen; denn sie betheurten es, daß Sie mich liebten.

Benedikt. Sie schwuren, Sie wären ganz krank um meinetwillen.

Beatrice. Sie schwuren, Sie wären aus Liebe zu mir in Todesgefahr.

Benedikt. Das hat nichts zu sagen = = Sie lieben mich also nicht?

Beatrice. Nein, wahrlich, nicht weiter, als aus freundschaftlicher Dankbarkeit.

Leonato. Komm, Base, bekenne nur; ich weis gewiß, daß du ihn liebst.

Klaudio. Und ich will darauf schwören, daß er sie liebt; denn hier ist ein Papier, worauf er mit eigner Hand, und aus seinem eignen feinen Gehirn ein hinkendes Sonnet auf Fräulein Beatrice geschrieben hat.

Hero. Und hier ist ein andres von meiner Base Hand, und aus ihrer Tasche gestohlen, das ihre Neigung zum Signor Benedikt bezeugen kann.

Benedikt. Sehr wunderbar! hier sind unsre Hände wider unsre Herzen! = = Nun wohl, ich will dich haben; aber beym Himmel, ich nehme dich bloß aus Mitleiden.

Beatrice. Ich will Sie nicht ausschlagen; aber beym Himmel, ich ergebe mich bloß auf das Zureden meiner Freunde, und zum Theil auch, um Ihr Leben zu retten; denn ich habe gehört, Sie hätten die Auszehrung.

Benedikt. Still, oder ich stopfe dir den Mund. (Er küßt sie.)

Pedro. Was macht nun Benedikt, der verheyrathete Mann?

Benedikt. Ich will dir was sagen, Prinz; ein ganzes Collegium von Spottvögeln kann mich nicht aus meiner Fassung bringen. Meynst du, ich frage was nach einer Satyre oder nach einem Epigramm? Nein; wenn dergleichen Spöttereyen Flecken gäben, so hätte wohl ein ehrlicher Mann vom Kopf bis zum Fuß nichts saubres an sich. Kurz, da ich mir nun einmal vorgenommen habe zu heyrathen, so denk' ich gar nichts bey allem dem, was die Leute dagegen sagen können. Spotten Sie also nicht über mich, wegen dessen, was ich selbst dagegen gesagt habe; denn der Mensch ist ein schwindlichtes Geschöpf, und damit ists aus. Was dich betrifft, Klaudio, so dacht' ich mich mit dir zu schlagen; da es aber scheint, daß wir

Vettern werden sollen, so lebe mit heiler Haut, und liebe meine Base.

Klaudio. Ich hatte mir Hoffnung gemacht, du würdest meine Base Beatrice ausschlagen, damit ich dich aus deinem einzelnen Stande hätte hinaus prügeln können; um dich zum doppelsinnigen Mann zu machen; und der wirst du doch ganz gewiß seyn, wenn meine Base dir nicht äusserst genau auf die Finger sieht.

Benedikt. Komm nur her, wir sind gute Freunde. Laß uns vor der Hochzeit einen Tanz machen, damit wir leichtere Herzen kriegen, und unsere Frauen leichtere Füße.

Leonato. Den Tanz wollen wir hernach haben.

Beatrice. O! lieber vorher = = Also, aufgespielt, Musikanten! = = Prinz, du bist so ernsthaft? Nimm eine Frau, nimm eine Frau; es ist kein ehrwürdigerer Stab, als der mit dem Horn beschlagen ist.

(Es kömmt ein Bedienter.)

Bedienter. Gnädiger Herr, Ihr Bruder, Don Juan, ist auf der Flucht eingeholt, und unter einer Bedeckung von Soldaten nach Meßina gebracht.

Benedikt. Denke nicht eher, als morgen an ihn; ich will unterdeß schon derbe Strafen für ihn ausdenken. Spielt auf, ihr Musikanten!

(Es wird getanzt, und darauf gehn alle ab.)

Ende gut, alles gut.

Personen.

Der König von Frankreich.

Der Herzog von Florenz.

Bertram, Graf von Roußillon.

Lafeu, ein Schmarotzer und Prahler in Bertrams Gefolge.

Französische junge Edelleute, die mit Bertram in dem Florentinischen Kriege Dienste genommen haben.

Ein Haushofmeister der Gräfinn Roußillon.

Der Rüpel, in Diensten der Gräfinn.

Die Gräfinn von Roußillon, Bertrams Mutter.

Helena, Tochter Gerards von Narbonne, eines unlängst verstorbenen berühmten Arztes.

Eine alte Witwe in Florenz.

Diana, Tochter der Witwe.

Violenta und Mariana, Nachbarinnen und Freundinnen der Witwe.

Gefolge des Königs; Officiere, Soldaten, u. s. f.

Der Schauplatz ist theils in Frankreich, theils in Toskana.

Ende gut, alles gut.

Erster Aufzug.

Erster Auftritt.

Der Gräfinn von Roußillon Haus in Frankreich.

Bertram. Die Gräfinn von Roußillon. Helena. Lafeu. Alle in Trauer.

Gräfinn. Indem ich meinen Sohn von mir lasse, begrab' ich einen zweyten Gemahl.

Bertram. Und indem ich gehe, meine beste Mutter, bewein' ich meines Vaters Tod aufs neue. *) Aber ich muß dem Befehl des Königs

*) Die Gräfinn sagt nicht: der Abschied von meinem Sohn erinnert mich an das Begräbniß meines Gemahls; sie drückt sich viel stärker aus; auch Bertram spricht eben so nachdrücklich; beyder Einbildungskraft verwandelt den gegenwärtigen Vorfall in den ähnlichen Vorfall, der ihnen dabey in den Sinn kömmt. Jedermann fühlt es, daß diese Figur der Natur und Schicklichkeit vollkommen gemäß ist, und

gehorchen, dessen Mündel ich itzt bin, und dessen Unterthan ich auf immer seyn werde.

Lafeu. Sie werden an dem Könige einen Gemahl haben, gnädige Gräfinn, und Sie, mein Herr, einen Vater. Er, der sich jederzeit und in allen Fällen so gütig beweist, muß es auch nothwendig gegen Sie seyn. Denn Ihre Verdienste würden seinen guten Eigenschaften eher einen Zusatz geben, wenn es ihm daran fehlte, als sie vermindern, da er ihrer eine solche Menge hat.

Gräfinn. Was hat man für Hoffnung von der Besserung Ihrer Majestät?

Lafeu. Er hat seinen Aerzten den Abschied gegeben, gnädige Frau, bey deren Gebrauch er mit lauter Hoffnung hingehalten wurde, und hat dabey nun weiter nichts gewonnen, als daß er nach und nach auch die Hoffnung verliert.

Grä-

man sieht hieraus, daß, wenn ein mit einer Leidenschaft genau verbundner Gegenstand einen andern mit ihm selbst verwandten Gegenstand herbeyführt, daß die Seele alsdann diesen zweyten sehr stark empfindet, und demselben eine so nahe Beziehung auf die Leidenschaft giebt, als nur immer möglich ist. *Gerard's Essay on Genius* (Lond. 1774. 8.) p. 161.

Gräfinn. Dieß junge Kammermädchen hatte einen Vater .. O! das hatte! welch ein trauriger Uebergang! .. dessen Geschicklichkeit fast eben so groß war, als seine Rechtschaffenheit. Wäre sie eben so groß gewesen, so hätte sie die Natur unsterblich gemacht, und der Tod hätte aus Mangel an Arbeit seine Zuflucht zum Spiel genommen. Ich wünscht' es um des Königs willen, daß er noch lebte; ich glaube, das wäre für des Königs Krankheit der Tod gewesen.

Lafeu. Wie hieß denn der Mann, von dem Sie reden, gnädige Frau?

Gräfinn. Er war in seiner Kunst sehr berühmt, mein Herr, und war es mit dem größten Rechte; Gerard von Narbonne.

Lafeu. Freylich war das ein vortrefflicher Mann, gnädige Frau. Der König sprach neulich noch mit Bewundrung von Bedauren von ihm. Er war geschickt genug, um itzt noch zu leben, wenn Wissenschaft gegen Sterblichkeit etwas vermöchte.

Bertram. Und was ist es für eine Krankheit, mein gnädiger Herr, woran der König darnieder liegt?

Lafeu. Eine Fistel, mein Herr.

Bertram. Davon hab' ich noch nie gehört.

Lafeu. Ich wollte, es wär' ein unerhörtes Uebel = = War dieß Kammermädchen eine Tochter Gerards von Narbonne?

Gräfinn. Sein einziges Kind, mein Herr, und meiner Aufsicht anvertraut. Ich mache mir von ihr alle die guten Hoffnungen, welche ihre bisherige Erziehung verspricht; ein gutes Naturel ist ihr angeerbt; und dadurch werden schöne Gaben noch schöner. Denn wenn ein unartiges Gemüth noch so große Vollkommenheiten durch die Erziehung erlangt hat, so kann man es doch nie loben, ohne es zugleich zu bedauren; seine Tugenden werden zugleich seine Verräther. In ihr hingegen sind sie desto schöner, je ungekünstelter sie sind. Sie besitzt die Redlichkeit schon von Natur, und macht sich in der Güte des Herzens immer vollkommner.

Lafeu. Ihre Lobsprüche, gnädige Frau, locken ihr Thränen ab.

Gräfinn. Die beste Art, mit der ein Mädchen ihr Lob anhören kann! *) = = Die Erinnerung

---

*) Eigentlich: Das beste Salz, womit ein Mädchen ihr Lob würzen kann.

ihres Vaters, kömmt nie in ihr Herz, ohne daß die Tyranney ihres Kummers alle Farbe des Lebens von ihrer Wange nimmt. Nichts mehr davon! .. damit man nicht glaube, du stellest dich nur so traurig, ohne es zu seyn.

Helena. Ich stelle mich freylich traurig, aber ich bin es auch.

Lafeu. Mäßige Wehklage ist ein Recht, welches dem Todten gehört; übermäßiger Gram ein Feind des Lebenden.

Gräfinn. Wenn der Lebende ein Feind des Grams ist, so wird er selbst durch sein Uebermaaß gar bald getödtet.

Bertram. Gnädige Frau, ich bitt' um Ihren Segen.

Lafeu. Wie soll ich das verstehen?

Gräfinn. Sey gesegnet, Bertram, und gleiche deinem Vater am Verhalten eben so sehr, wie an Gestalt. Dein Blut und die Tugend kämpfen in dir um die Herrschaft; besitze alle die Güter des Herzens, worauf dir deine Geburt Anspruch giebt. Liebe alle; traue nur wenigen; beleidige niemand; sey deinem Feinde mehr an Macht, als am Gebrauch derselben, gewachsen; und halte deinen

Freund unter dem Schlosse deines eignen Lebens; laß dir über dein Schweigen, aber nie über dein Reden Vorwürfe machen. Was der Himmel sonst noch will, was dein Bestes befördern, und was mein Gebet für dich erflehen kann, komm' über dein Haupt! . . Leben Sie wohl, mein Herr; er ist noch ein sehr unreifer Hofmann; helfen Sie ihm, mein bester Herr, mit Ihrem guten Rathe.

Lafeu. Ich werde mich auf die beste Art seiner anzunehmen suchen.

Gräfinn. Der Himmel beglücke ihn! . . Lebe wohl, Bertram.

(Sie geht ab.)

Bertram (zu Helena.) Die besten Wünsche, die Sie in ihrem Gemüthe fassen, müssen erfüllt werden! . . Seyn Sie der Trost meiner Mutter, Ihrer Gebieterinn, und halten sie werth.

Lafeu. Leben Sie wohl, mein schönes Kind; Sie müssen den Ruhm Ihres Vaters zu erhalten suchen.

(Bertram und Lafeu gehn ab.)

Helena. O! wäre das alles! . . Ich denke nicht an meinen Vater; und die Thränen der Großen ehren sein Andenken mehr, als die, welche ich um ihn vergieße ‥ Wie sah er aus? ‥ Ich hab' ihn vergessen; meine Vorstellung beschäftigt sich mit keiner andern, als mit Bertrams Gestalt. Ich bin verloren; es ist an gar kein Leben zu denken, wenn Bertram fort ist ‥ Es wär' eben das, wenn ich irgend einen besondern glänzenden Stern am Himmel liebte, und ihn zu heyrathen dächte; er ist so weit über mich erhaben! Ich muß mich mit dem Anblick seines Glanzes und seinem nahen Lichte begnügen; in seine Sphäre kann ich nicht kommen. Die Eitelkeit bey meiner Liebe bestraft sich selbst; die Hündinn, die sich mit dem Löwen zu paaren wünscht, muß vor Liebe sterben. Es war doch hübsch, wenn's gleich eine Marter war, ihn stündlich zu sehen, da zu sitzen, und seine bogichten Augbraunen, sein Falkenauge, seine Locken ‥ in die Tafel meines Herzens einzuzeichnen; meines Herzens, das nur gar zu leicht jede Linie, jeden Zug seiner schönen Bildung annahm! Aber nun ist er fort, und meine abgöttische Phantasie muß seine Reliquien heilig sprechen. (Parolles kömmt.) Wer kömmt da? ‥ Einer, der mit ihm geht. Ich lieb' ihn um seinetwillen, ob ich gleich weis, daß er ein ausgemachter Lügner ist, ein großer Geck, und im Grunde eine feige Memme; indeß kleiden ihn alle diese übeln Eigenschaften nun einmal so gut, daß er damit ganz gut durchkömmt, dahingegen die gestählten Knochen der Tugend im kalten Winde bleich werden. Wie oft sehen wir nicht nackte Weisheit im Dienste reich bekleideter Thorheit!

Zweyter Auftritt.

Helena. Parolles.

Parolles. Ihr Diener, meine schöne Königinn.

Helena. Ihr Diener, mein Monarch.

Parolles. Nein.

Helena. Und auch nein.

Parolles. Denken Sie über die jungfräuliche Ehre nach?

Helena. Ja.. Sie haben doch so was soldatenmäßiges an sich; ich muß Ihnen einmal eine Frage thun: Die Männer sind Feinde der jungfräulichen Ehre; wie können wir sie gegen sie beschützen?

Parolles. Man muß sie davon abhalten.

Helena. Aber sie thun Angriffe darauf; und ob unsre jungfräuliche Ehre gleich tapfer ist, so ist sie doch zur Vertheidigung schwach. Entdecken Sie uns doch irgend eine kriegrische Art des Widerstandes.

Parolles. Es giebt keine; die Männer werden sich vor euch hinsetzen, euch untergraben, und in die Luft sprengen.

Helena. Behüte der Himmel unsre arme jungfräuliche Ehre vor Untergrabern und Luftsprengern! = = Giebt es denn kein militärisches Kunststück, wie Mädchen die Männer in die Luft sprengen können?

Parolles. *) = = Ach es ist überhaupt keine Staatsklugheit in dem Staate der Natur, die jungfräuliche Ehre zu verwahren. Ihr Verlust ist Zuwachs für die vernünftige Welt; und noch nie ward eher eine Jungfer geboren, bis vorher die Jungferschaft verloren war. = = = Wenn die jungfräuliche Ehre einmal verloren ist, so kann man sie dafür zehnfach wieder finden; wird sie immer erhalten, so geht sie auf immer verloren; sie ist nur eine frostige Gesellschaft; weg damit!

*) Der Anfang dieser Rede besteht aus Wortspielen mit der Redensart *to blow up*, die noch dazu nicht die züchtigsten sind.

Helena. Ich will doch noch ein wenig damit warten, wenn ich gleich darüber als Jungfer sterben sollte.

Parolles. Dafür läßt sich nicht viel sagen; es ist wider die Ordnung der Natur. Die Parthey der Jungferschaft nehmen, heißt, seine Mutter anklagen, und das ist offenbarer Ungehorsam. Wer sich erhenkt, ist eine Jungfer; . . die Jungferschaft bringt sich selbst ums Leben, und sollte an den Heerstraßen begraben werden, fern von allen heiligen Oertern, als eine tollkühne Verbrecherinn gegen die Natur . . Sie zeugt Grillen, zehrt sich selbst ganz ab, und stirbt daran. Außerdem ist die Jungferschaft wunderlich, stolz, müßig, voller Selbstliebe, eine Sünde, die im Gesetz am strengsten verboten wird. Behalten Sie sie ja nicht; Sie verlieren ganz gewiß dabey. Fort damit! Innerhalb zehn Jahren wird sie sich doppelt verzinsen; und das ist ein artiger Zuwachs! und das Kapital selbst hat dadurch nicht sehr gelitten. Weg damit!

Helena. Wie soll mann's denn machen, mein Herr, sie zu verlieren, sobald es uns gefällt?

Parolles. Lassen Sie sehen. Ja, wahrhaftig,

der muß ihr gefallen, dem sie nicht gefällt. Es ist eine Waare, die durchs Liegen allen Glanz verliert. Je länger man sie an sich hält, desto geringer wird ihr Werth; man muß sie losschlagen, so lange sie noch verkäuflich ist; und muß die Zeit in Acht nehmen, da sie noch gesucht wird. Die Jungferschaft trägt, gleich einer alten Hofdame, einen altmodischen Kopfputz = = *)

Helena. So weit ists doch mit mir noch nicht gekommen! = = Ach! Ihr Herr wird nun am Hofe tausend geliebte Gegenstände haben, eine Mutter, eine Geliebte, einen Freund; einen Phönix, einen General, und einen Feind; eine Führerinn, eine Göttinn und Beherrscherinn, eine Rathgeberinn, eine Verrätherinn, und einen Schatz; seinen demüthigen Stolz, und stolze Demuth; seine mishellige Harmonie, und seinen süßen Misklang; seine Treue, sein erwünschter Unstern; eine ganze Menge artiger, verliebter, angenommener Taufnamen wird er ihr geben, zu denen der blinzelnde Liebesgott Gevatter ist. Dann wird er = = ich weis selbst nicht, was er alles wird = = Gott laß es ihm

*) Der Leser wird hier leichter, als irgendwo, einige nöthige Auslassungen entschuldigen.

wohl gehen! = = Der Hof ist ein lehrreicher Ort; und er ist einer = =

Parolles. Was denn für einer?

Helena. Dem ich alles Gute wünsche = = Es ist Schade = =

Parolles. Was ist Schade?

Helena. Daß gute Wünsche nichts körperliches, nichts fühlbares an sich haben; daß wir, die wir arm geboren, die wir von unserm bösen Gestirn auf bloße Wünsche eingeschränkt sind, unsre Freunde nicht mit den Folgen dieser Wünsche begleiten, und ihnen das thätig zeigen können, was wir itzt bloß denken müssen, und wofür uns kaum gedankt wird.

(Es kömmt ein Edelknabe.)

Edelknabe. Monsieur Parolles, mein Herr will Sie sprechen.

(Geht ab.)

Parolles. Kleines Helenchen, leb wohl. Wenn ich mich auf dich besinnen kann, so will ich bey Hofe an dich denken.

Helena. Monsieur Parolles, Sie sind unter einem sehr liebreichen Stern geboren.

Parolles. Unterm Mars.

Helena. Das dacht' ich wohl, unterm Mars.

Parolles. Warum denn unterm Mars?

Helena. Der Krieg hat Sie immer so unter, gehalten, daß Sie nothwendig unterm Mars müssen geboren seyn.

Parolles. Als er das herrschende Gestirn war.

Helena. Als er rückgängig war, glaub' ich vielmehr.

Parolles. Warum glauben Sie das?

Helena. Sie gehn immer so sehr rückwärts, wenn Sie fechten.

Parolles. Das thu' ich meines Vortheils wegen.

Helena. Des Vortheils wegen läuft man auch davon, wenn die Furcht die Rettung durchs Fliehen anräth. Aber die Mischung von Tapferkeit und Furcht in Ihnen ist eine schnell beflügelte Tugend, deren Flug mir sehr gefällt.

Parolles. Ich bin so voller Geschäfte, daß ich dir nicht gleich eine scharfsinnige Antwort geben kann. Wenn ich wieder komme, will ich ein vollkommner Hofmann seyn. Und dann soll mein Unterricht dazu dienen, dich zu naturalisiren, wenn du anders fähig bist, den Rath eines Hofmanns anzunehmen, und das zu verstehen, was dir mein

Unterricht anvertrauen wird; wo nicht, so stirbst du in deiner Undankbarkeit, und wirst weggerafft von deiner Unwissenheit. Lebe wohl. Wenn du Zeit übrig hast, so verrichte dein Gebet; wenn du keine hast, so denk' an deine Freunde. Schaffe dir einen guten Mann, und verhalt dich gegen ihn, wie er sich gegen dich verhält. Nun lebe wohl.

(Er geht ab.)

Helena. Die Hülfsmittel liegen sehr oft in uns selbst, welche wir dem Himmel zuschreiben. Das Schicksal giebt uns freye Hand, und hindert nur dann unsre trägen Absichten, wenn wir selbst träge sind. Was für eine Gewalt ist es, die meine Liebe auf einen so hohen Gegenstand zieht, die mir ihn nur zeigt, ohne mir den Genuß irgend einer Hoffnung zu gewähren? Die Natur bringt oft Dinge, die das Glück in den weitesten Abstand gesetzt hat, so nahe zusammen, daß sie thun, als ob sie einander gleich und von einerley Art wären. Außerordentliche Unternehmungen scheinen denen unmöglich, welche dieselben nur nach bisheriger Erfahrung beurtheilen, und glauben, was bisher nicht geschehen sey, könne gar nicht geschehen. Welch Frauenzimmer bemühte sich je, ihr Verdienst zu zeigen, und war in ihrer Liebe unglücklich? Des Königs Krankheit = = Mein Anschlag kann fehl schlagen; aber mein Vorsatz ist nun einmal gefaßt; und ich werd' ihn nicht aufgeben.

(Sie geht ab.)

Dritter Auftritt.

Der Französische Hof.

Der König von Frankreich. Sein Gefolge.

Der König (mit Briefen in der Hand.) Die Florentiner und Sieneser sind mit einander handgemein geworden; sie haben mit gleichem Glücke gefochten, und fahren fort, einander tapfer zu bekriegen.

1. **Hofmann.** So lauten die Nachrichten, mein König.

König. Es ist allerdings sehr zuverläßig, nach den Briefen, die ich hier von meinem Vetter, dem Herzog von Oesterreich, in Händen habe, der mir im voraus berichtet, daß die Florentiner uns um schleunige Hülfe ansprechen werden; weswegen unser theuerster Freund uns warnt, und wünscht, daß wir es ihnen abschlagen möchten.

2. **Hofmann.** Seine Liebe und seine Klugheit wovon Ihre Majestät so viel Proben haben, verdienen, daß man ihm Folge leiste.

König. Wir werden unsere Antwort nach seinem Rath einrichten, und schlagen den Florentinern ihr Gesuch ab, ehe sie sich noch melden. Indeß haben diejenigen von unsern Edelleuten, die in Toskanische Dienste gehen wollen, völlige Freyheit, sich zu welcher Parthey sie wollen, zu schlagen.

2. Hofmann. Dieß kann für unsere adeliche Jugend eine gute Nahrung werden, die sich nach Krieg und Unternehmungen sehnt.

König. Wer kömmt da?

Vierter Auftritt.

Die Vorigen. Bertram. Lafeu. Parolles.

1. Hofmann. Es ist der Graf Roußillon, mein gnädigster König, der junge Bertram.

König. Jüngling, du hast völlig die Miene deines Vaters; ich seh' es, die wohlthätige Natur hat dich nicht in der Eile, sondern mit aller Sorgfalt gebildet. Auch den moralischen Charakter deines Vaters müssest du erben! . . Willkommen in Paris.

Bertram. Ich weihe Ihrer Majestät meinen Dank und meine Dienste.

König. Wäre doch itzt mein Körper so gesund, wie dāmals, als dein Vater und ich, durch Freundschaft mit einander verbunden, die ersten Kriegsdienste thaten! .. Er hatt' im Dienste der damaligen Zeiten es sehr weit gebracht, und war von den tapfersten Männern gebildet. Er daurte lange aus; aber endlich überfiel uns beyde das entkräftende Alter, und setzte uns außer Thätigkeit. Es ist mir ein wahres Labsal, von deinem rechtschaffnen Vater zu reden. In seiner Jugend besaß er den Verstand, den ich auch itzt noch an unsern jungen Herrn wahrnehme; nur pflegen sie so lange zu spassen, bis ihr Spott auf sie selbst zurückfällt, und sind nicht im Stande, ihren Leichtsinn durch wahre und rühmliche Verdienste zu verbergen und unkenntlich zu machen. Er war so sehr ein Hofmann, daß sein Stolz niemals in Verachtung, sein Scharfsinn niemals in Bitterkeit übergieng; und ließ er diese blicken, so that ers doch nur gereizt, und gegen seines gleichen. Seine Ehre diente sich selbst zur Uhr, und wußte genau die Minute, wenn es dienlich war, zu reden, und dann gehorchte seine Zunge ihrem Zeiger. Die unter ihm waren, sah er als Geschöpfe einer ganz andern Klasse an, neigte seinen erhabnen Wipfel zu ihren niedrigen Zweigen herab, machte sie stolz auf seine Demuth, und ward durch ihr armes Lob selbst demüthig. Solch ein Mann sollte billig ein Muster für unsre junge Welt abgeben, aus dessen getreuer Nachfolge man sehen würde, daß sie immer weiter zurückkömmt.

Bertram. Sein gutes Andenken, mein König, wird in Ihrem Herzen noch rühmlicher aufbehalten, als auf seinem Grabe; so ehrenvoll ist seine Grabschrift nicht für ihn, als Ihre königliche Rede.

König. Wär' ich doch bey ihm! ‥ Er pflegte immer zu sagen ‥ mich dünkt, ich hör' ihn itzt; seine beyfallswürdigen Worte streute er nicht bloß in meine Ohren, sondern er pflanzte sie hier in mein Herz, um aufzukeimen und Frucht zu bringen ‥ „Laß mich nicht leben„ ‥ so sagt' er oft voll liebenswürdigen Ernstes; wenn Scherz und Zeitvertreib kaum vorüber war ‥ „laß mich nicht leben„ sagt' er, wenn es meiner Flamme schon „am Oel gebricht, um der Spott *) erst auslo-

*) Im Englischen ist mit großer Schicklichkeit zur Metapher, das Wort *snuff* gebraucht, welches eigentlich den verlöschenden Dacht eines Lichts bedeutet.

„ dernder Jünglinge zu werden, deren ekler Ge„ schmack alles verachtet, was nicht neu ist; deren „ Verstand nichts erzeugt, als Kleidertrachten, „ deren Beständigkeit noch geschwinder aufhört, „ als ihre Moden! „ .. Dieß war sein Wunsch. Ich, der nach ihm lebe, thu' auch nach ihm den Wunsch, da ich weder Wachs noch Honig mehr in die Zelle bringen kann, nur bald von meinem Bienenstock hinweg genommen zu werden, um irgend einer arbeitenden Biene Platz zu machen.

2. Hofmann. Sie werden geliebt, mein König; die Ihnen am wenigsten den Platz gönnen, werden Sie am ersten vermissen.

König. Ich füll' einen Platz, ich weis es .. Wie lange ists, Graf, daß der Leibarzt Ihres Vaters starb? Er war sehr berühmt.

Bertram. Etwa ein halbes Jahr, mein gnädigster König.

König. Wenn er noch lebte, so wollt' ich seine Kunst doch noch versuchen .. Leiht mir einen Arm, die übrigen Aerzte haben mich durch vielerley Mittel ganz matt gemacht .. Natur und Krankheit mögen nun nach Gefallen mein Schicksal entscheiden! . . Leben Sie wohl, Graf; mein Sohn ist mir nicht theurer.

Bertram. Ich danke Ihrer Majestät.

(Sie gehen ab.)

Fünfter Auftritt.

Ein Zimmer in des Grafen Pallast.

Die Gräfinn. Der Haushofmeister. Rüpel.

Gräfinn. Nun laß Er doch hören, was Er mir von meinem Kammermädchen sagen wollte.

Haushofmeister. Gnädige Frau, ich wünsche, daß die Sorgfalt, die ich angewandt habe, Ihr Verlangen zu befriedigen, in dem Kalender meiner vorigen Dienstleistungen möge verzeichnet werden. Denn alsdann verletzen wir unsre Bescheidenheit, und machen die Klarheit unsrer Verdienste trübe, wenn wir selbst sie bekannt machen.

Gräfinn. Was macht dieser Kerl hier? . . Geht fort, guter Freund. Die Beschwerden, die ich über euch gehört habe, glaub' ich nicht alle, wiewohl nur meine Trägheit daran Schuld ist; denn ich weis, es fehlt euch nicht an Narrheit und Geschicklichkeit, dergleichen Bübereyen zu begehen.

Rüpel. Es ist Ihnen nicht unbekannt, meine gnädige Gräfinn, daß ich ein armer Schelm bin.

Gräfinn. Nun gut.

Rüpel. Nein, gnädige Frau, es ist nun eben nicht gut, daß ich arm bin, ob gleich viele von den Reichen zur Hölle fahren; aber wenn ich nur Ihrer Gnaden Erlaubniß erhalte, mich zu verheyrathen, so will ich und meine Frau Jesebel schon sehen, wie wir durchkommen.

Gräfinn. Willst du denn durchaus ein Bettler werden?

Rüpel. Ich bitte um nichts als um Ihre gnädige Erlaubniß zu dieser Sache.

Gräfinn. Zu welcher Sache?

Rüpel. Zu Jesebels und meiner eignen Sache. Dienst ist kein Erbstück, und ich glaube, ich werde nie Gottes Segen erhalten, bis ich Kinder habe; denn man pflegt zu sagen: Kinder sind ein Segen Gottes.

Gräfinn. Sage mir deine Ursachen, warum du heyrathen willst.

Rüpel. Mein armer Körper, gnädige Frau, verlangt es. Mich treibt mein Fleisch dazu; und wen der Teufel treibt, der muß wohl laufen.

Gräfinn. Und das ist alle Ursache, die der gnädige Herr haben?

Rüpel. O wahrhaftig, gnädige Frau, ich habe noch andre ganz heilige Ursachen, es seyn nun welche es wollen.

Gräfinn. Darf man die wohl wissen?

Rüpel. Gnädige Frau, ich bin ein gottloses Geschöpf gewesen, wie Sie und alle Menschen von Fleisch und Blut sind; und wirklich, ich verheyrathe mich, um zu bereuen.

Gräfinn. Deine Heyrath eher als deine Gottlosigkeit.

Rüpel. Es fehlt mir ganz an Freunden, gnädige Frau; und ich hoffe, um meiner Frauen willen Freunde zu finden.

Gräfinn. Dergleichen Freunde, Kerl, sind deine Feinde.

Rüpel. O! gnädige Frau, Ihre Kenntniß wahrer, großer Freunde geht nicht weit. Die Leute thun das für mich, was ich müde bin zu thun. Wer mein Land pflügt, spart mir mein Gespann, und läßt mir Zeit, das Korn in die Scheune zu bringen. Bin ich sein Hahnrey, so ist er mein Tagelöhner. Wer meinem Weibe gutes thut, verpflegt mein Fleisch und Blut; wer mein Fleisch und Blut verpflegt, der liebt mein Fleisch und Blut; wer mein Fleisch und Blut liebt, ist mein Freund; *ergo*, wer meine Frau küßt, ist mein Freund. Wenn die Männer nur damit zufrieden wären, das zu seyn, was sie sind, so gäb es im Ehestande nichts zu fürchten; denn der junge Puritaner Charbon, und der alte Katholik Poysam, sind, den Herzen nach, in der Religion zwar sehr weit von einander verschieden, aber ihre Köpfe sind völlig einerley; sie können sich eben so gut mit den Hörnern stoßen, als irgend ein Thier von der Heerde.

Gräfinn. Willst du denn immer ein lästernder und verläumdrischer Kerl bleiben?

Rüpel. Ein Prophet bin ich, gnädige Frau, und rede gerade zu die Wahrheit.

„Denn immerfort sing' ich das Lied: Ihr Männer, glaubt mirs nur,
„Was einmal seyn soll, das geschieht, Kukuk singt von Natur.„

Gräfinn. Geht fort, guter Freund; ich will bald weiter mit euch reden.

Haushofmeister. Wär' es Ihrer Gnaden nicht

gefällig, daß er Helenen zu Ihnen riefe? Von ihr wollt' ich eben reden.

Gräfinn. Höre, Freund, sage doch meiner Kammerjungfer, ich wolle sie sprechen; Helenen meyn' ich.

Rüpel (singt:)

Bestürmt, sprach sie, um dieß Gesicht
Der Grieche Troja's Mauren?
Der böse Paris! = = mußt' es nicht
Dem alten Priam dauren?
Sie weint' und seufzte, da sie's sprach,
Und fuhr noch fort mit Thränen:
Ist doch von neunen Eins noch gut,
So ists auch Eins von zehnen.

Gräfinn. Was? Ein gutes von zehn? = = Du verfälschst das Lied, Freund.

Rüpel. Ein gutes Frauenzimmer von zehn, gnädige Frau; das heißt, das Lied nicht verfälschen, sondern läutern. Wenn der liebe Gott die Welt nur das ganze Jahr so bedenken wollte! da würd' ich, wär' ich ein Pfarrer, über meinen Weiberzehnten nicht zu klagen haben. Eins unter zehn? ja wahrhaftig! wenn nur unter jedem Kometen eine gute Frauensperson geboren würde, oder bey jedem Erdbeben, so würde die Lotterie schon um ein gut Theil besser seyn; itzt kann man sich das Herz aus dem Leibe ziehen, eh' man einen Treffer bekömmt.

Gräfinn. Werdet ihr bald gehen, Herr Taugenichts, und thun, was ich euch befehle?

Rüpel. Daß ein Mann dem Befehl einer Frauensperson Folge leisten kann, ohne Unheil anzurichten! Aber freylich, seine Ehrlichkeit muß dabey das beste thun! Wenn die gleich kein ängstlicher Puritaner ist, so richtet sie doch nicht gern Unheil an; sie läßt sichs lieber gefallen, den Chorrock der Demuth über das schwarze Kleid eines dickhäutigten Herzens zu tragen - - *) Nun wahrhaftig, ich gehe schon. Ich soll Helenen sagen, daß sie hieher komme.

(Geht ab.)

Gräfinn. Nun, itzt sag Er mir weiter.

Haushofmeister. Ich weis, gnädige Frau, daß Sie Ihr Kammermädchen herzlich lieb haben.

---

*) Die Puritaner weigerten sich, die gewöhnliche priesterliche Kleidung zu tragen, welches damals eine von den vornehmsten Veranlassungen der durch sie entstandenen Unruhen und Streitigkeiten war. Johnson.

Gräfinn. Ja freylich; ihr Vater hat sie mir vermacht, und sie selbst kann, ohne andre Vorzüge, mit allem Recht, auf so viel Liebe Anspruch machen, als sie bey mir findet. Ich bin ihr mehr schuldig, als ich ihr bezahle; und werde ihr mehr bezahlen, als sie fodern wird.

Haushofmeister. Gnädige Frau, ich war ihr neulich näher, als sie es vermuthlich wünschen mochte; sie war allein, und wandte sich mit ihren Reden an sich selbst; sie glaubte, dafür wollt' ich schwören, daß kein Fremder sie hörte. Der Innhalt ihrer Reden war, daß sie Ihren Sohn liebte. Fortuna, sagte sie, sey keine Göttinn, weil sie einen so weiten Abstand zwischen ihrem und seinem Stande gemacht hätte; Amor kein Gott, weil er seine Macht nicht weiter ausdehnte, als bis auf die Gränzen des Ranges und der Geburt; Diana keine Königinn der Jungfrauen, weil sie es zugebe, daß ihre arme Dienerinn beym ersten Angriffe überfallen werde, ohne sich gleich retten, oder nachher wieder auslösen zu können. Dieß alles sprach sie in dem bittersten Tone des Schmerzens, in welchem ich jemals ein Mädchen habe klagen hören. Ich hielt es für meine Schuldigkeit,

Ihnen davon aufs schleunigste Meldung zu thun; denn wenn irgend ein Unglück daraus entstehen sollte, so muß Ihnen doch daran gelegen seyn, es vorher zu wissen.

Gräfinn. Er hat daran sehr wohl gethan; behalt' Er die Sache nur bey sich. Verschiedne Vermuthungen haben mich schon vorher etwas davon merken lassen; sie hiengen aber noch so schwankend an der Waagschale, daß ich sie weder glauben noch verwerfen konnte. Laß Er mich nur allein. Verschließ Er die Sache ja in seine Brust. Ich dank' Ihm für seine redliche Sorgfalt, und will hernach schon weiter mit Ihm reden.

(Der Haushofmeister geht ab.)

Sechster Auftritt.

Die Gräfinn allein, hernach Helena.

Gräfinn. Eben so gieng mirs, als ich jung war! = = So, wie wir der Natur angehören, so gehören diese Schwachheiten uns an; dieser Dorn ist ein wesentlicher Antheil der Rose unsrer Jugend; unser Blut ist uns, und dieß unserm Blut angeboren. Es ist das Zeichen und Siegel von der Wahrheit der Natur, wenn das starke Gefühl der

Liebe der Jugend eingeprägt ist. Wenn ich mich meiner vergangnen Tage erinnre, so find' ich, daß ich damals eben diese Fehler hatte; o! damals hielt ich sie für keine Fehler! = = Ich seh' ihrs an, ihr Auge ist schon ganz krank davon.

Helena. Was befehlen Ihre Gnaden?

Gräfinn. Du weist, Helena, ich bin eine Mutter für dich.

Helena. Meine verehrungswürdigste Gebieterinn.

Gräfinn. Nicht doch; Mutter = = Warum nicht Mutter? = = Als ich das Wort Mutter aussprach, wars, als sähst du eine Schlange. Was hat das Wort Mutter, daß du davor zurück bebst? = = Ich sag' ich bin deine Mutter, und setze dich mit in die Reihe derer, die ich gebar. Man hat es oft, daß die Liebe zu einem angenommenen Kinde mit der natürlichen Mutterliebe wetteifert; und freye Wahl zieht uns oft einen von fremder Hand gepflanzten Zweig als den unsrigen auf. Du hast mir nie mütterliche Seufzer abgepreßt, und doch hab' ich für dich alle Sorgfalt einer Mutter = = Um Gottes willen, Mädchen, erstarrt dein Blut davor, zu sagen, ich sey deine Mutter? = = Woher kömmt es, daß diese kränkliche Vorbotinn der

Nässe, die vielfärbige Iris, dein Auge umringt? ‥ Warum das? ‥ weil du meine Tochter bist?

Helena. Das bin ich nicht.

Gräfinn. Ich sage dir, ich bin deine Mutter.

Helena. Verzeihn Ihre Gnaden, der Graf Roußillon kann nicht mein Bruder seyn. Ich bin von niedriger, er von vornehmer Geburt; meine Vorfahren sind unbekannt, die seinigen alle von Adel. Er ist mein Herr, mein theurer Gebieter; und ich will als seine Dienerinn leben, als seine Vasallinn sterben. Er muß nicht mein Bruder seyn.

Gräfinn. Und ich nicht deine Mutter?

Helena. Sie sind meine Mutter, gnädige Frau; möchten Sie, ohne daß Ihr Herr Sohn mein Bruder wäre, wirklich meine Mutter seyn! ‥ Oder wären Sie beyde meine Mütter! das wünsch' ich mir eben so sehr, als den Himmel; dann wär' ich nicht seine Schwester. Ist es denn nicht anders möglich, als daß er mein Bruder seyn muß, wenn ich Ihre Tochter bin?

Gräfinn. O ja, Helena, du könntest meine Schwiegertochter seyn. ‥ Behüte Gott! ist das Ernst? Machen die Worte Tochter und Mutter solchen gewaltsamen Eindruck auf dein Blut? ‥

Wie? du wirst wieder blaß? Mein Argwohn hat deine Liebe entdeckt! Itzt enthüll' ich das Geheimniß deiner Einsamkeit, und finde die Quelle deiner heißen Thränen! Itzt ist es offenbar und merklich genug, du liebst meinen Sohn; die Verstellung schämt sich gegen den lauten Ruf deiner heftigen Unruhe zu sagen, du liebst ihn nicht. Sage mir also die Wahrheit; sage mir, daß es so ist = = Denn sieh, deine Wangen gestehen es einander, und deine Augen sehen es in deinem ganzen Betragen so offenbar entdeckt, daß sie es gleichfalls bestätigen. Nur deine Zunge wird noch von der Sünde und dem höllischen Eigensinn gebunden, um die Wahrheit verdächtig zu machen. Sprich, ist es wahr? = = Wenn es wahr ist, so hast du was hübsches angerichtet; wenn es nicht wahr ist, so verschwör' es! = = Aber, bey der Hülfe, die ich vom Himmel zu deiner Rettung erwarte, sage mir die Wahrheit!

Helena. Theuerste Gräfinn, halten Sie mirs zu Gnaden.

Gräfinn. Liebst du meinen Sohn?

Helena. Halten Sie mirs zu Gnaden, meine theuerste Gebieterinn!

Gräfinn. Liebst du meinen Sohn?

Helena. Lieben Sie ihn nicht, gnädige Frau?

Gräfinn. Keine Umwege! meine Liebe zu ihm hat eine Verpflichtung zum Grunde, die der ganzen Welt bekannt ist. Komm nur, entdecke mir den Zustand deines Herzens; denn deine Unruhe klagt dich zur Genüge an.

Helena. Nun, so bekenn' ich es hier auf meinem Knie, vor dem Himmel und Ihnen, daß ich noch über Ihnen und nächst dem hohen Himmel Ihren Sohn liebe = = Meine Freunde waren arm, aber redlich; eben so ist meine Liebe. Seyn Sie darüber nicht ungehalten, denn er leidet nicht darunter, daß er von mir geliebt wird. Ich folg' ihm nicht mit irgend einem Zeichen einer zudringlichen Bewerbung; auch wünsch' ich ihn nicht eher zu haben, bis ich ihn verdiene; wiewohl ich nicht absehe, wie ich mir dieß Verdienst je erwerben kann. Ich weis, ich liebe vergebens, und arbeite aller Hoffnung zuwider; und doch schütt' ich in dieß verfängliche und löchrichte Sieb immerfort den Strom meiner Liebe, und merke durch den beständigen Verlust noch keinen Abgang. So bet' ich, gleich dem Indianer, voll Aberglauben gegen meinen Irrthum, die Sonne an, die auf ihren Anbeter herabblickt, aber weiter nichts von ihm weis = = Meine theuerste Gräfinn, lassen Sie meine Liebe nicht Ihren Haß dafür wider sich haben, daß ich mit Ihnen einerley Gegenstand liebe. Aber wenn Sie selbst, deren ehrenvolles Alter der Beweis einer tugendhaften Jugend ist, eine so reine Flamme fühlten, wobey Ihre Wünsche so keusch, und Ihre Liebe so herzlich war, daß Sie eben so sehr Dianen, als Cytheren glichen; o! so gewähren Sie dem armen Mädchen Ihr Mitleid, das sich in einer Lage befindet, wo sie nur leihen und geben kann, und gewiß weis, das alles verloren ist, die nicht das zu finden sucht, wornach sie doch eigentlich strebt, sondern, wie im Räthsel, angenehm lebt, indem sie stirbt.

Gräfinn. Warst du nicht neulich Willens = = sage mir die Wahrheit = = nach Paris zu gehen?

Helena. Ja, gnädige Frau, das war ich.

Gräfinn. Und warum? sage mir die Wahrheit.

Helena. Ich will Ihnen die Wahrheit sagen, das schwör' ich beym Himmel! = = Sie wissen, mein Vater hinterließ mir einige Recepte von seltner und bewährter Wirkung, welche seine Belesenheit und bekannte Erfahrung als allgemeine Mittel gesammelt hatte; er vermachte mir sie, und befahl mir dabey, sie aufs geheimste zu verwahren, als Zettel, die weit mehr in sich enthielten, als sie dem äußern Ansehen nach zu enthalten schienen. Unter andern befindet sich auch ein bewährtes Mittel dabey wider die für unheilbar gehaltne Krankheit, woran man den König schon aufgegeben hat.

Gräfinn. Dieß war also die Ursache, warum du nach Paris gehen wolltest? = = War sie es wirklich? sage mirs.

Helena. Ihr gnädiger Herr Sohn brachte mich auf diesen Gedanken; sonst wäre freylich wohl Paris, und die Arzney, und der König mir niemals in den Sinn gekommen.

Gräfinn. Aber glaubst du denn, Helena, wenn du dein vermeyntes Hülfsmittel anbieten würdest, daß der König es annehmen werde? Er und seine Aerzte sind einerley Meynung; er, daß sie ihm nicht helfen können, und sie, daß ihre Hülfe vergebens seyn würde. Wie werden sie denn einem armen ungelehrten Mädchen glauben, da sich die Schulen schon in ihrer Kunst erschöpft; und die Gefahr ihr selbst überlassen haben?

Helena. Ich verlasse mich auf eine geheime Ahndung noch mehr, als auf meines Vaters Geschicklichkeit, wiewohl ihm keiner darinn gleich kam, daß sein mir vermachtes Recept von dem glücklichsten Gestirn des Himmels wird begünstigt werden; und wenn Ihre Gnaden mir nur die Erlaubniß geben wollten, den Versuch damit zu machen, so möcht' ich mein Leben, das ich ohnedem gern dahin gebe, zum Pfande setzen, daß der König, zu einer gewissen Zeit und Stunde wieder gesund seyn muß.

Gräfinn. Glaubst du das?

Helena. Ja, gnädige Frau, mit völliger Ueberzeugung.

Gräfinn. Nun wohl, Helena, du sollst meine Erlaubniß, meine Gnade, Reisekosten und Begleiter haben, und meine liebevollen Grüße an die Meinigen am dortigen Hofe. Ich will zu Hause bleiben, und Gott um Segen zu deinem Vorhaben bitten. Reise gleich morgen ab, und sey versichert, ich werd' es an nichts fehlen lassen, was ich für dich thun kann.

(Sie gehen ab.)

Zweyter Aufzug.

Erster Auftritt.

Der Hof in Frankreich.

Der König. Junge Edelleute, die sich beurlauben, um in den Florentinischen Krieg zu gehen. Bertram. Parolles.

König. Lebt wohl, ihr jungen Herren; laßt diese kriegrischen Gesinnungen niemals fahren; auch ihr, meine Herren, lebt wohl! = = Theilt meinen guten Rath unter euch. Wenn ihrer zwey alles bekommen, so dehnt sich das Geschenk beym Empfange aus, und ist für beyde genug.

1. Edelmann. Wir hoffen, gnädigster König, wenn wir uns zu tüchtigen Soldaten gebildet haben, zurück zu kommen, und Ihre Majestät gesund anzutreffen.

König. Nein, nein, das ist nicht möglich; und doch will mein Herz nicht gestehen, daß es die Krankheit hat, die meinem Leben droht. Lebt wohl, junge Herren; ich mag leben oder todt seyn, so seyd die Söhne würdiger Franzosen. Laßt den obern Theil von Italien an der Niederlage derer, die doch nur Erben des Falls der letzten Monarchie sind *), es sehen, daß ihr nicht bloß gekommen seyd euch um die Ehre zu bewerben, sondern von ihr Besitz zu nehmen. **) Wenn der tapferste Nachspürer zurück zittert, so findet, was ihr sucht; damit das Gerücht euern Ruhm laut ausrufen möge. Und nun lebt wohl.

2. Edelmann. Die Gesundheit müsse Ihrer Majestät auf Ihren Befehl zu Gebote seyn!

König. Die Mädchen in Italien -- nehmt euch vor Ihnen in Acht. Man sagt, unsre Franzosen wären nicht im Stande, Ihnen etwas abzuschlagen, wenn sie was fodern. Hütet euch, vorher schon Gefangne zu werden, eh' ihr Dienste thut.

Beyde. Unsre Herzen nehmen Ihre Warnungen an.

König. Lebt wohl. Kommt hieher zu mir. (Er legt sich auf ein Ruhebette.)

---

*) Ich bin bey der Uebersetzung dieser etwas dunkeln Stelle der Johnsonschen Erklärung gefolgt, die mir von allen die natürlichste scheint.

**) Eigentlich: sie zu heyrathen.

1. Edelmann (zu Bertram.) O mein theuerster Graf, daß Sie hier zurück bleiben wollen!

Parolles. Es ist seine Schuld nicht; der Springer = =

2. Edelmann. O! es ist ein herrlicher Feldzug.

Parolles. Ganz unvergleichlich; ich kenne diesen Feldzug schon.

Bertram. Ich habe Befehl hier zu bleiben, und man schreyt mir immer vor. „ Noch zu jung! = = „ künftigs Jahr! = = noch ists zu früh! „

Parolles. Wenn du Lust dazu hast, Gräfchen, so stiehl dich tapfer davon.

Bertram. Ich werde hier bleiben, einen Weiberknecht abgeben, und meine Schuhe auf dem steinernen Fußboden abnutzen, bis alle Ehre weggekauft ist, und kein Degen weiter getragen wird, als beym Tanze = = Beym Himmel! ich will mich davon stehlen.

1. Edelmann. Es ist Ehre bey dem Diebstahl.

Parolles. Begeh ihn, Graf.

2. Edelmann. Ich will Ihr Mithelfer dabey seyn. Leben Sie wohl.

Bertram. Ich bin ganz der Ihrige und unsre

Trennung gleicht der Trennung der Glieder eines gefolterten Körpers.

1. Edelmann. Leben Sie wohl, Herr Hauptmann.

2. Edelmann. Allerliebster Monsieur Parolles!

Parolles. Edle Helden, mein Degen und der eurige sind Blutsfreunde. Meine lieben und muntern jungen Herrchen, noch ein Wort. Ihr werdet in dem Regimente der Spinii einen Hauptmann Spurio finden, mit einer Narbe, einem Kriegszeichen auf seiner linken Backe; eben dieß Schwert hier hat sie ihm beygebracht; sagt ihm doch, daß ich noch lebe, und bemerket, was er von mir spricht.

2. Edelmann. Das wollen wir thun, edler Herr Hauptmann.

Parolles. Mars nehme euch als seine neuen Zöglinge in seinen Schutz! .. Nun, was wollen Sie thun?

Bertram. Hier bleiben; der König ...

Parolles. Beobachten Sie ein ansehnlichers Cärimoniel gegen diese adlichen Herren; Sie haben sich in die Gränzen eines gar zu kaltsinnigen Abschieds eingeschränkt. Seyn Sie ausdruckvoller gegen sie; denn sie sind Gesetzgeber der Mode, sie haben den ächten kriegrischen Gang, sie essen, sprechen, und bewegen sich unter dem Einfluß des beliebtesten Gestirns; und wenn auch der Teufel den Tanz aufführte, so muß man solchen Leuten doch folgen. Hinter sie drein; und nehmen sie hübsch einen ausführlichern Abschied!

Bertram. Das will ich thun.

Parolles. Würdige Leute! und voller Anlage starknervichte Soldaten zu werden!

(Sie gehen ab.)

Zweyter Auftritt.

Der König. Lafeu.

Lafeu (kniend.) Ich bitt' Ihre Majestät um Verzeihung für mich und meine Nachrichten.

König. Ich will dir bezahlen, wenn du aufstehst.

Lafeu. So steht hier einer, der seine Verzeihung erkauft hat. Ich wollte, Ihre Majestät hätten gekniet, mich um Vergebung zu bitten, und Sie hätten auf meinen Befehl so aufstehen können.

König. Ich wollt', ich hätt' es; so würd' ich

dir den Hals gebrochen, und dich deswegen um Vergebung gebeten haben.

Lafeu. Verzweifelt! das schlug fehl! Aber mein theuerster König, darf ich Sie fragen, ob Sie von Ihrer Krankheit geheilt seyn wollen?

König. Nein.

Lafeu. O! wollen Sie keine Trauben essen, mein königlicher Fuchs? = = Ha! von den herrlichen Trauben, die ich Ihnen anbiete, werden Sie doch essen! = = Wenn mein königlicher Fuchs sie nun erreichen könnte? = = Ich habe eine Arzney gesehen, die Leben in einen Stein athmen, einen Fels in Lauf setzen, und Sie dahin bringen kann, eine Kanarie *) mit lebhaftem Feuer und schneller Bewegung zu tanzen; deren bloße Berührung wirksam genug ist, dem König Pipin aufzuhelfen, ja selbst Karln dem Großen eine Feder in die Hand zu geben, um einen Liebesbrief an sie zu schreiben.

König. Was ist das für eine Sie?

Lafeu. Eine Doctorinn. Wirklich, es ist eine angekommen, mein König, wenn Sie sie nur sehen

---

*) Eine bekannte französische Tanzart in den vorigen Zeiten.

wollen = = Auf meine Treu und Ehre, wenn es mir erlaubt ist, meine Gedanken ernstlich zu sagen, ich habe mit einer gesprochen, die durch ihr Geschlecht, durch ihre Jahre, durch ihren Vortrag, durch ihr vernünftiges und gesetztes Wesen mich so bezaubert hat, daß ich mir kaum über meine Schwachheit Vorwürfe zu machen wage. Wollen Sie sie sehen = = denn das wünscht sie = = und ihr Gewerbe anhören? Wenn Sie das gethan haben, so mögen Sie nach Herzenslust über mich lachen.

König. Nun denn, lieber Lafeu = = bringe das Wunder einmal herein, damit ich mich entweder mit dir zur Bewunderung vereinigen, oder die deinige dadurch vermindern möge, daß ich mich wundre, wie du dazu kamst.

Lafeu. O! ich will sie schon überführen, daß ich recht habe.

(Er geht ab.)

König. So macht er allemal einen Prolog zu seinem scheinbaren Nichts.

Lafeu (indem er zurückkömmt, und Helena hereinführt.) Kommen Sie nur mit mir.

König. Nun, wahrhaftig, das ist ja so eilig, wie auf Flügeln!

Lafeu. Kommen Sie nur mit mir. Dieß sind Ihre Majestät, machen Sie ihm ihren Antrag. Sie haben einen sehr verräthrischen Blick; aber dergleichen Verräther pflegen Ihre Majestät selten zu fürchten. Ich bin Kreßida's Oheim, *) der es wagt, zwey solche Personen mit einander allein zu lassen. Lebt wohl.

(Er geht ab.)

Dritter Auftritt.

Der König. Helena.

König. Nun, meine Schöne, geht Ihr Gewerbe mich an?

Helena. Ja, mein gnädigster König. Gerard von Narbonne war mein Vater, gründlich erfahren in dem, wofür er sich ausgab.

König. Ich hab' ihn gekannt.

Helena. Um so mehr will ich mein Lob seiner Verdienste sparen; ihn gekannt zu haben, ist schon genug. Auf seinem Todbette gab er mir verschiedne Recepte; vornehmlich eins, welches er mich als das vortrefflichste Werk seiner Kunst, und als die

*) Pandarus, Oheim der Kreßida, der dem Troilus in seiner Liebe zu derselben beförderlich war.

Lieblingsgeburt seiner vieljährigen Erfahrung so heilig zu verwahren bat, als ein drittes Auge, und noch vorsichtiger, als meine beyden eignen Augen. Ich halt' es auch wirklich noch werther. Und da ich höre, daß Ihre Majestät mit dem Uebel behaftet sind, auf dessen Heilung vorzüglich die Ehre jenes Geschenks meines Vaters beruht, so komm' ich, Ihnen dieß Mittel und meine Hülfe in tiefster Unterthänigkeit anzubieten.

König. Ich danke dir, gutes Mädchen. Aber ich kann nicht so leichtgläubig gegen ein Heilungsmittel seyn, da meine gelehrtesten Aerzte mich schon aufgeben, und ein ganzer versammelter Rath derselben den Ausspruch gethan hat, daß alle Mühe der Kunst nicht vermögend ist, dem hülflosen Zustande der Natur abzuhelfen. Mein Verstand muß nicht solche Blöße geben, oder meine Hoffnung sich dergestalt täuschen lassen, daß ich meine für unheilbar erklärte Krankheit Quacksalbern anvertraue, noch allen meinen Credit so aufs Spiel setze, daß ich mich auf unverständige Hülfe verlasse, da ich schon glaube, daß keine Hülfe mehr zu denken ist.

Helena. Nun, so wird mich meine Dienstbegierde für meine Mühe schadlos halten. Ich will nicht weiter in Sie dringen, meine Dienste anzunehmen, sondern bitte Ihre Majestät nur, gut von mir zu denken, und mich in Gnaden wieder zu entlassen.

König. Weniger kann ich dir nicht geben, wenn ich irgend erkenntlich heißen will. Du dachtest mir zu helfen; und ich danke dir so herzlich, wie einer, der dem Tode nah ist, denen dankt, die ihm längeres Leben wünschen. Aber was ich vollkommen kenne, das kennst du nicht einmal zum Theil; ich kenne alle meine Gefahr; du, keine Hülfe.

Helena. Mein Mittel läßt sich ohne alle Gefahr versuchen, da Sie doch einmal Ihre Ruhe gegen Ihre Genesung aufs Spiel setzen. Er, der die größesten Dinge verrichtet, thut sie oft durch die schwächsten Werkzeuge. So lehrt uns die Schrift, daß unmündige Kinder recht gerichtet haben, wenn Richter selbst wie unmündige Kinder urtheilen. Große Fluthen entstehen oft aus unbeträchtlichen Quellen, und große Seen sind ausgetrocknet, wenn gleich die größesten Leute die Wunder geleugnet haben. Sehr oft schlägt die Erwartung fehl, und am öftersten dann, wenn sie am meisten verspricht; hingegen trifft sie zuweilen da zu, wo man am wenigsten hofft, und schon alles verloren giebt.

König. Ich muß dich nicht weiter anhören, lebe wohl, gutes Mädchen. Deine Mühe, von der ich keinen Gebrauch gemacht habe, mußt du dir selbst bezahlen; Anträge, die man nicht annimmt, ärnten nichts weiter als Dank zur Belohnung ein.

Helena. So wird vom Himmel eingehauchtes Verdienst durch den Hauch menschlicher Worte gehemmt. Es ist ganz anders mit dem, der alle Dinge weis, als es mit uns ist, die wir unsre Vermuthungen nach dem äußern Schein abmessen. Aber es ist doch äußerst übereilt gedacht, wenn wir die Hülfe des Himmels für Menschenwerk halten. Nehmen Sie, theuerster König, meinen Antrag an, und versuchen Sie nicht meine, sondern des Himmels Hülfe. Ich bin keine Betriegerinn, die eine andre Absicht vorgiebt, als sie wirklich hat; sondern glauben Sie mir, ich denke, und denken Sie, daß ich ganz gewiß glaube, meine Kunst sey nicht ohne Wirksamkeit, und Ihre Krankheit nicht ohne Rettung.

König. Bist du deiner Sache so gewiß? = = =

In wie viel Zeit hoffst du denn meine Genesung zu bewerkstelligen?

Helena. Wenn der höchste Beystand mir darinn Beystand leistet, so wird, ehe noch zweymal die Pferde der Sonne ihren flammenden Fackelträger um seinen täglichen Kreis gebracht haben; ehe zweymal der feuchte Hesperus seine schläfrige Lampe in Dunkelheit und westlichem Dampf ausgelöscht hat; oder vier und zwanzigmal das Stundenglas des Steuermanns ihm gesagt hat, wie die diebischen Minuten vorüber gehen; noch eher wird alles, was Krankheit ist, von Ihren gesunden Theilen hinweg fliehen; die Gesundheit wird von selbst aufleben, und die Krankheit von selbst sterben.

König. Und was willst du dir gefallen lassen, wenn deine so zuversichtliche Hoffnung fehlschlägt?

Helena. Den Vorwurf der Unverschämtheit und der Frechheit der liederlichsten Person; meine Schande werde dann in gehässigen Balladen bekannt gemacht, meine jungfräuliche Ehre auf alle Weise gebrandmarkt, und, wenn mir nur nicht das allerärgste geschieht, so mag sich mein Leben unter der schmählichsten Marter schliessen!

König. Mich dünkt, es spricht aus dir irgend

ein seliger Geist, dessen mächtiger Schall durch ein schwaches Organ hervordringt; und was man sonst nach aller Vernunft für unmöglich erkennen würde, das scheint, wenn man dich hört, ganz vernünftig zu seyn. Dein Leben muß dir theuer seyn; denn alles, wodurch das Leben den Namen des Lebens verdienen kann, kömmt bey dir mit in Rechnung: Jugend, Schönheit, Verstand, Muth, Tugend; alles, was die Glückseligkeit und der Lenz des Lebens nur wünschenswürdiges hat. Daß du dieß alles wagen willst, daraus läßt sich schließen, daß du entweder unendlich geschickt, oder schrecklich unsinnig seyn mußt.. Liebenswürdiger Arzt, ich will deine Arzney versuchen, deren Wirkung, wenn ich sterbe, dein eigner Tod seyn wird.

Helena. Wenn ich in der versprochenen Zeit nicht helfe, oder das nicht wörtlich erfülle, was ich gesagt habe; so will ich gern unbeklagt sterben, und werd' es völlig verdienen. Wenn ich nicht helfe, so ist also der Tod mein Lohn; aber wenn ich Ihnen helfe, was versprechen Sie mir dann?

König. Fodre etwas.

Helena. Aber wollen Sie mirs auch geben?

König. Ja, bey meinem Scepter, und so wahr ich den Himmel hoffe!

Helena. So sollst du mir mit deiner königlichen Hand denjenigen zum Manne geben, den ich von dir verlangen werde, und den du mir geben kannst. Fern sey von mir der Uebermuth, einen aus dem königlichen Blute Frankreichs zu wählen, um meinen schlechten und niedrigen Namen durch irgend einen Zweig oder Abkömmling deines Hauses fortzupflanzen; ich wünsche mir nur einen von deinen Vasallen, von dem ich weis, daß es mir erlaubt seyn wird, um ihn zu bitten, und dir, ihn mir zu gewähren.

König. Hier ist meine Hand; erfüllst du dein Versprechen, so werd' auch ich dein Verlangen erfüllen. Wähle indeß nach Gefallen die bequemste Zeit für dich; denn ich bin nun einmal entschlossen, mich deines Mittels zu bedienen, und überlasse mich dir ganz. Ich sollte dich billig noch um mehrere Dinge fragen = = ob gleich dadurch, wenn ich mehr von dir weis, mein Zutrauen nicht stärker werden kann = = woher du kömmst, wer dich begleitet hat = = aber sey mir lieber ohne alle Erkundigung willkommen, und ohne Bedenklichkeit gegrüßt. Hilf mir nur; wenn du mir dein Wort hältst, so werd' auch ich dir das meinige halten.

(Sie gehen ab.)

Vierter Auftritt.

Roußillon.

Die Gräfinn. Der Rüpel.

Gräfinn. Kommt her, Freund; ich will einmal sehen, wie hoch ihr es in der Lebensart gebracht habt.

Rüpel. Ich werde zeigen, daß ich hoch gefüttert, und niedrig unterrichtet bin. Ich weis schon, mein Gewerbe ist nur an den Hof.

Gräfinn. Nur an den Hof? ‥ Ey, welcher Ort dünkt euch denn noch wichtiger zu seyn, wenn ihr den Hof so verächtlich wegwerft? ‥ Nur an den Hof!

Rüpel. Wahrhaftig, Ihre Gnaden, wenn Gott einem einige Manieren geliehen hat, so kann er sie bey Hofe leicht wegwerfen. Wer keinen Kratzfuß machen, die Mütze nicht abnehmen, nicht in die Hand küssen, und nichts sagen kann, der hat weder Fuß, Hände, Lippe, noch Mütze; und wahrhaftig, solch ein Mensch wäre, genau zu reden, nicht für den Hof. Aber was mich betrifft, ich hab' eine Antwort, die sich für alle Leute schickt.

Gräfinn. Nun wahrlich, das muß eine treffliche Antwort seyn, die zu allen Fragen paßt.

Rüpel. Sie ist eben wie ein Stuhl in der Barbierstube, der sich zu jedem Gesäße paßt. *)

Gräfinn. Wird denn deine Antwort für alle Fragen passend seyn?

Rüpel. So passend, wie zehn Grot für die Hand eines Advocaten, **) wie ein Pfannkuchen für den Fastendienstag, wie ein Mohrentanz für den Maytag, wie der Nagel zu seinem Loche, der Hahnrey zu seinem Horn, wie ein keifendes Weib zu einem zänkischen Manne, wie die Lippe der Nonne zum Munde des Mönchs, ja, wie die Wurst zu ihrer Haut.

Gräfinn. Habt Ihr denn eine Antwort, die eben so passend zu allen Fragen ist?

Rüpel. Vom Herzoge bis zum Gerichtsbedienten hinauf paßt sie sich zu jeder Frage.

*) Eine sprüchwörtliche Redensart. Steevens.

**) Ein paar ähnliche Vergleichungen fallen hier aus.

Gräfinn. Das muß wohl eine Antwort von ungeheurer Größe seyn, die zu allen Fragen passen soll!

Rüpel. Nur eine Kleinigkeit, wahrhaftig, wenn die Gelehrten die Wahrheit davon gestehen sollten. Hier ist sie, mit allem, was ihr anhängig ist. Fragen Sie einmal, ob ich ein Hofkavalier bin; ‥ es wird Ihnen nicht schaden, noch was zu lernen.

Gräfinn. Oder wieder jung zu werden, wenns möglich wäre. Ich will einmal so thöricht seyn, zu fragen, in der Hoffnung, durch eure Antwort weiser zu werden ‥ Sagen Sie mir doch, mein Herr, sind Sie ein Hofkavalier?

Rüpel. Ach Gott! mein Herr *) ‥ Das heißt kurz abgefertigt ‥ Mehr, mehr, noch hundert solche Fragen!

Gräfinn. Mein Herr, ich bin eine arme Freundinn von Ihnen, die Ihnen gut ist.

Rüpel. Ach Gott, mein Herr ‥ Zu, zu, schonen Sie mich nicht.

Gräfinn. Ich glaube, mein Ehr, Sie können wohl nichts von dieser häuslichen Kost essen.

*) Eine Satyre auf diese seltsame Ausfüllung des Gesprächs, die damals bey Hofe gewöhnlich war. Warb.

Rüpel. Ach Gott, mein Herr = = Nur immer auf mich los!

Gräfinn. Sie wurden neulich gepeitscht, mein Herr, denk' ich.

Rüpel. Ach Gott mein Herr = = immer drauf los!

Gräfinn. Schreyt Ihr: „ Ach Gott, mein Herr! „ wenn Ihr gepeitscht werdet, und: „ Immer drauf los? „ = = Freylich Euer „ Ach Gott mein Herr „ paßt sich sehr gut zu Eurer Auspeitschung. Ihr würdet schon recht gut auf eine Peltschereу zu antworten wissen, wenns mit euch dazu käme. *)

Rüpel. Ich hab' in meinem Leben kein schlechter Glück mit meinem „ Ach Gott! mein Herr „ gemacht. Ich sehe, man kann etwas lange brauchen, aber nicht ewig brauchen.

Gräfinn. Ich gehe wahrlich sehr haushältrisch mit der Zeit um, daß ich sie mit einem Narren so lustig hinbringe!

---

*) You wou'd answer very well to a whipping, if you were but bound to't. Die Redensart ist schon bey Bürgschaften üblich, und wird vom Bezahlen desjenigen gebraucht, wofür man gut gesagt hat; darauf wird hier angespielt.

Rüpel. Ach Gott, mein Herr = = Ey, da paßt es ja wieder vortrefflich.

Gräfinn. Macht ein Ende, Freund; hört nur euer Gewerbe. Gebt diesen Brief an Helena, und dringt auf eine schleunige Antwort. Macht meine Empfehlungen an meinen Vetter und an meinen Sohn. Das ist nicht viel.

Rüpel. Nicht viel Empfehlung an Sie?

Gräfinn. Nicht viel Arbeit für euch = = Ihr versteht mich.

Rüpel. Ungemein schön. Ich werde noch eher da seyn, als meine Beine.

Gräfinn. Macht, daß ihr bald wieder da seyd.

(Sie gehn ab.)

Fünfter Auftritt.

Der Französische Hof.

Bertram. Lafeu. Parolles.

Lafeu. Man sagt, es geschehen keine Wunder mehr; und wir haben unsre Herren Philosophen dazu, übernatürliche und unerklärbare Dinge zu ganz natürlichen und bekannten zu machen. Daher kömmt es, daß wir keine Schreckbilder achten, indem wir uns in scheinbare Wissenschaft verschanzen, wenn wir uns einem unbekannten Gegenstande der Furcht unterwerfen sollten.

Parolles. Nun, dieß ist doch der allerwunderbarste Vorfall, der sich in unsern letzten Zeiten eräugnet hat.

Bertram. Freylich wohl.

Lafeu. Von den Kunstverwandten schon aufgegeben zu werden ‥

Parolles. Das sag' ich eben.

Lafeu. Beydes von Galen und Paracelsus. Von allen den gelehrten und charakterisirten Leuten.

Parolles. Recht, das sag' ich eben.

Lafeu. Die ihn für unheilbar ausgaben ‥

Parolles. Nun freylich, das sag' ich auch.

Lafeu. Für hülflos ‥

Parolles. Recht; gleichsam für einen Menschen, der versichert seyn könnte ‥

Lafeu. Eines ungewissen Lebens, und eines gewissen Todes.

Parolles. Richtig, sehr wohl gesagt; das wollt' ich gerade auch sagen.

Lafeu. Ich kann mit Wahrheit behaupten, daß die Welt dergleichen noch nie gesehen hat.

Parolles. Freylich, noch nie. Wenn man es in einem Schauspiel sehen will, so kann man's zu lesen bekommen. Wie heißt doch der Titel?

Lafeu. „Schauspiel einer himmlischen Kraft in einer irdischen agirenden Person.„ *)

Parolles. Recht, recht, das wollt' ich eben sagen; so heißt es auch.

Lafeu. Wahrhaftig, der Dauphin ist nicht frischer und gesunder. Ich rede wirklich mit Ehrerbietung = =

Parolles. Wahrhaftig, es ist sonderbar, es ist sehr sonderbar, das ist der Anfang und das Ende davon; und der muß wohl ein recht erzböser Geist seyn, der nicht erkennt, es sey die = =

Lafeu. Hand des Himmels selbst.

Parolles. Ja, das sag' ich.

Lafeu. In einem sehr schwachen = =

Parolles. Und kraftlosem Werkzeug, große Kraft, große Gewalt, wovon wir freylich noch mehr Gebrauch machen sollten, als bloß zur Genesung des Königs; damit wir möchten = =

Lafeu. Ohne Ausnahme dankbar seyn.

---

*) Der Titel einer Brochüre, die hier lächerlich gemacht wird. Warburton.

Sechster Auftritt.

Die Vorigen. Der König. Helena. Gefolge.

Parolles. Das wollt' ich gerade auch sagen; Sie sagten ganz recht. Da kömmt der König.

Lafeu. Lustick, wie der Holländer sagt. Ich werde dafür den Mädchen noch einmal so gut seyn, so lang ich einen Zahn im Mund habe. Wahrhaftig, er wär' im Stande eine Courante mit ihr zu tanzen!

Parolles. Mort de vinaigre! ist das nicht Helena?

Lafeu. Beym Himmel! ich glaub' es auch.

König. Geht, und ruft meinen ganzen Hofstaat zusammen! . . Setze dich, meine schöne Retterinn, an die Seite deines Patienten, und empfange mit dieser genesenen Hand, deren verbanntes Gefühl du wieder zurückgerufen hast, zum zweytenmal die Bestätigung meines versprochnen Geschenks, welches nur bloß deine namentliche Bestimmung erwartet. (Es treten drey oder vier Hofkavaliere herein.) Schönes Mädchen, sieh umher; dieser junge Haufe unverheyratheter Edelleute hängt von meinem Willen ab; ich habe über sie beydes königliche Gewalt und väterliches Recht. Wähle nun nach Gefallen; es steht in deiner Macht, zu wählen, aber nicht in der ihrigen, deine Wahl auszuschlagen.

Helena. Jedem von euch falle eine schöne und tugendhafte Geliebte zu, sobald es Amors Wille ist! = = Jedem nur Eine!

Lafeu. Meinen braunen Engländer und sein Geschirr wollt' ich drum geben, daß meinem Munde eben so wenig Zähne fehlten, als dieser jungen Leute ihrem, und daß mein Bart noch eben so klein wäre!

König. Betrachte sie genau; es ist keiner unter ihnen, der nicht von altem Adel abstammt.

Helena. Ihr Herren, der Himmel hat durch mich dem Könige wieder zu seiner Gesundheit verholfen.

Alle. Wir sehen es, und danken dem Himmel für Sie.

Helena. Ich bin ein schlechtes Mädchen, und schätz' es für meinen größten Reichthum, daß ich schlechthin ein Mädchen bin = = Wenns Ihre Majestät erlauben, so bin ich schon fertig. Die Röthe auf meinen Wangen flüstert mir zu: „Ich erröthe

„ darüber, daß du wählen, und einen Korb be-
„ kommen möchtest; dann mag Todesblässe ewig
„ deine Wange decken; ich werde niemals wieder
„ darauf kommen. „

König. Wähle nur, und sey versichert, daß derjenige, der deine Liebe verschmäht, alle meine Liebe verlieren wird.

Helena. Nun, Diana, ich fliehe von deinem Altar hinweg; und zu der alles beherrschenden Liebe, dieser erhabnen Gottheit, strömen meine Seufzer empor. = = (Zu dem einen Edelmann.) Mein Herr, wollen Sie mein Gesuch anhören?

1. Edelmann. Und es gewähren.

Helena. Ich dank' Ihnen, mein Herr; = = alles übrige verstummt.

Lafeu. Ich möchte mich lieber von ihr wählen lassen, als zweymal Eins werfen, wenn mein Leben darauf stünde.

Helena. Der hohe Blick, der in Ihren Augen flammt, mein Herr, antwortet mir gar zu drohend, eh' ich noch weiter frage. Die Liebe erhebe Ihr Glück noch zwanzigmal über die, welche es Ihnen wünscht, und über ihre niedrige Liebe!

2. Edelmann. Nichts bessers für mich, wenn's beliebt.

Helena. Auch für Sie gewähre die Liebe meinen Wunsch! Leben Sie wohl.

Lafeu.*) Geben Sie ihr denn alle den Korb? . . Wären sie meine Söhne, ich ließe sie peitschen, oder schickte sie zum Großsultan, um Verschnittne daraus zu machen.

Helena. Fürchten Sie nicht, daß ich Ihnen die Hand geben werde; um Ihrer selbst willen möcht' ich Sie nicht gerne beleidigen. Ihre Wünsche müssen erfüllt werden, und Ihre Gattinn reicher und schöner seyn, wenn Sie sich je verheyrathen!

Lafeu. Die jungen Kerle müssen von lauter Eis seyn. Ganz gewiß sind es Bastarde von Engländern; Franzosen sind ihre Väter gewiß nicht gewesen.

Helena. Sie sind zu jung, zu reich, und zu gut, um sich mit mir zu verbinden.

4. Edelmann. Das denk' ich nicht, meine Schöne.

Lafeu (auf Bertram deutend.) Da hängt noch eine Traube . . ich weis gewiß, daß dein Vater Wein

---

*) Lafeu und Parolles müssen während dieser Scene von weitem stehen, wo sie das, was vorgeht, nur sehen, ohne zu wissen, wer von beyden den Korb giebt. Johnson.

getrunken hat -- Aber wenn du kein Esel bist, so bin ich erst ein Junge von vierzehn Jahren. Ich kenne dich schon.

Helena. Ich wäg' es nicht, zu sagen, daß ich Sie nehme; vielmehr übergeb' ich mich und meine Dienste, so lang' ich lebe, Ihrer Leitung und Gewalt. (Auf Bertram zeigend.) Dieß ist der Mann.

König. Nun wohl, junger Bertram, nimm sie; sie ist deine Frau.

Bertram. Meine Frau, mein König? -- Ich bitt' Ihre Majestät, mir gnädigst zu erlauben, daß ich in einer Angelegenheit von dieser Art mich meiner eignen Augen bedienen dürfe.

König. Weißt du nicht, Bertram, was sie für mich gethan hat?

Bertram. Ja, mein bester König; aber damit weis ich noch nicht, warum ich sie heyrathen soll.

König. Du weißt, sie hat mir von meinem Krankenlager wieder aufgeholfen.

Bertram. Aber folgt denn, mein König, daß ich durch mein Herunterkommen für Ihr Aufkommen büßen muß? -- Ich kenne sie wohl; mein Vater ließ sie auf seine Kosten erziehen -- Die Tochter eines armseligen Arztes sollte meine Frau werden? - - Eher mag mich die Schande auf ewig verzehren!

König. Du verschmähst sie bloß wegen ihres Standes, den ich doch höher machen kann. Sonderbar ist es, daß unser Blut, das sämmtlich einerley Farbe, Gewicht und Hitze hat, gar nicht an sich verschieden ist, und doch einen so mächtigen Abstand verlangen kann. Hat sie sonst alle Tugend, und verschmähst du sie bloß als eines armen Arztes Tochter, so verschmähst du die Tugend, ihres Namens wegen. Aber thu das nicht. Wenn tugendhafte Handlungen im niedrigen Stande verrichtet werden, so wird der Stand durch diese Handlungen veredelt. Das ist nichts weiter als eine wassersüchtige Ehre, die bloß vom Stolz der Geburt, und von keiner Tugend aufschwillt. Was gut ist, bleibt immer gut, auch ohne vornehme Titel, auch im niedrigsten Stande; nur nach dem innern Werthe, nicht nach der Benennung, muß es geschätzt werden. Sie ist jung, verständig, schön; dieß hat sie unmittelbar von der Natur geerbt, und darauf beruht die wahre Ehre. Wer sich für ein Kind der Ehre ausgiebt, und der Mutter nicht gleicht, der muß ihr ein Abscheu seyn. Unser Rang gewinnt am meisten, wenn wir ihn mehr von unsern Handlungen herleiten, als von unsern Vorfahren. Das bloße Wort, Ehre, wird auf jedem Grabe gemishandelt, ist ein lügendes Siegszeichen jeder Gruft; und eben so oft ist es da stumm, wo Staub und verwünschte Vergessenheit das Grab wirklich ehrenwerther Gebeine ist. Was macht das alles? Gefällt dir dieß Mädchen, wie es da ist, so steht es bey mir, das übrige hinzuzuschaffen. Die Tugend und sie selbst, sind ihre eigne Mitgift; Ehre und Reichthum erhält sie von mir.

Bertram. Ich kann sie nicht lieben, und will mich auch nicht bestreben, es zu thun.

König. Du thust dir selbst zu nahe, wenn du noch lange bey dir anstehst.

Helena. Ich freue mich, mein König, daß Sie wieder genesen sind; um das übrige mag's gut seyn.

König. Meine Ehre ist hier aufs Spiel gesetzt; um dieselbe zu retten, muß ich mich meiner königlichen Gewalt bedienen. Hier, nimm ihre Hand, stolzer, höhnischer Jüngling; du verdienst dieß schätzbare Geschenk nicht; da du meine Liebe und ihr Verdienst mit Augen schnöder Verachtung anstehst; da du dir nicht einfallen läßt, daß du, wenn sie und ich uns auf die eine Waagschale legen, auf der andern bis zum Waagebalken hinan dich heben mußt; da du es nicht erkennst, daß es bey mir steht, deine Ehre an den Ort hin zu pflanzen, wo ich haben will, daß sie wachsen soll. Laß deine Verachtung fahren, gehorch unserm Willen, der zu deinem Besten geschäfftig ist. Folge nicht deiner Sprödigkeit, sondern laß sogleich deinem eignen Glücke diejenige Gerechtigkeit wiederfahren, welche beydes deine Pflicht erfodert, und meine Gewalt verlangt; oder du sollst alle meine Gnade verlieren, und in den Schwindel und völligen Fall der unbewachten Jugend und Unwissenheit stürzen; beydes, meine Rache und meinen Haß werd' ich nach allem Recht ohne Verschonen an dir auslassen. Rede; antworte!

Bertram. Verzeihn Sie, mein gnädigster Fürst; ich unterwerfe meine Zuneigung Ihren Augen. Wenn ich bedenke, wie viel Sie thun können, und welch eine Menge von Ehre seinen Weg dahin richten muß, wohin Sie's befehlen; so find' ich, daß sie, die vorhin in meinen edlern Gedanken äußerst niedrig war, itzt schon durch das Lob des

Königs erhöht, und dadurch eben so sehr geadelt ist, als ob sie so geboren wäre.

König. Nimm sie bey der Hand, und sag ihr, sie sey die Deinige; ich verspreche dir dagegen ein Gegengewicht ihres Werths, wo nicht gar ein Uebergewicht in deinen Glücksumständen.

Bertram. Ich nehm' ihre Hand.

König. Gutes Glück und die Gunst des Königs lächeln diese Verbindung an. Die nöthige Feyerlichkeit, um dieselbe zu bestätigen, soll noch diesen Abend vollzogen werden; das Hochzeitmahl mag noch aufgeschoben bleiben, um abwesende Freunde dazu einladen zu können. Wenn du sie wirklich liebst, so handelst du gewissenhaft; thust du's nicht, so bist du sehr irrig.

(Sie gehn ab.)

Siebenter Auftritt.

Lafeu. Parolles.

Lafeu. Hören Sie doch, Monsieur, nur ein Wort!

Parolles. Was befehlen Sie mein Herr?

Lafeu. Ihr Herr und Gebieter that wohl daran, daß er revocirte.

Parolles. Revocirte? .. Mein Herr? mein Gebieter?

Lafeu. Nun ja; ist das etwa keine Sprache, die ich spreche?

Parolles. Eine sehr rauhe Sprache, die wohl ohne Blutvergießen nicht verständlich ist .. Mein Herr?

Lafeu. Sind Sie nicht ein Gesellschafter des Grafen Roußillon?

Parolles. Eines jeden Grafen; aller Grafen; aller Leute.

Lafeu. Ach ja, aller Leute des Grafen; ein Herr des Grafen will schon ein wenig mehr sagen.

Parolles. Sie sind zu alt, Herr; begnügen Sie sich damit: Sie sind zu alt.

Lafeu. Ich muß dir sagen, guter Freund, ich heiße Mann; zu diesem Titel wird das Alter dir nie verhelfen.

Parolles. Was ich nur gar zu sehr zu thun wage, das mag ich nicht thun.

Lafeu. Ich hielt dich, nachdem ich zweymal mit dir gespeist hatte, für einen ziemlich vernünftigen Menschen. Du prahltest so ganz erträglich mit deinen Reisen; das mochte hingehen; aber die Schärpen und Bänder, womit du behängt bist; gaben mir doch den mannichfaltigen Rath, dich nicht für ein gar zu wichtiges Geschöpf zu halten. Jtzt hab' ich dich gefunden; wenn ich dich wieder verliere, so frag' ich nichts darnach. Indeß bist du zu nichts nütze, als zum Aufnehmen; *) und auch das verdienst du kaum.

Parolles. Hättest du nicht den Freyheitsbrief des Alterthums ‒ ‒

Lafeu. Gerathe nur nicht zu sehr in Hitze, du möchtest zu geschwind auf die Probe gesetzt werden; und wenn ‒ ‒ der Himmel sey dir gnädig, du Memme! Und nun, mein liebes Gitterfenster, lebe wohl; ich brauche dich nicht erst zu öffnen, ich sehe schon so durch dich hin. Gib mir deine Hand.

Parolles. Mein Herr, Sie geben mir ausnehmende Ursache zum Böswerden.

Lafeu. O ja, von Herzen gern; und das verdienst du.

---

*) *To take up* heißt aufnehmen und jemand zur Rede stellen, oder, wie wir auch im Deutschen sagen: es mit einem aufnehmen.

Parolles. Ich hab' es nicht verdient, mein Herr.

Lafeu. O! wahrhaftig, jedes Quentchen davon; und ich will dir keinen Gran abziehen.

Parolles. Schon gut, ich werde vernünftiger seyn = =

Lafeu. Und das je eher je lieber; denn sonst würde dirs übel gehen. Wenn du einmal mit deiner Schärpe da gebunden und ausgeprügelt wirst, so sollst du schon erfahren, wie viel Ursache du hast, auf deine Bände stolz zu seyn. Ich wünsche recht sehr, meine Bekanntschaft mit dir fortzusetzen, damit ich im Nothfall sagen könne: er ist ein Mann, den ich kenne.

Parolles. Mein Herr, Sie thun mir unausstehliches Herzenleid an.

Lafeu. Ich wollt' es wäre Höllenpein für dich, und meine Kräfte wirkten ewig. Zwar sind meine Kräfte schon vom Alter überwältigt; aber du sollst mich doch nicht überwältigen, ich mag so schwach seyn, als ich will.

(Er geht ab.)

Parolles. Schon gut; du hast einen Sohn, der diese Schmach von mir nehmen soll! = = Schäbichter, alter, filziger, schäbichter Herr! Was hilfts? ich muß Geduld haben; Ansehen läßt sich nicht zwingen! . . Ich will ihn abprügeln, bey meinem Leben, wenn ich nur irgend auf eine schickliche Art an ihn kommen kann, und wär' er auch doppelt und dreyfach von Adel. Ich will mir sein Alter nicht mehr zu Herzen gehn lassen, als . . Ich will ihn abprügeln . . Wenn ich ihn nur irgendwo wieder antreffen könnte!

(Lafeu kömmt zurück.)

Lafeu. Guter Freund, Ihr Herr und Gebieter ist verheyrathet, das ist was Neues für Sie; Sie haben nun eine neue Gebieterinn.

Parolles. Ich bitte Ihre Gnaden ohne alle Heucheley, mit Ihren Beleidigungen ein wenig an sich zu halten. Er ist mein guter Herr; der droben ist, und dem ich diene, der nur ist mein Gebieter.

Lafeu. Wer? . . Gott?

Parolles. Ja, mein Herr.

Lafeu. Der Teufel ist es; der ist dein Gebieter . . Warum bindest du denn deine Arme auf diese Art zu? willst du aus deinen Aermeln ein Paar Hosen machen? thun das andre Bediente? Du solltest lieber deine untern Theile dahin setzen, wo deine Nase sitzt. Bey meiner Ehre, wär' ich nur zwey Stunden jünger, so wollt' ich dich abprügeln; mich dünkt, du bist ein allgemeines Aergerniß, und jedermann sollte dich abprügeln. Ich glaube, du bist dazu erschaffen, daß man sich an dir aus dem Athem schlagen soll.

Parolles. Das ist zu viel, und mehr als ich verdiene, mein gnädiger Herr.

Lafeu. Geht doch, guter Freund; Ihr wurdet in Italien dafür abgeprügelt, daß ihr einen Kern aus einem Granatapfel herauspicktet; Ihr seyd ein Landstreicher, und kein ächter Reisender; Ihr macht euch mit Edelleuten und vornehmen Personen gemeiner, als eure Geburt und Verdienste euch erlauben. Ihr seyd keines Worts weiter werth, sonst wollt' ich euch noch einen Schurken heißen. Ich verlaß' euch.

(Er geht ab.)

Achter Auftritt.

Parolles. Bertram.

Parolles. Gut, sehr gut, es mag darum seyn.. Gut, sehr gut; es mag eine Zeitlang geheim bleiben.

Bertram. Verloren, und auf ewig ein Sklave der Sorgen!

Parolles. Was giebts denn, mein Schatz?

Bertram. Ob ichs gleich vor dem Priester geschworen habe, so will ich doch nicht mit ihr zu Bette gehen!

Parolles. Was? was, mein Schatz?

Bertram. O mein lieber Parolles, man hat mich verheyrathet . . Ich will in den Toskanischen Krieg, und gar nicht mit ihr zu Bette gehn!

Parolles. Frankreich ist ein Hundeloch, und verdient nicht, daß ein ehrlicher Mann seine Füße drauf setzt. In den Krieg!

Bertram. Ich habe Briefe von meiner Mutter bekommen; was sie enthalten, weis ich noch nicht.

Parolles. Ha! da wird sich schon zeigen . . . In den Krieg, mein Söhnchen, in den Krieg! Der trägt seine Ehre ungesehen in einer Schachtel, der hier zu Hause seiner albernen Grethe um den Hals hängt, und sein männliches Mark in ihren Armen verschwendet, welches den Galop und die hohen Sprünge des kriegrischen Rosses aushalten sollte . . In andre Gegenden! . . .

Frankreich ist ein Stall; wir, die drinnen wohnen, sind Mähren. Darum, in den Krieg!

Bertram. Das will ich auch. Ich werde sie nach Hause schicken, meiner Mutter melden, daß ich sie hasse, und warum ich davon gegangen bin, und dem Könige werd' ich Dinge schreiben, die ich mir nicht getraue ihm zu sagen. Die Geschenke, die er mir itzt gemacht hat, setzen mich in Stand, mich zu dem Italienischen Feldzug auszurüsten, wo edle Ritter kämpfen. Krieg ist Eintracht, gegen ein böses Weib und ewiges Hauskreuz gerechnet.

Parolles. Wirst du auch gewiß immer so gesinnt bleiben?

Bertram. Geh mit mir in mein Zimmer, und ertheile mir deinen guten Rath. Ich will sie sogleich fortschicken, morgen geh' ich in den Krieg, und sie in die traurige Einsamkeit!

Parolles. Hui! wie solche Bälle springen! was sie für Lärmen machen! - - Ein junger Mensch der sich verheyrathet, ist zu allem verdorben. *) Fort also! laß sie im Stiche; fort! - - Der König hat

*) Im Englischen ein Wortspiel: A young man *married* is a man, that's *marr'd*.

dir zu nahe gethan; aber . . es ist nun einmal nicht anders!

(Sie gehn ab.)

Neunter Auftritt.

Helena. Der Rüpel.

Helena. Meine Mutter läßt mich also freundlich grüßen . . Ist sie wohl?

Rüpel. Sie ist nicht wohl, und doch ist sie noch bey völliger Gesundheit; sie ist sehr aufgeräumt, und doch ist sie nicht wohl. Aber, Gott sey Dank, sie ist sehr wohl, und es fehlt ihr an nichts in der Welt; und doch ist sie nicht wohl.

Helena. Wenn sie sehr wohl ist, was fehlt ihr denn, daß sie nicht sehr wohl ist?

Rüpel. Freylich; sie ist sehr wohl, ganz gewiß; bis auf zweyerley Dinge.

Helena. Was sind das für zwey Dinge?

Rüpel. Erstlich, daß sie nicht im Himmel ist, wohin ihr Gott aufs baldigste verhelfen wolle; zweytens, daß sie auf Erden ist, von der ihr Gott aufs baldigste loshelfen wolle!

Zehnter Auftritt.

Parolles. Ihr Diener, meine glückliche Dame.

Helena. Ich hoffe, mein Herr, ich habe Ihre Erlaubniß dazu, glücklich zu seyn?

Parolles. Mein Gebet und meine Wünsche waren Ihnen von je her gewidmet, und sollen's auch bleiben ‥ Ha! guter Freund, was macht denn unsre alte Gräfinn?

Rüpel. Ich wollte, Sie hätten ihre Runzeln, und ich ihr Geld; und sie machte denn das, was Sie sagen.

Parolles. Ich? ‥ ich sage nichts.

Rüpel. Desto klüger sind Sie; denn manches Bedienten Zunge ist seines Herrn Unglück. Nichts sagen, nichts machen, nichts wissen, und nichts haben, macht einen großen Theil Ihres Titels aus, der überall so viel, wie Nichts, sagen will.

Parolles. Geh, du bist ein Schurke.

Rüpel. Sie hätten sagen sollen, mein Herr, vor einem Schurken bist du ein Schurke; das heißt, vor mir bist du ein Schurke. Das wäre die Wahrheit gewesen, mein Herr.

Parolles. Geh, geh, du bist ein witziger Narr; ich habe dich gefunden.

Rüpel. Haben Sie mich in sich selbst gefunden, mein Herr? oder hat man Sie's gelehrt, mich zu finden? Das Nachsuchen, mein Herr, hat seinen guten Erfolg gehabt, und Sie können noch Narrens genug in sich finden, zur Freude der Welt, und zur Beförderung des Lachens.

Parolles. Ein guter Kerl, wahrhaftig, und wohl gefüttert! = = Gnädige Frau, mein Herr will diese Nacht fortreisen; sehr wichtige Geschäfte nöthigen ihn dazu. Die grossen Vorrechte und Ansprüche der Liebe, welche Pflicht und Zeit von ihm fodern, erkennt er sehr wohl; aber er sieht sich genöthigt, sie dießmal beyseite zu setzen. Die Entbehrung und der Aufschub der hochzeitlichen Freuden ist mit süßer Anmuth begleitet, welche itzt in der Zwischenzeit zubereitet wird, damit die Zukunft von Wonne überfließe, und das Vergnügen den Rand überströme.

Helena. Was verlangt er sonst noch?

Parolles. Daß Sie sich sogleich bey dem Könige beurlauben, und sich stellen, als rührte diese Eilfertigkeit von Ihnen selbst her, und entschuldigen Sie dieselbe mit irgend einer wahrscheinlichen Nothwendigkeit.

Helena. Und was befiehlt er mehr?

Parolles. Daß Sie hernach, wenn dieß geschehen ist, sogleich zu ihm kommen, seine weitern Befehle zu hören.

Helena. Ich werde in allen Stücken seinem Willen folgen.

Parolles. Das werd' ich ihm wieder melden.

(Er geht ab.)

Helena. Darum bitt' ich = = (Zum Käpel) Kommt Freund.

(Sie gehen ab.)

Eilfter Auftritt.

Lafeu. Bertram.

Lafeu. Aber ich hoffe doch, Ihre Gnaden halten ihn für keinen Soldaten?

Bertram. O ja, mein Herr, und seine Tapferkeit für sehr bewährt.

Lafeu. Sie haben es aus seinem eignen Munde.

Bertram. Und von andern glaubwürdigen Zeugen.

Lafeu. So geht meine Uhr nicht richtig; ich hielt ihn für einen Windbeutel.

Bertram. Ich versichre Ihnen, mein Herr, er hat sehr viel Einsichten, und eben so viel Tapferkeit.

Lafeu. Ich habe also wider seine Einsichten gesündigt, und mich gegen seine Tapferkeit vergangen; und dabey ist mein Zustand sehr gefährlich, weil ich noch gar keine Lust habe, es zu bereuen. Da kömmt er; machen Sie doch, daß wir wieder gute Freunde werden; ich will den Frieden nicht wieder brechen.

Zwölfter Auftritt.

Die Vorigen. Parolles.

Parolles. Das wird alles geschehen, gnädiger Herr.

Lafeu. Sagen Sie mir doch, Herr, was hat denn dieser Mensch für einen Schneider?

Parolles. Wie, mein Herr?

Lafeu. O! ich kenn' ihn recht gut. Ja, ja, Herr, er macht gute Arbeit . . ein sehr guter Schneider.

Bertram (zu Parolles.) Ist sie zum Könige gegangen?

Parolles. Ja, das ist sie.

Bertram. Will sie diese Nacht fortreisen?

Parolles. Ja, wie Sie es befohlen haben.

Bertram. Ich habe meine Briefe geschrieben,

meinen Schatz eingepackt, unsre Pferde bestellt, und diese Nacht, in der ich Besitz von meiner Braut nehmen sollte, und eh' ich anfange = =

Lafeu. Ein bereister Mann ist ein angenehmes Gericht gegen das Ende der Tafel; aber wer drey Drittheile lügt, und eine bekannte Wahrheit braucht, um tausend Unwahrheiten dadurch geltend zu machen, sollte billig einmal angehört, und dreymal geprügelt werden. = = Gott behüte Sie, Kapitain.

Bertram. Ist denn etwa eine Mishelligkeit zwischen dem gnädigen Herrn und Ihnen, Monsieur?

Parolles. Ich weis nicht, womit ich es verdient habe, in Ihrer Gnaden Ungnade zu fallen.

Lafeu. Sie sind in dieselbe über Hals und Kopf hinein gelaufen, mit Stiefeln und Sporn und allem, wie der Kerl, der in die Milchpastete sprang; *) und Sie werden wohl aus derselben eher wieder heraus laufen, als sich darüber, warum Sie drinnen sind, zur Rede stellen lassen.

---

*) Es war bey Stadtlustbarkeiten gewöhnlich, daß die lustige Person, oder der Pritschmeister, in eine große tiefe Milchpastete springen mußte, die dazu hingesetzt war, um den Zuschauern was zu lachen zu geben. Theobald.

Bertram. Vielleicht, mein Herr, haben Sie ihn misverstanden.

Lafeu. Das werd' ich allemal, und wenn ich ihn auch beten hörte = = Leben Sie wohl, gnädiger Herr, und glauben Sie mir's, diese leichte Nuß kann keinen Kern haben; die Seele dieses Menschen sind seine Kleider. Trauen Sie ihm nicht in wichtigen Angelegenheiten; ich habe dergleichen Thiere zahm gemacht, und kenne ihre Natur = = Lebt wohl, Monsieur; ich habe besser von euch gesprochen, als ihr's um mich verdient habt oder verdienen werdet; aber man muß Böses mit Gutem vergelten.

(Er geht ab.)

Parolles. Ein unnützer Herr, wahrhaftig!

Bertram. Das dünkt mir.

Parolles. Wie? kennen Sie ihn nicht schon?

Bertram. O ja, ich kenn' ihn recht gut, und dem Gerüchte nach soll er viel Verdienste haben = = Da kömmt mein Fußblock!

Dreyzehnter Auftritt.

Die Vorigen. Helena.

Helena. Ich habe, mein Herr, wie Sie mir befehlen ließen, mit dem Könige gesprochen, und seinen Urlaub erhalten, um sogleich abzureisen; er wünscht nur noch vorher mit Ihnen allein zu sprechen.

Bertram. Ich werde seinem Befehl gehorchen ‥ Sie müssen sich nicht über mein Verfahren wundern, Helena, das sich zu dieser Zeit gar nicht schickt, noch dasjenige leistet, was ich itzt billig zu verrichten hätte. Ich war nicht auf solch ein Geschäfte vorbereitet, und bin daher in so übler Verfassung. Ich muß Sie also bitten, sogleich nach Hause zu reisen, und lieber darüber nachzudenken, als zu fragen, warum ich diese Bitte an Sie thue. Denn meine Absichten sind besser, als sie scheinen; und meine Geschäfte sind dringender, als sie Ihnen, da sie Ihnen fremd sind, auf den ersten Anblick scheinen werden. Diesen Brief geben Sie an meine Mutter; erst in zwey Tagen werd' ich Sie wieder sehen. Und nun, leben Sie wohl.

Helena. Ich kann weiter nichts sagen, mein Herr, als daß ich Ihre gehorsamste Dienerinn bin.

Bertram. Schon gut; nichts mehr davon.

Helena. Und daß ich mich immer mit treuer

Ergebenheit bemühen werde, dasjenige zu ersetzen, worinn mein niedriges Schicksal gegen mich zu karg gewesen ist, um meinem itzigen grossen Glücke gleich zu kommen.

Bertram. Lassen Sie das gut seyn. Ich habe sehr zu eilen. Leben Sie wohl; machen Sie, daß Sie nach Hause kommen.

Helena. Erlauben Sie doch, mein Herr - -

Bertram. Nun, was haben Sie denn noch zu sagen?

Helena. Ich bin des Reichthums nicht würdig, den ich erhalten habe, und wag' es nicht, ihn mein zu nennen, wiewohl er mein ist; sondern möchte, gleich einem schüchternen Diebe, gerne das wegstehlen, was doch nach allem Rechte mir gehört.

Bertram. Was verlangen Sie denn?

Helena. Etwas - - und kaum so viel - - nichts im Grunde - - Ich mag Ihnen nicht sagen, was ich haben möchte, mein Herr - - ja, in der That, Fremde und Feinde pflegen sich zu trennen, ohne sich zu küssen.

Bertram. O! säumen Sie doch nicht länger; geschwind aufs Pferd!

Helena. Ich werde Ihrem Befehle nicht ungehorsam seyn; mein gnädiger Herr.

(Sie geht ab.)

Bertram. Wo sind meine andern Leute, Monsieur? = = Leben Sie wohl. = = (Für sich.) Geh du nur immer nach Hause, wohin ich niemals kommen werde, so lang' ich noch meinen Degen führen, oder die Trommel hören kann! = = Fort, wir müssen davon!

Parolles. Bravo! = = Courage!

(Sie gehen ab.)

Dritter Aufzug.

Erster Auftritt.

Der Hof des Herzogs zu Florenz.

Der Herzog von Florenz. Zwey französische Edelleute. Wache.

Herzog. Ihr habt itzt also von Punkt zu Punkt die eigentlichen Ursachen dieses Kriegs angehört, dessen große Entscheidung schon viel Blut gekostet, und noch mehr Blutdurst erregt hat.

1. Edelmann. Der Streit hat ein sehr vortheilhaftes Ansehen auf der Seite Ihrer Durchlaucht, aber ein schwarzes und fürchterliches auf der entgegenstehenden Seite.

Herzog. Eben daher wundern wir uns sehr, daß unser Vetter, der König von Frankreich, in einer so gerechten Sache sein Herz vor unserm Gesuch um seinen Beystand verschließt.

2. Edelmann. Mein theuerster Herzog, ich kann Ihnen die Gründe unsers Staats nicht angeben, da ich ein gemeiner und Privatmann bin, der das hohe Ansehen einer Rathsversammlung sich nur nach seiner eignen Unfähigkeit vorstellt. Daher wag' ich es nicht zu sagen, was ich davon denke, indem ich mich in meinen ungewissen Vermuthungen allemal betrogen fand, so oft ich dieselben wagte.

Herzog. Er mag thun, wie es ihm beliebt.

2. Edelmann. Aber ich weis gewiß, unsre jungen Leute, die ihrer Ruhe überdrüßig sind, werden Tag vor Tag hier ankommen, diesen Ueberdruß zu vertreiben.

Herzog. Sie sollen mir willkommen seyn, und alle die Ehrenbezeugungen erhalten, die ich ihnen nur

nur immer zu geben vermag. Ihr wißt nun eure angewiesenen Plätze; sollten Leute von höherm Range bleiben, so ist ihr Tod euer Vortheil. .. Morgen ins Feld!

(Sie gehen ab.)

Zweyter Auftritt.

Roußillon, in Frankreich.

Die Gräfinn. Der Rüpel.

Gräfinn. Es ist alles gegangen, wie ichs gewünscht habe, außer, daß er nicht mit ihr kömmt.

Rüpel. Mein Treu, ich glaube, mein junger Herr ist ein sehr melancholischer Mensch.

Gräfinn. Woran hast du denn das bemerkt?

Rüpel. Ey, er sieht seine Stiefeln an, und singt; zieht sich die Krause zurechte, und singt; thut Fragen, und singt; stochert die Zähne, und singt. Ich habe einen gekannt, der diesen Anstoß von Melancholie hatte, und ein hübsches Landgut um ein Liedchen verkaufte.

Gräfinn. Laß doch sehen, was er schreibt, und wann er zu kommen denkt! (Sie liest den Brief.)

Rüpel. Jesebel steht mir nicht mehr an, seitdem ich bey Hofe gewesen bin. Unser alter Stockfisch und unsre Jesebels auf dem Lande sind nichts gegen euren alten Stockfisch, und eure Jesebels am Hofe. Meinem Cupido ist die Hirnschädel ausgeschlagen; und ich fange an so zu lieben, wie ein alter Mann das Geld liebt, ohn' allen Appetit.

Gräfinn. Was ist das hier?

Küpel. Gerade was es ist.

(Er geht ab.)

Gräfinn (liest den Brief.) „Ich schicke Ihnen „eine Schwiegertochter; sie hat den König gesund, „und mich unglücklich gemacht. Ich bin mit ihr „in die Kirche, aber nicht zu Bette gegangen, „und habe geschworen, daß dieß nicht ewig wäh„ren soll. Sie werden hören, daß ich davon ge„laufen bin; wissen Sie es also, eh' es Ihnen „das Gerücht sagt. Wenn die Welt breit genug „ist, so werd' ich mich immer so weit entfernt „halten, als möglich ist. Ich empfehle mich Ih„rer Liebe, und bin

„Ihr unglücklicher Sohn,

„Bertram.„

Das ist nicht wohl gethan, rascher und unbändiger Jüngling, daß du der Gunst eines so guten Königs entfliehst, und dir seinen Unwillen durch die Verschmähung eines Mädchens zuziehst, das zu tugendhaft ist, als daß ein König sie hätte verschmähen dürfen.

Rüpel (der wiederkömmt.) O! gnädige Frau, da giebts eine traurige Neuigkeit drinnen, zwischen zwey Officieren und meiner jungen gnädigen Frau.

Gräfinn. Und was denn?

Rüpel. O! es ist auch etwas erfreuliches in der Neuigkeit, etwas erfreuliches; Ihr Herr Sohn wird nicht so bald ums Leben kommen, als ich dachte.

Gräfinn. Warum sollt' er denn ums Leben kommen?

Rüpel. Das sag' ich auch, gnädige Frau, wenn er davon läuft, wie ich höre, das er thut. Gefahr ist nur dabey, wenn er bey seiner Frau bleibt. Männer kommen immer dabey von der Welt, wenn gleich Kinder dadurch auf die Welt kommen. Da kommen die Leute, die Ihnen mehr davon erzählen werden. Ich meines Theils habe nur gehört, daß Ihr Herr Sohn davon gelaufen ist.

Dritter Auftritt.

Die Vorigen. Helena. Zwey Edelleute.

1. Edelmann. Unterthäniger Knecht, gnädige Frau.

Helena. Ach Ihre Gnaden, mein Gemahl ist fort, auf ewig fort!

2. Edelmann. Sagen Sie das nicht.

Gräfinn. Fasse dich in Geduld . . Sagt mir doch, ihr Herren . . Ich habe schon so manche Anfälle der Freude und Betrübniß erlebt, daß die Bestürzung über keins von beyden mich noch aus der Fassung bringt, . . sagt mir doch, wo ist mein Sohn?

2. Edelmann. Gnädige Frau, er ist in die Dienste des Herzogs von Florenz gegangen; wir begegneten ihm auf dem Wege dorthin, und wenn wir einige Geschäfte hier am Hofe ausgerichtet haben, denken wir, dorthin zurück.

Helena. Sehn Sie diesen Brief an, gnädige Frau; dieß ist mein Abschiedspaß: „Wenn du den „Ring an meinem Finger bekommen kannst, der „niemals davon kommen soll, und mir ein Kind „aufweisen kannst, das von deinem Leibe geboren

„ ist, und wovon ich Vater bin, dann nenne mich
„ deinen Gemahl; aber dieß dann ist eben so gut,
„ als Niemals. „ . . Das ist eine schreckliche
Erklärung.

Gräfinn. Habt ihr diesen Brief mitgebracht, ihr Herren?

1. Edelmann. Ja, gnädige Frau; und da er diesen Innhalt hat, so daurt uns unsre Mühe.

Gräfinn. Ich bitte dich, Kind, fasse mehr Muth. Wenn du dich alles des Kummers als des deinigen bemächtigst, so raubst du mir die Hälfte davon. Er war mein Sohn; aber ich wasche seinen Namen aus meinem Blut heraus, und du bist künftig alles, was ich an Kindern habe. Nach Florenz ist er gegangen?

2. Edelmann. Ja, gnädige Frau.

Gräfinn. Und, um Soldat zu werden?

2. Edelmann. Das ist sein edler Vorsatz; und glauben Sie nur, der Herzog wird ihm alle die Ehre anthun, welche seinem Stande gebührt.

Gräfinn. Geht ihr dahin zurück?

1. Edelmann. Ja, gnädige Frau, mit der möglichsten Geschwindigkeit.

Helena. „Bis ich keine Frau habe, hab' ich nichts in Frankreich.„ . . Das ist bitter!

Gräfinn. Steht das da?

Helena. Ja, gnädige Frau.

1. Edelmann. Vielleicht schrieb nur seine Hand so harte Ausdrücke, und sein Herz nimmt keinen Theil daran.

Gräfinn. Nichts in Frankreich, bis er eine Frau hat? . . Es ist nichts hier, das für ihn zu gut ist, als sie allein; und sie verdient einen Gemahl, dem zwanzig solche wilde Bursche aufwarteten, die sie stündlich ihre Gebieterinn nennen müßten. Wer war bey ihm?

1. Edelmann. Bloß ein Bedienter, und noch ein Herr, den ich schon seit einiger Zeit kenne.

Gräfinn. Parolles; nicht wahr?

1. Edelmann. Ja, meine gnädige Frau.

Gräfinn. Ein sehr häßlicher Mensch, voller Bübereyen. Mein Sohn verdirbt seine gut geartete Natur durch seinen verführerischen Umgang.

1. Edelmann. In der That, gnädige Frau, der Mensch hat ein gut Theil des Bösen zu viel, das er sich gut zu Nutze zu machen weis.

Gräfinn. Ihr seyd mir willkommen, meine

Herren. Ich bitt' euch, wenn ihr meinen Sohn seht, ihm zu sagen, daß sein Schwert niemals die Ehre wieder gewinnen kann, die er verliert. Ein mehrers werd' ich ihm schreiben, und euch bitten, ihm den Brief zu überbringen.

2. Edelmann. Wir stehen Ihnen, gnädige Frau, in diesem und andern Fällen sehr gern zu Diensten.

Gräfinn. Nur in so weit, als ich es durch gegenseitige Höflichkeit erwiedern kann = = Wollen Sie näher treten?

(Die Gräfinn und die beyden Edelleute gehn ab.)

Helena (allein.) „Bis ich keine Frau mehr habe, „hab' ich nichts in Frankreich zu thun!" = = Nichts in Frankreich zu thun, bis er keine Frau mehr hat? = = Nun, du sollst keine Frau mehr haben, keine mehr in Frankreich; dann hast du wieder alles. Armer Graf! bin ich es, die dich aus deinem Vaterlande verjagt, und diese deine zarten Glieder der mislichen Gefahr des keinen verschonenden Krieges aussetzt? Bin ich es, die dich von dem freudenvollen Hofe verbannt, wo lauter schöne Augen nach dir schossen, um nun das Ziel rauchender Musketen zu werden? = = O! ihr bleyernen, durch Feuer beflügelten Kugeln, verfehlt euer Ziel! fahrt zischend durch die schnell geschloßne Luft, aber berührt meinen Grafen nicht! .. Jeden, der nach ihm schießt, hab' ich dahin gestellt; jeden, der nach seiner Brust zielt, hab' ich Meuchelmörderinn dazu verdungen. Und wenn ich ihn gleich nicht selbst tödte, so bin ich doch die wirkende Ursache seines Todes! .. Besser wäre mirs, ich begegnete dem raubgierigen Löwen, wenn er vor heißem Hunger brüllte; besser wäre mir's, daß alles Elend, was die ganze Natur hat, auf einmal mich träfe! .. Nein, komm wieder zurück, Roußillon, von dorther zurück, wo die Ehre von der Gefahr nur eine Narbe gewinnt, und eben so oft alles verliert. .. Ich will weg gehen; daß ich hier bin, hält dich allein ab, hieher zu kommen .. Soll ich hier bleiben, um das noch länger zu thun? .. Nein! nein! und wenn auch Luft des Paradieses dieß Haus umfächelte, und Engel drinnen aufwarteten! .. Ich will gehen! Wäre doch das Gerücht mitleidig genug, meine Flucht zu deinen Ohren zu bringen, um dir eine Freude zu machen! .. Komm, Nacht! endige dich, Tag! .. Denn in der Dunkelheit stehl' ich armer Dieb mich davon. (Sie geht ab.)

Vierter Auftritt.

Der Herzogliche Hof zu Florenz.

Der Herzog von Florenz. Bertram. Trommeln und Trompeten. Soldaten. Parolles.

Herzog. Du bist der General unsrer Reuterey. Wir versprechen uns viel von dir, und versichern dich dabey unsrer Liebe und unsers Vertrauens.

Bertram. Gnädigster Herzog, ich bin für diese Bürde noch nicht stark genug; aber ich werde mich doch bestreben, sie zu Ihrer Ehre zu tragen, so viel auch immer dabey gewagt werden muß.

Herzog. So ziehe denn hin, und die Glücksgöttinn spiele auf deinem beglückten Helm, als deine wohlthätige Beschützerinn!

Bertram. Heute weih' ich mich deinem Dienste, großer Kriegsgott! laß mich nur das werden, was ich wünsche; so wirst du an mir einen Liebhaber deiner Waffen, und einen Hasser der Liebe haben!

(Sie gehen ab.)

Fünfter Auftritt.

Roußillon in Frankreich.

Die Gräfinn. Der Haushofmeister.

Gräfinn. O Gott! = = und warum nahmst du den Brief von ihr an? Konntest du nicht vermuthen, daß sie das thun würde, was sie gethan hat, weil sie mir einen Brief schickte? = = Lies ihn noch einmal.

Haushofmeister (liest:)

Ich bin St. Jakobs *) Pilgerinn, und muß
Dort hinziehn, um der Ehrsucht Schuld zu büßen.
Den kalten Boden trift mein nackter Fuß,
Ein fromm Gelübd' entled'ge mein Gewissen!
Ruf aus dem blut'gen Kriege meinen Herrn
Zurück, daß er den Mutterblick erfreue;
Er leb' in Ruh, indeß daß ich von fern

---

*) Es ist mir in Italien kein bekannter Ort erinnerlich, wohin Wallfahrten dem heil. Jakobus zu Ehren geschähen; hingegen sind dieselben nach St. Jago de Compostella in Spanien sehr gewöhnlich. Der Dichter hätte leicht einen andern Heiligen finden können; denn Florenz liegt von Roußillon nach Compostella ein wenig zu sehr aus dem Wege. Johnson.

Mit frommer Inbrunst seinen Namen weihe.
Weh mir, daß ich ihm eine Juno bin. *)
Ich riß ihn aus dem Kreis der Fröhlichkeiten,
Trieb grausam ihn ins wilde Schlachtfeld hin,
Wo Schwert und Tod der Helden Schritt begleiten.
Er ist zu gut, um sich dem Tod' und mir zu weihn;
Gern grüß' ich Schmerz und Tod, kann ich nur ihn befreyn.

Ach! welche scharfe Stachel stecken in ihren sanftesten Worten! . . Rinaldo, du hast noch niemals so unüberlegt gehandelt, als da du sie so gehen ließest! . . Hätt' ich noch mit ihr gesprochen, so würd' ich vielleicht sie von ihrem Entschluß wieder abgebracht haben, den sie nun, eh' ichs wußte, vollführt hat!

Haushofmeister. Verzeihn Sie mir, gnädige Frau. Hätt' ich Ihnen diesen Brief über Nacht gegeben, so hätte man sie vielleicht einholen kön-

*) Juno verfolgte nämlich, wie bekannt, den jungen Herkules, aus Eifersucht auf seine Mutter, Alkmene; und seine zwölf Arbeiten mußte er auf Befehl dieser Göttinn unternehmen. Grey.

nen; wiewohl sie schreibt, daß alles Nachsetzen vergeblich seyn werde.

Gräfinn. Welcher Engel wird diesen unwürdigen Ehemann schützen? .. Er kann nicht glücklich seyn, wenn nicht etwa ihr Gebet, welches der Himmel gerne hört, und gerne gewährt, ihn von dem Zorne der höchsten Gerechtigkeit befreyt. Schreib, schreib, Rinaldo, an diesen seiner Frau so unwürdigen Mann; laß jedes Wort ein schweres Gewicht ihrer Würdigkeit enthalten, die er zu leicht wägt. Drücke meinen unendlichen Kummer, so wenig er's auch fühlen mag, mit den schärfsten Worten aus. Schicke den zuverläßigsten Boten an ihn ab .. Vielleicht, wenn er hört, daß sie weg ist, wird er wieder kommen; und ich darf hoffen, daß sie, so bald sie das hört, von der reinsten Liebe geleitet, ihren Weg eilig wieder hieher nehmen wird. Wer von ihnen beyden mir am theuersten ist, vermag ich in meinem Gefühl nicht zu unterscheiden. Schicke diesen Boten ab .. Mein Herz ist schwer, und mein Alter ist schwach; die Traurigkeit verlangt Thränen; und der Kummer heißt mich reden.

(Sie gehen ab.)

Sechster Auftritt.

Ausser den Mauren von Florenz. Man hört von weitem eine Feldmusik.

Eine alte Florentinische Witwe. Diana, Violenta. Mariana, und andre.

Witwe. Kommt nur mit; denn wenn sie näher an die Stadt rücken, so werden wir sie ganz aus dem Gesichte verlieren.

Diana. Man sagt, der Französische Graf hat sich sehr rühmlich gehalten.

Witwe. Es heißt, er hat ihren größten Feldherrn gefangen genommen, und mit eigner Hand des Herzogs Bruder getödtet = = wir haben unsre Mühe umsonst gehabt; sie haben einen ganz andern Weg genommen; hört nur, ihr könnt es an ihren Trompeten hören.

Mariana. Kommt, laßt uns wieder zurückkehren, und uns an der Erzählung davon begnügen = = Höre, Diana, nimm dich nur vor dem Französischen Grafen in Acht; die Ehre eines Mädchens ist ihr guter Name, und kein Erbschaft ist so viel werth, als Ehrlichkeit.

Witwe. Ich habe meiner Nachbarinn erzählt,

wie sie von einem Herrn, den er bey sich hat, geplagt worden sind.

Mariana. Ich kenne den verzweifelten Kerl wohl; es ist ein gewisser Parolles, der dem jungen Grafen lauter schlechte Streiche an die Hand giebt. Nimm dich vor ihnen in Acht, Diana; ihre Versprechungen, Anlockungen, Schwüre, Winke und alle diese Kunstgriffe der Wohllust, sind nicht das, was sie zu seyn scheinen; schon manches Mädchen hat sich dadurch verführen lassen; und es ist ein Unglück, daß das Beyspiel, welches so schreckliche Proben verlorner Unschuld aufweist, dennoch bey dem allem nicht im Stande ist, andre von einer gleichen Gefahr abzuhalten, sondern daß auch diese in eben die Schlinge fallen, die ihnen drohte. Ich hoffe, ich brauche dich nicht weiter zu warnen; sondern ich glaube, deine eigne Tugend wird dich schon auf dem Wege erhalten, worauf du gehst, wenn auch weiter keine Gefahr dabey sichtbar wäre, als der Verlust der Sittsamkeit.

Diana. Sie sollen nicht Ursache haben, für mich besorgt zu seyn.

Siebenter Auftritt.

Die Vorigen. Helena, wie eine Pilgerinn verkleidet.

Witwe. Das hoff' ich . . Seht doch, da kömmt eine Pilgerinn; sie wird gewiß in meinem Hause Herberge suchen; dahin pflegen sie einander nachzuweisen. Ich will sie fragen . . Gott grüß' Euch, Pilgerinn! wo denkt Ihr hin?

Helena. Zum heiligen Jakobus dem Aeltern *). Sagen Sie mir doch, wo kehren denn hier die Pilger ein?

Witwe. Hier ins Franciscanerkloster, an der Seite des Havens.

Helena. Geht hier der Weg hin?

Witwe. Ja doch . . (Man hört einen Marsch in der Ferne.) Hört ihr, sie kommen von der Seite her . . Wenn ihr nur ein wenig warten wollt, heilige Pilgerinn, bis die Truppen vorbey sind, so will ich

*) Da die Wallfahrten nach St. Jago de Compostella dem jüngern Jakobus zu Ehren geschehen, dessen Reliquien man auch daselbst zu haben vorgiebt; so wird dadurch entweder Johnsons obige Muthmaßung zweifelhaft, oder der Dichter vernachläßigte auch diesen Umstand.

Euch in eure Herberge bringen, um so viel mehr, da ich eure Wirthinn so gut zu kennen glaube, als mich selbst.

Helena. Sind Sie es selbst?!

Witwe. Wenn es Euch so gefällt, Pilgerinn.

Helena. Ich dank' Ihnen, und will hier so lange warten, als es Ihnen beliebt.

Witwe. Ihr kommt vermuthlich aus Frankreich.

Helena. Ganz recht.

Witwe. Ihr werdet hier einen Landsmann sehen, der sich sehr gut gehalten hat.

Helena. Und darf ich fragen, wie er heißt?

Diana. Der Graf Roußillon . . Kennt Ihr ihn?

Helena. Nur von Hörensagen, und von einer sehr rühmlichen Seite; von Ansehn kenn' ich ihn nicht.

Diana. Er mag seyn, wer er will, so hat er sich hier sehr tapfer gehalten. Er soll sich, sagt man, aus Frankreich heimlich wegbegeben haben, denn der König hat ihm wider seinen Willen eine Frau gegeben. Glaubt Ihr, daß das wahr ist?

Helena. Ja freylich, die lautre Wahrheit; ich kenne seine Gemahlinn.

Diana. Es ist noch ein Herr hier, der in des Grafen Diensten ist, und eben nicht viel Rühmens von ihr macht.

Helena. Wie heißt er?

Diana. Monsieur Parolles.

Helena. O! ich glaube mit ihm, daß sie, um gelobt zu werden, oder um des großen Grafen selbst würdig zu seyn, gar zu niedrig ist, als daß ihr Name oft wiederholt zu werden verdiente. Ihr ganzes Verdienst ist eine strenge Tugend, die ich noch nie habe in Zweifel ziehen hören.

Diana. Die arme Dame! . . Es ist ein unglückliches Schicksal, die Frau eines Mannes zu werden, der einen verabscheut.

Wittwe. Freylich wohl; das arme Geschöpf! Sie sey auch wo sie wolle, so muß sie viel leiden. Dieß junge Mädchen hier könnte ihr einen verzweifelten Streich spielen, wenn sie Lust hätte.

Helena. Wie meynen Sie das? . . Vielleicht bewirbt sich der verliebte Graf auf eine unerlaubte Art um sie?

Wittwe. Das thut er freylich, und wendet dabey alle die Kunstgriffe an, die nur immer die zarte Tugend eines jungen Mädchens verführen können. Aber sie ist gegen ihn gerüstet, und vertheidigt sich auf die beste Art gegen ihn.

Achter Auftritt.

Die Vorigen. Bertram. Parolles. Ein Zug von Officieren und Soldaten, mit Trommeln und Fahnen.

Mariana. Gott verhüt' auch, daß es anders wäre!

Witwe. So; nun kommen sie - - Das ist Antonio, des Herzogs ältester Sohn; das, Eskalus.

Helena. Wer ist denn der Franzos?

Helena. Der da mit dem Federbusch. Es ist ein sehr hübscher Mann. Ich wollt', er liebte seine Frau. Wär' er rechtschaffner, so wär' er noch weit hübscher - - Ist es nicht ein schöner junger Herr?

Helena. Er gefällt mir sehr gut.

Diana. Es ist Schade, daß er nicht rechtschaffen denkt - - Der da ist der Kerl, der ihn zu allem Bösen verleitet. Wär' ich seine Gemahlinn, ich wollte den niederträchtigen Schurken vergiften.

Helena. Wer ist es denn?

Diana. Der Hanswurst dort mit Schärpen

behängt - - Warum mag er denn so traurig aussehen?

Helena. Vielleicht ist er in der Schlacht verwundet worden.

Parolles. Unsre Trommel zu verlieren! - - Nun - -

Mariane. Es muß ihm etwas gewaltig durch den Kopf gehen - - Seht, er hat uns ausgespäht.

Witwe. Verzweifelt! - - daß er beym Henker wäre!

(Bertram, Parolles, u. s. f. gehn ab.)

Witwe. Die Armee ist vorbey - - Kommt, Pilgerinn, ich will Euch in eure Herberge bringen. Es sind vier oder fünf Büßende schon in meinem Hause, die gleichfalls nach St. Jago wollen.

Helena. Ich dank' Ihnen recht sehr - - Ich wünschte, daß es dieser Matrone und diesem artigen Mädchen gefällig seyn möchte, diesen Abend mit uns zu essen; die Kosten und den Dank dafür nehm' ich über mich; und, um Ihnen noch erkenntlicher zu seyn, werd' ich diesem Mädchen einige merkwürdige Lehren schenken.

Beyde. Wir nehmen Euer Anerbieten gerne an.

(Sie gehen ab.)

Neunter Auftritt.

Bertram, und die beyden Französischen Edelleute.

1. Edelmann. O! ja doch, mein lieber gnädiger Herr, bewegen Sie ihn dazu, lassen Sie ihn einmal sein Heil versuchen.

2. Edelmann. Wenn Sie nicht finden, daß er eine Memme ist, so würdigen Sie mich nicht mehr Ihrer Gewogenheit.

1. Edelmann. Bey meinem Leben, gnädiger Herr, ein Windbeutel!

Bertram. Glauben Sie denn, daß ich mich so sehr in ihm irre?

1. Edelmann. Seyn Sie versichert, gnädiger Herr, nach meiner Ueberzeugung, ohne einige Bosheit, nur von ihm, als von meinem Vetter zu reden: er ist eine ausgemachte Memme, ein unendlicher Lügner, ein stündlicher Wortbrecher, und der Besitzer keiner einzigen guten Eigenschaft, die Ihrer Unterstützung würdig wäre.

2. Edelmann. Es wäre doch gut, wenn Sie ihn kennten; sonst möchten Sie sich zu sehr auf seine Tapferkeit verlassen, die er nicht hat, und er

könnte bey irgend einem grossen und erheblichen Vorfall Ihre Erwartung betriegen.

Bertram. Ich möchte nur wissen, auf welche Art man ihn am besten auf die Probe stellen könnte.

2. **Edelmann.** Nichts wäre besser, als wenn Sie ihn seine Trommel dem Feinde wieder abnehmen hiessen, welches er, wie Sie gehört haben, mit so vieler Zuversicht zu thun unternimmt.

1. **Edelmann.** Ich will ihn mit einem Heer Florentiner plötzlich überfallen; ich werde schon solche dazu bekommen, die er gewiß nicht von dem Feinde soll unterscheiden können. Wir wollen ihn dergestalt binden und blenden, daß es ihm vorkommen soll, als sey er ins feindliche Lager gebracht, wenn wir ihn in unsre eignen Gezelte bringen. Sie, mein Herr, müssen nur bey seinem Verhör gegenwärtig seyn. Wenn er es nicht, gegen die Versprechung seines Lebens, und in der äussersten Beklemmung einer niederträchtigen Furcht, auf sich nimmt, Sie zu verrathen, und alles, was er nur von Ihnen weis, zu ihrem Nachtheil herauszusagen; wenn er darauf nicht einen körperlichen Eid thut, so sollen Sie mir in keiner Sache wieder trauen.

2. Edelmann. O! wenn Sie sich einen rechten Spaß machen wollen, so lassen Sie ihn seine Trommel abholen. Er sagt, er hat eine Kriegslist dazu im Kopfe. Wenn Sie, mein Graf, sehen, wie schlecht es damit abläuft, und in welch ein unedles Metall seine nachgemachte Masse Goldes sich umschmelzen wird; wenn Sie ihm dann nicht wie einem Trommelhans *) begegnen, so läßt sich Ihre Neigung gegen ihn durchaus nicht aufheben. Da kömmt er.

---

*) Lafeu nennt in der Folge den Parolles einigemal Trommelthoms: *Tom Drum*; hier *John Drum*. Diese Verschiedenheit des Vornamens thut indeß nichts zur Sache. - Man hat ein altes buntscheckichtes Zwischenspiel, das im Jahre 1601 gedruckt ist, unter dem Titel: *Jack Drum's Entertainment, or the Comedy of Pasquil and Katharine.* Hans Drum, oder Trommelhans ist in derselben ein Bedienter, der lauter Intriguen macht, aber allemal schlecht dabey wegkömmt. - Auch Holingshed hat in seiner Beschreibung von Irland eine hieher gehörige Stelle, und nach ihm bestand die Begegnung des Trommelhans (Tom Drum's entertainment) darinn, einen beym Kopf ins Haus zu ziehen, und mit beyden Schultern hinauszustoßen. Theobald.

Zehnter Auftritt.

Die Vorigen. Parolles.

1. Edelmann. O! wenn Sie einen Spaß haben wollen, so lassen Sie diesen lustigen Anschlag nicht unterbleiben. Lassen Sie ihn auf allen Fall seine Trommel wieder holen.

Bertram. Nun, wie gehts, Monsieur? die Trommel geht Ihnen wohl immer noch im Kopf herum?

2. Edelmann. Ey verwünscht! lassen Sie Trommel, Trommel seyn; es ist ja nur eine Trommel!

Parolles. Nur eine Trommel? . . Ists nur eine Trommel? . . Eine Trommel so zu verlieren! . . Das war ein herrliches Commando, mit unsrer Reuterey in den Feind zu dringen, und unsre Soldaten selbst zu zerreißen!

2. Edelmann. Das war nicht die Schuld des Commando; es war ein ungünstiges Schicksal, das Cäsar selbst nicht hätte verhindern können, wenn er da commandirt hätte.

Bertram. Nun, wir haben doch eben nicht Ursache, über unser Schicksal zu klagen; es machte uns freylich nicht sonderliche Ehre, die Trommel zu verlieren; aber sie ist nun doch nicht wieder zu bekommen.

Parolles. Man hätte sie wieder bekommen können.

Bertram. Man hätte! . . aber itzt doch nicht mehr.

Parolles. Man kann sie noch wieder bekommen. Wenn nur nicht das Verdienst einer Heldenthat so selten demjenigen beygelegt würde, dem es doch wirklich und eigentlich gehört, so wollt' ich die oder eine andre Trommel schon wieder kriegen, oder, *hic jacet.* *) . .

Bertram. Je nun, wenn Sie Lust dazu haben, Monsieur, wenn Sie glauben, Ihre Erfahrenheit in Kriegslisten könne dieß Instrument der Ehre wieder an seinen rechten Mann bringen, so fassen Sie einmal einen großmüthigen Entschluß, und gehn ans Werk. Ich will diese Unternehmung als eine würdige Heldenthat belohnen, und rühmen. Wenn Sie glücklich darinn sind, so soll der Herzog davon reden, und Ihnen zugleich eine seiner

*) D. i. oder ich will auf der Stelle sterben.

Grösse anständige Belohnung geben, nach der kleinsten Sylbe Ihres Verdienstes abgemessen.

Parolles. Bey meinem Degen, ich will's unternehmen.

Bertram. Aber Sie müssen nicht lange säumen.

Parolles. Noch diesen Abend will ich darauf ausgehn; itzt gleich will ich meinen Plan aufsetzen, mich selbst in meiner Ueberzeugung ermuntern, mich zum Tode gefaßt machen, und um Mitternacht können Sie sich nur weiter nach mir erkundigen.

Bertram. Darf ich so frey seyn, es dem Herzoge zu melden, daß Sie darauf ausgegangen sind?

Parolles. Ich weis noch nicht, wie die Sache ausfallen wird, gnädiger Herr; aber sie zu unternehmen, mach' ich mich anheischig.

Bertram. Ich weis, du bist tapfer; und will immer die Möglichkeit der Sache für dich unterschreiben. Lebe wohl.

Parolles. Ich bin kein Liebhaber von vielen Worten.

(Er geht ab.)

1. Edelmann. So wenig, wie ein Fisch vom

Wasser = = = Ist das nicht ein ganz sonderbarer Mensch, gnädiger Herr, der diese Sache mit so vielem Vertrauen zu unternehmen scheint, von der er doch weis, daß sie nicht auszuführen ist? der sich dazu selbst verdammt, sie zu thun, und lieber verdammt seyn, als sie thun möchte?

2. Edelmann. Sie kennen ihn noch nicht, gnädiger Herr, wie wir ihn kennen. Es ist wohl wahr, daß er sich leicht bey jemand in Gunst zu setzen, und eine Woche lang einer Menge von Entdeckungen auszuweichen weis; aber wenn sie ihn einmal recht haben kennen gelernt, so haben sie ihn auf immer weg.

Bertram. Meynen Sie denn, daß er von allem dem nichts thun wird, wozu er sich doch so ernstlich anheischig macht?

2. Edelmann. Nichts in der Welt; sondern er wird mit einer Erfindung zurück kommen, und Ihnen zwey oder drey wahrscheinliche Lügen aufbinden. Aber wir haben ihn beynahe schon im Gehege; Sie sollen ihn diese Nacht fallen sehen; denn in der That, er verdient Ihre Achtung nicht.

1. Edelmann. Wir wollen erst mit dem Fuchs eine kleine Jagd halten, ehe wir ihm das Fell über

die Ohren ziehen. Er wurde zuerst von Herrn Lafeu ausgespürt. Wenn ihm seine Maske abgezogen ist, so sagen Sie mir, welchen jämmerlichen Kerl Sie an ihm gefunden haben; und das sollen Sie noch diese Nacht erleben.

2. Edelmann. Ich muß gehen, und meine Fallstricke legen; er soll gewiß gefangen werden.

Bertram. Ihr Bruder muß mit mir gehen.

2. Edelmann. Wie es Ihnen gefällt. Ich empfehle mich.

(Er geht ab.)

Bertram. Nun will ich Sie in das Haus führen, und Ihnen das Mädchen zeigen, wovon ich Ihnen sagte.

1. Edelmann. Aber Sie sagen, sie ist tugendhaft.

Bertram. Das ist ihr einziger Fehler. Ich habe sie erst einmal gesprochen, und fand sie erstaunlich kalt; hernach schickt' ich ihr durch eben den närrischen Kerl, den wir auf dem Rohr haben, Geschenke und Briefe, die sie wieder zurück schickte; und das ist alles, was ich bisher gethan habe. Sie ist sehr schön; wollen Sie mitgehn, und sie besuchen?

1. Edelmann. Von Herzen gern, gnädiger Herr.

(Sie gehn ab.)

Eilfter Auftritt.

Florenz. Das Haus der Witwe.

Helena. Die Witwe.

Helena. Wenn Sie mir noch nicht glauben wollen, daß ich seine Gemahlinn bin, so weis ich nicht, was ich Ihnen noch weiter für Versicherungen darüber geben soll; oder ich müßte meiner Absicht entgegen handeln. *)

Witwe. Ob ich gleich herunter gekommen bin, so bin ich doch aus einem guten Hause, und dergleichen Dinge sind mir ganz fremd. Auch möcht' ich itzt nicht gerne meinen guten Namen mit irgend einer schlechten Handlung beflecken.

Helena. Das möcht' ich auch Ihnen nicht zumuthen. Erstlich glauben Sie mirs nur, daß der Graf mein Gemahl ist, und daß ich das, was ich Ihnen insgeheim anvertraut habe, von Wort zu Wort so verhält; und hernach kann es Ihnen

*) Wenn sie sich nämlich dem Grafen entdecken müßte.

im geringsten nicht nachtheilig seyn, mir den Beystand zu leisten, den ich mir von Ihnen ausbitte.

Witwe. Ich muß Ihnen freylich wohl glauben; denn Sie haben mir zureichende Beweise gegeben, daß Sie sehr bemittelt seyn müssen.

Helena. Nehmen Sie diese Goldbörse, und lassen Sie mich fürerst Ihren freundschaftlichen Beystand dadurch erkaufen, den ich gern überflüssig bezahlen, und nochmals bezahlen will, wenn Sie ihn mir gewährt haben. Der junge Graf bewirbt sich um Ihre Tochter, macht Ansprüche auf ihre Schönheit, hat die Absicht, sich ihrer zu bemächtigen; laßt sie am Ende darein willigen, auf eine Art, die wir ihr schon an die Hand geben wollen. Sein stürmendes Blut wird ihr nichts abschlagen, was sie von ihm verlangen wird. Der Graf trägt einen Ring, der in seinem Geschlechte von Sohn auf Sohn schon seit vier oder fünf Ahnen gekommen ist. Diesen Ring hält er ungemein hoch; aber in der heftigen Aufwallung seiner Leidenschaft wird er ihn, wenn er seinen Zweck dadurch erkaufen kann, nicht für zu kostbar halten, so sehr es ihn auch in der Folge gereuen mag.

Witwe. Itzt seh' ich schon, wo Sie hinaus wollen.

Helena. Sie sehen also, daß meine Absichten ganz ehrlich sind. Sie gehen nur dahin, daß Ihre Tochter, ehe sie thut, als ob sie sich habe gewinnen lassen, diesen Ring verlange, eine Zusammenkunft mit ihm verabrede, und dann mich an ihrer Stelle da seyn lasse, indeß sie selbst, zur Bewahrung ihrer Unschuld abwesend ist. Hernach will ich zu ihrer Ausstattung noch dreytausend Kronen außer dem geben, was sie schon von mir bekommen haben.

Witwe. Ich lasse mirs gefallen. Sagen Sie nur meiner Tochter, wie sie sich verhalten soll, damit Zeit und Ort bey diesem so erlaubten Betruge zusammenstimme. Er pflegt alle Abend mit Musik von allerley Art und mit Liedern zu ihrem unverdienten Lobe unter ihr Fenster zu kommen; es hilft nicht, daß wir ihn wegzuschelten suchen; denn er bleibt immer so standhaft dabey, als ob sein Leben davon abhienge.

Helena. Nun gut, diesen Abend wollen wir also mit unsrer List den Anfang machen; gelingt sie, so haben wir zwar immer eine betriegrische

Absicht bey einer erlaubten Handlung; aber doch auch eine erlaubte Absicht bey einer unerlaubten Handlung, wo auf beyden Seiten keine Sünde, und doch eine sündige That geschieht . . Aber lassen Sie uns zum Werke schreiten.

Vierter Aufzug.

Erster Auftritt.

Ein Theil des französischen Lagers bey Florenz.

Einer von den beyden französischen Edelleuten, mit fünf oder sechs Soldaten im Hinterhalt.

Edelmann. Er kann nirgend anders her kommen, als um diese Ecke des Zauns. Wenn ihr auf ihn losgeht, so sprecht einige fürchterliche Worte, welche ihr wollt; es thut nichts, wenn ihr sie auch selbst nicht versteht; denn wir müssen nicht thun, als wenn wir ihn verstünden, außer einem von uns, den wir für unsern Dollmetscher ausgeben müssen.

Soldat. Lieber Herr Hauptmann, lassen Sie mich den Dollmetscher seyn.

Edelmann. Bist du nicht mit ihm bekannt? Kennt er dich nicht an der Stimme?

Soldat. Nein, Herr Hauptmann, ganz gewiß nicht.

Edelmann. Aber was für kauderwelsches Zeug wirst du uns denn wieder sagen?

Soldat. Eben solches, als Sie zu mir sagen werden.

Edelmann. Er muß uns für irgend einen Haufen Soldaten halten, der im feindlichen Sold steht. Von allen benachbarten Sprachen versteht er etwas; wir müssen es also so machen, daß ein jeder spricht, wie's ihm in den Mund kömmt, ohne zu wissen, was einer dem andern sagt; was wir genau wissen müssen, ist die Absicht, die wir haben; sonst ist Rabengeschwätz und kauderwelsches Zeug gut genug. Ihr, Dollmetscher, müßt sehr politisch thun = = Aber sachte! da kömmt er schon, um zwey Stunden hindurch zu schlafen, und dann zurück zu gehen, und auf die Lüge zu schwören, die er schmiedet.

Zweyter Auftritt.

Die Vorigen. Parolles.

Parolles. Zehn Uhr! . . nach drey Stunden wird es zeitig genug seyn, wieder nach Hause zu gehen. Was soll ich sagen, das ich gethan habe? Es muß eine sehr wahrscheinliche Erfindung seyn, wenn man mir glauben soll. Man fängt schon an, mich zu wittern, und seit einiger Zeit hat das Unglück schon gar zu oft an meine Thür geklopft. Ich finde, daß meine Zunge gar zu tollkühn ist; aber mein Herz hat die Furcht des Kriegsgottes und seiner Creaturen vor Augen, und wagt das nicht, was meine Zunge prahlt.

Edelmann (beyseite.) Das ist die erste Wahrheit, die sich deine Zunge jemals zu Schulden kommen ließ.

Parolles. Was zum Teufel sollte mich bewegen, die Wiedererhaltung dieser Trommel zu unternehmen, da ich weis, daß es unmöglich ist, und daß ich es nie Willens war? Ich muß mir selbst einige Wunden beybringen, und sagen, ich habe sie im Scharmützel erhalten; aber leichte Wunden werden's ihm wohl nicht thun. Sie werden sagen: bist du so leicht davon gekommen? und große Wunden mag ich mir nicht machen. Warum denn? woraus folgt das? Junge, ich muß dich in das Maul einer Heeringskrämerinn stecken, und eine andre von Bajazets Maulthier *) kaufen, wenn du mich in dergleichen Gefahren hinein schwatzest!

Edelmann (beyseite.) Ist es möglich, daß er wissen kann, wer er ist, und doch derjenige seyn kann, der er ist?

Parolles. Ich wollte, das Zerschneiden meines Kleides wäre hinreichend, oder das Zerbrechen meines Spanischen Degens.

Edelmann (beyseite.) Das wird nun wohl nicht gehen.

Parolles. Oder wenn ich mir den Bart abschnitte, und sagte, es sey aus einer Kriegslist geschehen.

Edelmann (für sich.) Das würde nichts helfen.

---

*) Warburton hat hier eine glückliche Vermuthung, der auch Grey beytritt, für *mule* (Maulthier) *mute*, ein Stummer zu lesen, dergleichen es bekanntermaßen im Serail der Türkischen Kaiser giebt. - - Steevens sucht indeß die alte Leseart zu vertheidigen.

Parolles. Oder wenn ich meine Kleider ins Wasser würfe, und sagte, man hätte mich nackt ausgezogen.

Edelmann (für sich.) Das ist schwerlich genug.

Parolles. Wenn ich auch schwüre, ich wäre aus dem Fenster der Citadelle gesprungen . .

Edelmann (für sich.) Wie tief?

Parolles. Dreyßig Klafter tief.

Edelmann (für sich.) Drey große Schwüre würden kaum machen können, daß man das glaubte.

Parolles. Ich wollt', ich hätte irgend eine feindliche Trommel; ich würde schwören, ich hätte sie erobert.

Edelmann (beyseite.) Du sollst gleich eine hören.

(Man schlägt Lärmen.)

Parolles. Was? . . Das ist ja eine feindliche Trommel.

Edelmann. Trokamofusus, cargo, cargo, cargo.

Alle. Crago, crago, villianda par corbo, cargo. (Sie binden ihn, und blenden ihm die Augen.)

Parolles. O Hülfe, Hülfe! . . . Bindet mir nicht die Augen zu.

Dollmetscher. Boskos thromuldo boskos.

Parolles. Ja, ja, ich weis, ihr seyd von Musko's Regiment; und werde nun aus Mangel an Sprachkenntniß mein Leben verlieren. Ist hier ein Deutscher, Däne, Niederländer, Italiener, oder Franzose, so red' er mit mir, und ich will ihm entdecken, wie man die Florentiner alle besiegen kann.

Dollmetscher. Boskos vaufado. .. Ich verstehe dich, und kann deine Sprache reden. Kerelybonto .. Denk an deine Seele, Freund, denn siebzehn Dolche sind auf deine Brust gerichtet.

Parolles. Oh!

Dollmetscher. Oh! bete, bete, bete! .. Mancha revania dulche.

Edelmann. Oskeoribi dulchos voliforco.

Dollmetscher. Der General ist willens, dich noch beym Leben zu erhalten, und will dich so geblendet, wie du da bist, mit sich führen, um von dir Vortheil zu ziehen. Vielleicht kannst du ihm etwas entdecken, wodurch dein Leben gerettet wird.

Parolles. O! laßt mir nur das Leben, so will ich euch alle Geheimnisse unsers Lagers entdecken, ihre Stärke, ihre Anschläge; ich will euch Dinge sagen, worüber ihr euch wundern sollt.

Dollmetscher. Aber auch aufrichtig?

Parolles. Ich will verdammt seyn, wenn ichs nicht thue.

Dollmetscher. Akordo linta. Komm mit; es ist dir Frist zugestanden.

(Er geht mit Parolles ab.)

Edelmann. Geh, und sage dem Graf Roußillon und meinem Bruder, wir hätten die Schnepfe gefangen, und wollten ihm bis auf weitern Bescheid die Augen zugebunden halten.

Soldat. Sehr wohl, Herr Hauptmann.

Edelmann. Er will uns alle an uns selbst verrathen; sag ihnen das.

Soldat. Sehr wohl.

Edelmann. Bis dahin werd' ich ihn im Finstern, und sicher verwahrt halten.

(Sie gehn ab.)

Dritter Auftritt.

Das Haus der Witwe.

Bertram. Diana.

Bertram. Man sagte mir, Ihr Name sey Floribella.

Diana. Nein, mein gnädiger Herr, Diana.

Bertram. Du führst also den Namen einer Göttinn; und verdienst mehr als das. Aber hat denn die Liebe gar keinen Anspruch auf Ihre schöne Seele? Wenn das schnelle Feuer der Jugend Ihr Herz nicht belebt, so sind Sie kein Mädchen, sondern ein Marmorbild. Wenn Sie einmal todt sind, dann sollten Sie das seyn, was Sie itzo sind; denn Sie sind kalt und unbeweglich; itzt hingegen sollten Sie so seyn, wie Ihre Mutter war, als Sie, meine Schöne, gezeugt wurden.

Diana. Da war sie tugendhaft.

Bertram. Eben so sollten Sie seyn.

Diana. Nein, meine Mutter that nichts anders, als ihre Pflicht; eben die Pflicht, gnädiger Herr; welche Sie Ihrer Gemahlinn schuldig sind.

Bertram. Nicht mehr davon! . . Ich bitte dich, laß das unberührt. Sie ward mir aufgedrungen; aber dich lieb' ich, bewogen durch den sanften Zwang der Liebe selbst, und weihe dir auf ewig alle meine Dienste.

Diana. Ja! ja! so pflegt ihr Männer uns so lange zu dienen, bis wir euch dienen müssen; aber wenn ihr unsre Rosen gebrochen habt, so laßt ihr unsre Dornen entblößt zurück, um uns selbst zu stechen, und uns unsre Blöße beständig vorzurücken.

Bertram. Was hab' ich dir geschworen?

Diana. Nicht die Menge der Eide macht die Wahrheit aus, sondern das einzige bloße Gelübde, welches mit Wahrheit gethan wird.

Bertram. *) Was nicht heilig ist, dabey schwör' ich nicht; sondern rufe das höchste Wesen zum Zeugen an.

Diana. Nun, so sagen Sie mir denn, wenn ich Ihnen beym Himmel schwöre, ich liebte Sie herzlich, würden Sie wohl meinen Schwüren glauben, wenn ich Sie auf eine unerlaubte Art liebte? Unmöglich kann das mit einander bestehen, bey dem Himmel meine Liebe zu schwören, und zugleich wider ihn zu handeln. Folglich sind Ihre Schwüre leere Worte, und armselige, unversiegelte Bedingungen; wenigstens in meinen Augen.

Bertram. Denk anders, denk anders; sey nicht

*) Die Vertheilung dieser und der folgenden Rede gründet sich auf eine mir sehr wahrscheinliche Johnsonsche Muthmaßung.

so heilig grausam. Die Liebe ist heilig, und ich bin zu aufrichtig, und habe nie die Kunstgriffe gekannt, welche Sie den Männern Schuld geben.. weigre dich nicht mehr, sondern ergib dich meiner kranken Liebe, die dann genesen wird. Sage, du seyst die meinige; und meine Liebe wird ewig so feurig bleiben, als sie itzt im Anfange ist.

Diana. Ich weis, daß die Männer in dergleichen Fällen oft Hoffnungen machen, die wir selbst nicht erfüllt haben mögen.. Geben Sie mir den Ring hier.

Bertram. Ich will ihn dir leihen, meine Theure; aber es steht nicht in meiner Macht, ihn aus den Händen zu geben.

Diana. Wollen Sie das nicht, gnädiger Herr?

Bertram. Es ist ein Familienstück unsers Hauses, das schon viele meiner Vorfahren ihren Erben vermacht haben! und es wäre die schimpflichste Handlung auf der Welt, wenn ich es verlöre.

Diana. Meine Ehre ist gerade ein solcher Ring; meine Keuschheit ist das Kleinod unsers Hauses, das schon viele meiner Vorfahren ihren Erben vermacht haben; und es wäre die schimpflichste Handlung auf der Welt, wenn ich sie verlieren wollte..

Sehn Sie, so giebt mir Ihr eigner Verstand Gelegenheit, die Ehre zu meinem Schutze gegen Ihren vergeblichen Angriff herbeyzurufen.

Bertram. Da, nimm den Ring hin. Mein Haus, meine Ehre, ja, mein Leben selbst sey dein, und mache nun mit mir, was dir gefällt.

Diana. Um Mitternacht klopfen Sie an mein Kammerfenster; ich will es schon so einrichten, daß meine Mutter nichts davon hört. Nur muß ich Sie bey allem was heilig ist beschwören, wenn Sie mein noch jungfräuliches Bette in Besitz genommen haben, so bleiben Sie nur eine Stunde da, und sprechen kein Wort mit mir; ich habe meine dringenden Ursachen dazu, die Sie erfahren sollen, wenn Sie diesen Ring zurück erhalten werden. Ich werde diese Nacht einen andern Ring an Ihren Finger stecken, um in Zukunft ein Andenken von dem zu haben, was itzt unter uns vorgegangen ist. Bis dahin leben Sie wohl, und bleiben Sie nicht aus; Sie haben eine Frau von mir gewonnen, wenn gleich alle meine Hoffnung dabey verloren geht.

Bertram. Einen Himmel auf der Erde hab' ich in dir gewonnen!

(Er geht ab.)

Diana. Lebe noch lange, um dafür dem Himmel und mir zu danken! Das wirst du, hoff' ich, am Ende thun. = Meine Mutter sagte mir ganz genau, wie er sich um mich bewerben würde, als ob sie in seinem Herzen gesessen hätte; sie sagt, alle Mannspersonen thun einerley Schwüre. Er hat geschworen, mich zu heyrathen, wenn seine Frau todt seyn wird; ich will also seinen Willen befriedigen, wenn ich begraben bin. Da die Franzosen so betriegerisch sind, so mag sie heyrathen, wer will; ich wollte lieber unverheyrathet leben und sterben. Nur, unter dieser Maske, halt' ich es für keine Sünde ihn zu betriegen, da er doch sündigen würde, wenn er seinen Zweck erhielte.

(Sie geht ab.)

Vierter Auftritt.

Das Florentinische Lager.

Die beyden französischen Edelleute, und zwey oder drey Soldaten.

1. Edelmann. Sie haben ihm also den Brief seiner Mutter noch nicht gegeben?

2. Edelmann. Ich habe ihn vor einer Stunde

an ihn abgegeben; es muß was drinnen seyn, das seinem Herzen empfindlich ist, denn wie er ihn las, sah er sich selbst fast gar nicht mehr gleich.

1. Edelmann. Er verdient die gerechtesten Vorwürfe darüber, daß er eine so gute Gemahlinn und ein so reizendes Frauenzimmer von sich stößt.

2. Edelmann. Vornehmlich hat er sich die höchste Ungnade des Königs zugezogen, der eben seine Wohlthätigkeit dazu gestimmt hatte, ihm Glückseligkeit zu singen. Ich will Ihnen was sagen, aber Sie müssen es ja bey sich behalten.

1. Edelmann. Wenn Sie es gesagt haben, so ist es todt, und ich bin das Grab davon.

2. Edelmann. Er hat ein junges Mädchen hier in Florenz verführt, das den besten Ruf hatte; und diese Nacht wird er seinen Willen mit ihr vollbringen, und sie ihrer Ehre berauben. Er hat ihr seinen Familienring geschenkt, und denkt Wunder, wie glücklich er durch diese Schandthat wird.

1. Edelmann. Daß Gott erbarm! Was sind wir doch für elende Geschöpfe, wenn wir uns selbst überlassen sind!

2. Edelmann. Bloß unsre eignen Verräther. Und so, wie es bey allen Verräthereyen zu gehen

pflegt, daß sie sich allemal selbst entdecken, ehe sie ihre abscheulichen Absichten erreichen; so pflegt auch derjenige, der wider seine eigne Würde handelt, allemal seine eigne Schande zu entdecken.

1. Edelmann. Halten wir es denn nicht für höchst strafwürdig, unsre unerlaubten Absichten selbst auszuposaunen? ... Wir werden also diesen Abend wohl nicht in seiner Gesellschaft seyn?

2. Edelmann. Nicht eher, bis nach Mitternacht; denn er wird seine Stunde nicht versäumen.

1. Edelmann. Das wird bald seyn. Ich möcht' ihn gerne die Vorzüge seiner Geliebten zergliedern hören, damit er sein eignes Urtheil richtig abmessen lernte, worein er dieses Gemählde so künstlich gefaßt hat.

2. Edelmann. Wir wollen uns nicht um ihn bekümmern, bis er kömmt; denn seine Gegenwart muß die Geißel unsers Prahlers seyn.

1. Edelmann. Unterdeß sagen Sie mir doch, was sagt man von dem itzigen Kriege?

2. Edelmann. Ich höre, es wird Friede werden.

1. Edelmann. Oder vielmehr, es ist schon Friede gemacht; glauben Sie mirs.

2. Edelmann. Was wird dann Graf Roußillon anfangen? Wird er weiter reisen, oder nach Frankreich zurück gehen?

1. Edelmann. Ich merke aus dieser Frage, daß Sie nicht so ganz von seinen Vertrauten sind.

2. Edelmann. Behüte mich Gott! da würd' ich einen großen Theil seiner Handlungen mit zu verantworten haben.

1. Edelmann. Seine Gemahlinn gieng vor etwa zwey Monaten aus seinem Hause weg; ihr Vorwand war eine Wallfahrt nach St. Jago, und diese fromme Unternehmung führte sie auch mit der strengsten Heiligkeit aus. Indem sie sich dort aufhielt, ward die Zärtlichkeit ihrer Natur ein Raub des Kummers; kurz, ihr letzter Athem war ein Seufzer, und itzt singt sie im Himmel.

2. Edelmann. Woher weis man dieß alles?

1. Edelmann. Das mehrste davon aus ihren eignen Briefen, woraus ihre Geschichte bis auf den Augenblick ihres Todes bestätigt wird. Ihr Tod selbst, von dem sie nicht mehr als vergangen melden konte, wurde von dem Priester des Orts hinlänglich beglaubigt.

2. Edelmann. Hat denn der Graf alle diese Nachrichten?

1. Edelmann. Freylich, und die besondern Beläge dazu, Punkt für Punkt, zur völligen Versicherung der Wahrheit.

2. Edelmann. Es thut mir sehr leid, daß er darüber froh seyn wird.

1. Edelmann. Wie sehr pflegen wir uns nicht zuweilen über unsern Verlust zu freuen!

2. Edelmann. Und wie sehr pflegen wir zur andern Zeit unsern Vortheil in Thränen zu ertränken! Der große Ruhm, den er sich hier durch seine Tapferkeit erworben hat, wird, sobald er nach Hause kömmt, durch eben so große Schande verdrängt werden.

1. Edelmann. Das Gewebe unsers Lebens ist aus gemischtem Garn gesponnen, gut und böse durch einander. Unsre Tugenden würden stolz werden, wenn unsre Fehler sie nicht peitschten; und unsre Laster würden verzweifeln, wenn unsre Tugenden sich ihrer nicht annähmen. (Es kömmt ein Bedienter.) Nun, wo ist dein Herr?

Bedienter. Er begegnete dem Herzog auf der Straße, und nahm förmlichen Abschied von ihm; der Graf will morgen nach Frankreich. Der Herzog versprach ihm Empfehlungsschreiben an den König.

2. Edelmann. Die werden dort nur allzu nöthig seyn, und wenn sie auch noch mehr rühmliches enthielten, als sich von ihm sagen läßt.

Fünfter Auftritt.

Die Vorigen. Bertram.

1. Edelmann. Sie könnten nicht lieblich genug für des Königs Erbitterung seyn. Da kömmt der Graf = = Nun, Herr Graf, ists nicht schon nach Mitternacht?

Bertram. Ich habe diese Nacht sechszehn Geschäfte besorgt, jedes einen Monat lang, die ich alle ins Kurze ziehen mußte. Ich habe mich bey dem Herzoge beurlaubt, von den Vornehmsten am Hofe Abschied genommen, eine Frau begraben, sie betrauert, an meine Mutter geschrieben, daß ich wieder nach Hause komme, meine Reisebegleitung besorgt, und mitten unter diesen vielen Geschäften, manche feinere Bedürfnisse abgethan; das letzte war das größte; aber das ist noch nicht zu Ende.

2. Edelmann. Wenn es ein schweres Geschäft ist, Herr Graf, und Sie diesen Morgen schon ab-

reisen wollen, so werden Sie es sehr eilig betreiben müssen.

Bertram. Ich meyne, die Sache ist noch nicht zu Ende, weil ich fürchte, in der Folge noch davon zu hören ‥ Aber sollen wir denn nicht die Comödie zwischen dem Narren und dem Soldaten ansehen? ‥ Laßt doch dieß verstellte Original herbey kommen. Er hat mich, wie ein zweydeutiger Prophet, angeführt.

2. Edelmann. Bringt ihn her. Er hat die ganze Nacht am Blocke gelegen, der arme saubre Herr!

Bertram. Das macht nichts; seine Füße haben das verdient, indem sie die Sporn so lange mit Unrecht getragen haben. Wie beträgt er sich denn?

1. Edelmann. Er weint, wie ein Bauermädchen, das ihre Milch verschüttet hat. Er hat gegen Morgan, den er für einen Geistlichen hält, alle seine Sünden gebeichtet, so weit er sich derselben von je her bis auf seine unglückliche Gefangenschaft erinnert; und was meynen Sie wohl, daß er gebeichtet hat?

Bertram. Doch nichts von mir, will ich hoffen?

2. Edel-

2. Edelmann. Man hat seine Beichte aufgeschrieben, und wird sie in seiner Gegenwart ablesen. Wenn Sie, Herr Graf, mit darinn vorkommen sollten, wie ich fast glaube, so müssen Sie die Geduld haben, es anzuhören.

Sechster Auftritt.

Die Vorigen. Parolles. Soldaten.

Bertram. Hol' ihn der Henker! den vermummten Kerl! = = Er kann nichts von mir sagen . . Stille! stille!

1. Edelmann. Blindekuh kömmt! = = Portotartarossa.

Dollmetscher. Er läßt die Tortur kommen. Wollt ihr nicht vorher bekennen?

Parolles. Ich will ohne Zwang bekennen, was ich weis; wenn ihr mich auch zwicktet, wie eine Pastete, so kann ich nicht mehr sagen.

Dollmetscher. Bosko Chimurcho.

2. Edelmann. Boblibindo chicumurko.

Dollmetscher. Sie sind ein sehr gnädiger General . = Unser General befiehlt euch, auf die Fragen zu antworten, die ich euch von einem Zettel vorlesen werde.

Parolles. Nach der völligen Wahrheit, so wahr ich zu leben wünsche!

Dollmetscher. „Zuerst frage man ihn, wie stark des Herzogs Reuterey ist „ . . . Was sagt ihr dazu?

Parolles. Fünf- oder sechstausend; aber sehr schwache und ungeübte Leute. Die Armee ist überall zerstreut, und die Anführer sind sehr arme Teufel; auf mein Wort und meine Ehre, und so wahr ich zu leben wünsche!

Dollmetscher. Soll ich eure Antwort so niederschreiben?

Parolles. Das thun Sie nur. Ich will das Sacrament darauf nehmen, wie und wo Sie wollen.

Bertram. Ihm ist alles einerley . . . Was für ein heilloser Schurke das ist!

1. Edelmann. Sie irren, Herr Graf, es ist Monsieur Parolles, der wackre Kriegsheld . . . so nannte er sich selbst . . der die ganze Theorie der Kriegswissenschaft in dem Knoten seiner Schärpe, und den practischen Theil derselben in dem Ohrband seines Degens trägt.

2. Edelmann. Ich will mein Tage nicht wieder

jemand deswegen für tapfer halten, weil er seinen Degen rein hält, noch glauben, daß er alle Künste kann, weil sein Anzug sauber ist.

Dollmetscher. Nun, das ist aufgeschrieben.

Parolles. Fünf- oder sechstausend Mann zu Pferde sagt' ich . . ich will die Wahrheit sagen . . oder ungefähr so viel . . das schreiben Sie hin; denn ich will die Wahrheit sagen.

1. Edelmann. Hierinn ist er sehr nahe bey der Wahrheit.

Bertram. Aber ich weis es ihm nicht Dank, daß ers unter diesen Umständen sagt.

Parolles. Arme Teufel, das schreiben Sie doch ja.

Dollmetscher. Gut, das ist aufgeschrieben.

Parolles. Ich dank' unterthänigst, mein Herr; was wahr ist, bleibt wahr, es sind gewaltig arme Teufel.

Dollmetscher. „Man frag' ihn, wie stark ihr „Fußvolk ist„ . . Was sagt ihr dazu?

Parolles. Auf meine Ehre, Herr, wenn ich auch nur noch eine Stunde zu leben hätte, so will ich doch die Wahrheit sagen. Laßt sehen. Spurio hat hundert und fünfzig Mann, Sebastian eben so viel, Korambus eben so viel, Jakob eben so viel, Guiltian, Kosmo, Lodovico und Gratii, jeder zweyhundert und fünfzig; meine eigne Compagnie, Chitopher, Vaumond, Bentii, jede zweyhundert und fünfzig Mann; die ganze Musterung, gesunde und ungesunde, beläuft sich also, so wahr ich lebe, nicht auf fünfzehntausend Mann, und die Hälfte davon darf sich nicht den Schnee von ihren Mänteln abschütteln, ohne Gefahr zu laufen, selbst dabey in Stücke zu reißen.

Bertram. Was soll man mit ihm machen?

1. Edelmann. Nichts, als sich bey ihm bedanken. Fragt ihn doch nach meinen Umständen, und wie ich beym Herzog angeschrieben bin.

Dollmetscher. Gut, das ist aufgeschrieben. „Ihr sollt ihn ferner fragen, ob ein gewisser „Hauptmann Dumain, ein Franzos, im Lager „ist; wie er beym Herzoge steht; was es mit sei„ner Tapferkeit, Rechtschaffenheit und Kriegser„fahrenheit für Bewandniß hat, und ob er es „nicht für möglich hält, daß man ihn mit an„sehnlichen Geldsummen zu einer Empörung be„stechen könne„ Was sagt ihr dazu? Was ist euch davon bewußt?

Parolles. Ich bitte Sie, lassen Sie mich auf

diese Fragen stückweise antworten. Fragen Sie jedes einzeln.

Dollmetscher. Kennt ihr diesen Hauptmann Dumain?

Parolles. Ich kenne ihn. Er war bey einem Kleiderflicker zu Paris in der Lehre, der ihn aus dem Hause peitschte, weil er des Sheriff's alberne Magd ins Kindbette gebracht hatte; ein einfältiges stummes Ding, das nicht Nein sagen konnte!

Bertram (zu Dumain, der im Zorn seine Hand aufhebt.) Nein, mit Erlaubniß, lassen Sie Ihre Hand in Ruhe. Sein Gehirn ist für den ersten Dachziegel aufbehalten, der herunter fällt.

Dollmetscher. Nun, ist denn dieser Hauptmann im Lager des Herzogs von Florenz?

Parolles. So viel ich weis, ist ers; und ein wahrer Lumpenkerl.

1. Edelmann. O! sehen Sie mich nur nicht so an; wir werden gleich auch saubre Dinge von Ihnen hören, Herr Graf.

Dollmetscher. Wie steht er beym Herzog angeschrieben?

Parolles. Der Herzog kennt ihn nur bloß als einen armen Officier von meiner Compagnie, und schrieb mir noch neulich, daß ich ihn fortschaffen sollte. Ich glaub', ich habe seinen Brief noch in der Tasche.

Dollmetscher. Kommt, wir wollen nachsuchen.

Parolles. In vollem Ernst, ich weis es nicht recht; entweder ist er hier in der Tasche, oder er ist mit auf den Faden gezogen unter des Herzogs andern Briefen, in meinem Zelte.

Dollmetscher. Hier ist er; hier ist ein Papier. Soll ichs euch vorlesen?

Parolles. Ich weis nicht, ob's das seyn wird oder nicht.

Bertram. Unser Dollmetscher macht seine Sachen gut.

1. Edelmann. Vortrefflich.

Dollmetscher (liest:)

„Der Graf, Diana, ist ein Mann, von Golde schwer . . „

Parolles. Das ist nicht des Herzogs Brief, mein Herr; das ist eine Warnung an ein gewisses Mädchen in Florenz, eine gewisse Diana, sich vor der Verführung eines gewissen Grafen Roußillon in Acht zu nehmen, eines närrischen, unnützen Burschen, der aber bey alle dem sehr verliebt ist.

Ich bitte Sie, mein Herr, stecken Sie mir den Brief wieder ein.

Dollmetscher. Nein, ich will ihn erst lesen, wenn ihr's erlauben wöllt.

Parolles. Meine Absicht dabey war wahrhaftig sehr gut, zum Besten des Mädchens. Denn ich wußte, daß der junge Graf ein gefährlicher und leichtfertiger Bursche ist, ein wahrer Wallfisch für die Jungferschaft, der alle kleine Fische einschlingt, die ihm in Wurf kommen.

Bertram. Verwünschter Kerl! auf beyden Seiten ein Schurke!

Dollmetscher (liest den Brief weiter:)

Nimm deinen Vortheil wahr, und laß ihn tüchtig blechen;
Zu schwören ist ihm leicht; noch leichter, es zu brechen;
Bezahlt er nicht voraus, so prellt er hinterher.
Denk an die Wahrheit: .. dich läßt ein Soldat sie wissen ..
Nur Männer sind zum Freyn, und Knaben nur zum Küssen.
Noch einmal sag' ich dirs, er ist ein Narr, nichts mehr;

Bezahlt er nicht voraus, so prellt er hinterher.
Der Deinige, wie er dirs ins
Ohr angelobte,
Parolles."

Bertram. Er soll durch die ganze Armee Spießruthen laufen, und diesen Reim vorm Kopf haben.

2. Edelmann. Dieß ist Ihr Busenfreund, mein Herr, der mannichfaltige Sprachkundige, und der mannhafte Soldat.

Bertram. Ich habe von je her alles vertragen können, nur keine Katze; und itzt ist er eine Katze für mich.

Dollmetscher. Ich merke wohl, mein Freund, aus den Mienen des Generals, daß wir euch doch wohl werden aufhängen müssen.

Parolles. Nur um mein Leben, Herr, bitt' ich auf allen Fall. Nicht, als ob ich mich vor dem Tode fürchtete; sondern, da meiner Sünden so viele sind, so möcht' ich gern mein übriges Leben sie bereuen und büßen. Lassen Sie mich nur leben, Herr, im finstern Kerker, in Ketten und Banden, wo es auch sey, wenn ich nur lebe.

Dollmetscher. Es wird sich schon zeigen, was noch zu thun ist, wenn ihr aufrichtig bekennt. Um also wieder auf den Hauptmann Dumain zu kommen = = Ihr habt schon die Frage wegen seines Credits beym Herzoge und wegen seiner Tapferkeit beantwortet; sagt mir, ist er ein rechtschaffner Mann?

Parolles. Er stiehlt, wenn's darauf ankömmt, ein Ey aus einem Kloster *), und kömmt in Räubereyen und Entführungen dem Nessus **) gleich. Er giebt sich eben nicht damit ab, Schwüre zu halten; sie zu brechen, darinn ist er stärker als Herkules. Er lügt, Herr, mit einer solchen Geläufigkeit, daß man glauben sollte, die Wahrheit sey eine Närrinn; Trunkenheit ist seine beste Tugend, er ist immer so voll, wie ein Schwein; und in seinem Schlaf thut er niemand was zu Leide, außer den Betttüchern, worauf er liegt; aber man

---

*) Das Wort *cloister* (Kloster) kann zwar seiner Abstammung nach alles, was verschlossen ist, bedeuten; indeß wüßte ich nicht, daß es beym Shakespear anders, als in der gewöhnlichen Bedeutung vorkäme, wo es mit *monastery* einerley ist. Vielleicht will er also hier nur so viel sagen: er stiehlt alles, auch die geringsten Kleinigkeiten, wo er sie findet, auch am heiligsten Orte. Johnson.

**) Nessus versuchte es, wie bekannt ist, dem Herkules seine Dejanira zu entführen.

kennt schon seine Unarten, und legt ihn auf Stroh. Ich weis nicht viel mehr von seiner Rechtschaffenheit zu sagen, mein Herr; er hat alles an sich, was ein rechtschaffner Mann nicht an sich haben muß; was ein rechtschaffner Mann an sich haben muß, davon hat er nichts an sich.

1. Edelmann. Ich fange an, ihm dafür gut zu seyn.

Bertram. Für diese Beschreibung deiner Rechtschaffenheit? . . Ich wünsch' ihn zum Henker; er wird mir immer mehr und mehr zur Katze.

Dollmetscher. Was sagt ihr zu seiner Kriegserfahrenheit?

Parolles. Wahrhaftig er, er hat die Trommel vor den Englischen Tragödienspielern her geschlagen; belügen will ich ihn nicht, und mehr weis ich doch nicht von seiner Soldatenschaft, außer, daß er in England die Ehre hatte, an einem Platze, der dort Mile-end *) heißt, Officier zu seyn, um in Verdoppelung der Reihen Unterricht zu geben.

---

*) Mile-end ist ein Hospital und Werkhaus in London. The doubling of *files* kann die Verdoppelung der Reihen oder Glieder einer Armee, aber auch die Verdoppelung der Fäden im gewirkten Tuch u. dergl. heißen. und dieß leztere wird hier eigentlich gemeynt.

Ich möchte dem Manne gerne so viel Ehre thun, als möglich, aber von dieser bin ich nicht genug überzeugt.

1. Edelmann. Er ist solch ein außerordentlicher Bösewicht, daß er wegen der Seltenheit verdient, daß man ihn laufen lasse.

Bertram. Den Henker mag er verdienen! . . Er ist noch immer eine Katze.

Dollmetscher. Da seine Eigenschaften so wenig werth sind, so darf ich Sie nicht erst fragen, ob man ihn wohl mit Geld bestechen könne, einen Aufruhr anzustiften?

Parolles. Herr, für ein *quart d'ecu* verkauft er das freye Lehn seiner Seligkeit und das Erbrecht daran; beraubt alle noch lebende Verwandten ihrer Ansprüche, und giebt einem immerwährende Erbfolge.

Dollmetscher. Was ist denn sein Bruder, der andre Hauptmann Dumain für einer?

2. Edelmann. Warum fragt er ihn nach mir?

Dollmetscher. Was ist das für einer?

Parolles. Ein Rabe aus eben dem Neste; nicht völlig so groß, als der ältere, im Guten, aber ein groß Theil größer im Bösen. Er ist noch eine feigere Memme als sein Bruder; und doch hält man seinen Bruder für eine der feigsten auf der Welt. Auf der Flucht überrennt er jeden Laufer; ja wahrhaftig, wenn er ankömmt, hat er den Krampf.

Dollmetscher. Wenn euch das Leben geschenkt wird, wollt ihr dann versprechen, den Herzog von Florenz zu verrathen.

Parolles. O ja, und den Anführer seiner Reuterey, den Grafen Roußillon, dazu.

Dollmetscher. Ich will mit dem General sachte sprechen, und hören, was sein Wille ist.

Parolles (für sich.) Ich mag nicht mehr mit Trommeln zu thun haben; der Henker hole alle Trommeln! Bloß um verdienstvoll zu scheinen, und jenen leichtfertigen jungen Burschen, den Grafen, in seiner Meynung von mir zu betriegen, hab' ich mich in diese Gefahr gewagt = = Aber wer hätt' auch da wohl einen Hinterhalt vermuthet, wo man mich überfiel?

Dollmetscher. Es hilft nichts dafür, Freund, ihr müßt sterben. Der General sagt, da ihr die Geheimnisse eurer Armee so verrätherisch entdeckt, und so abscheulich von Leuten gesprochen habt, die man in Ehren hält, so könnt ihr der Welt auf keine ehrliche Art was nütze seyn; also müßt ihr sterben. Herbey, Scharfrichter, schlag ihm den Kopf ab!

Parolles. Lieber Gott, Herr, lassen Sie mich leben, oder wenigstens doch meinen Tod sehen.

Dollmetscher. Das sollt ihr, und von euren Freunden Abschied nehmen. (Er nimmt ihm die Binde von den Augen weg.) So, nun seht euch einmal um; kennt ihr hier jemand?

Bertram. Guten Morgen, edler Hauptmann.

2. Edelmann. Ihr Diener, Herr Hauptmann Parolles.

1. Edelmann. Willkommen, edler Hauptmann.

2. Edelmann. Herr Hauptmann, haben Sie nichts an Herrn Lafeu zu bestellen? Ich gehe nach Frankreich.

1. Edelmann. Lieber Herr Hauptmann, wollen Sie mir nicht eine Abschrift von dem Sonnet geben, das Sie an Dianen zur Empfehlung des Grafen Roußillon geschrieben haben? Wär' ich nicht eine feige Memme, so wollt' ichs Ihnen abnöthigen; aber leben Sie wohl.

(Sie gehen ab.)

Dollmetscher. Sie sind verloren, Herr Hauptmann, und so gut wie aufgelöst; nur Ihre Schärpe ist es nicht, die hat noch einen Knoten.

Parolles. Wer kann gegen ein ganzes Complot?

Dollmetscher. Wenn Sie ein Land ausfündig machen könnten, wo lauter Weiber wären, die sich eben so wenig schämten, wie Sie, so könnten Sie eine recht unverschämte Kolonie stiften. Leben Sie wohl, mein Herr; ich geh' auch nach Frankreich; wir werden dort von Ihnen sprechen.

(Er geht ab.)

Parolles. Ich bin doch immer noch sehr dankbar. Wäre mein Herz groß, so würd' es hierüber bersten. Hauptmann werd' ich nicht mehr seyn; aber ich werd' essen und trinken, und so sanft schlafen, als irgend ein Hauptmann thun kann; bloß von dem, was ich für mich bin, werd' ich leben. Wer von sich weis, daß er ein Großprahler ist, befürchte gleiches Schicksal, denn am Ende findet sichs doch, daß jeder Großprahler ein Esel ist. . . Verroste nun, Degen! kühle dich ab, Schamröthe! und lebe nun, Parolles, in deiner Schande glücklich; da du einmal für einen Narren erklärt bist, so mache dein Glück mit der Narrheit. Es giebt noch immer für jeden lebendigen Menschen Mittel und Wege, sich durchzuhelfen. Ich will ihnen nach.

(Er geht ab.)

Siebenter Auftritt.

Das Haus der Witwe zu Florenz.

Helena. Die Witwe. Diana.

Helena. Damit Sie völlig überzeugt werden, daß ich Ihnen nicht zu nahe gethan habe, so soll einer der größten Fürsten in der Christenheit mein Bürge seyn, vor dessen Thron ich nothwendig knien muß, eh' ich meine Absichten völlig ausführen kann. Es war einmal eine Zeit, da ich ihm einen erwünschten Dienst that, der ihm fast eben so viel werth war, als sein Leben; einen Dienst, für den selbst das Kieselherz eines wilden Tartars dankbar seyn würde. Ich habe Nachricht, daß der König itzt sich zu Marseilles aufhält, und werde dahin unter schicklicher Begleitung abgehen. Sie müssen wissen, daß man mich für todt hält. Da die Armee auseinander geht, so eilt mein Gemahl nach Hause, wo ich mit göttlicher Hülfe, und wenn der König es mir erlaubt, eher seyn werde, als er.

Witwe. Gnädige Frau, Sie haben nie eine Person in Ihren Diensten gehabt, der Sie mehr hätten trauen können, als mir.

Helena. Und Sie, meine Theure, haben nie eine Freundinn gehabt, die ernstlicher darauf bedacht gewesen wäre, Ihre Liebe zu belohnen. Zweifeln Sie nicht daran, der Himmel hat mich dazu bestimmt, Ihre Tochter auszustatten, so, wie er Sie dazu ersehen hatte, mir beyzustehen, und wieder zu einem Manne zu verhelfen. Aber, wie sonderbar die Männer sind! daß sie einen so angenehmen Gebrauch von demjenigen machen können, was sie hassen, wenn wohllüstiges Zutrauen auf die betrognen Gedanken die pechschwarze Nacht noch mehr schwärzt! So spielt die Wohllust mit demjenigen, wovor ihr ekelt, in der Meynung, es sey dasjenige, was abwesend ist. Aber hernach mehr hievon. = = Sie Diana, müssen noch eine Zeitlang durch meine Schuld zu meinem Besten leiden.

Diana. Wäre auch der Tod zugleich mit der Rechtschaffenheit in Ihren Fodrungen vereint, so bin ich doch gern bereit, alles zu leiden, was Sie [illegible]ngen.

Hel.

Helena. Nur noch eine Weile; aber im Umsehen wird die beßre Jahrszeit kommen, in welcher die Brombeerstauden nicht bloß Dornen, sondern auch Blätter haben, und so süß als scharf seyn werden. Wir müssen fort; unser Wagen steht bereit, und wir haben keine Zeit zu verlieren. Ende gut, alles gut; am Ziel ist die Krone; das vorhergehende sey, wie es wolle; aller Ruhm trifft den Ausgang.

(Sie gehen ab.)

Achter Auftritt.

Roußillon.

Die Gräfinn. Lafeu. Der Rüpel.

Lafeu. Nein, nein, Ihr Sohn wurde dort von einem albernen Kerl verführt, in lauter taffetne Schnitzel gekleidet, dessen niederträchtiger Saffran verführerisch genug wäre, um allen noch nicht gar gebacknen und teigichten jungen Leuten seiner Nation die nämliche Farbe zu geben.*) Ihre Schwie-

*) Eine doppelte Anspielung, zuerst auf eine damalige Mode, die Bänder und Krausen mit gelber Stärke zu steifen, und dann auf die Gewohnheit, Kuchen und Pasteten mit Saffran zu bestreichen. Warburton und Steevens geben darüber weitere historische Erläuterung.

gertochter würde sonst diese Stunde noch leben, und Ihr Sohn hier in Frankreich von dem Könige weiter gebracht seyn, als von dem buntschekichten Kerl da, von dem ich redte.

Rüpel. Ich wollt', er hätt' ihn nicht gekannt. Es war der Tod des tugendhaftesten Frauenzimmers, mit deren Schöpfung die Natur jemals Ehre eingelegt hat. Wäre sie von meinem Fleisch und Blut gewesen, und hätte sie mich auch die theuersten Seufzer einer Mutter gekostet, so könnte meine Liebe zu ihr nicht tiefere Wurzeln gefaßt haben.

Lafeu. Es war eine gute Person, eine gute Person. Wir können tausendmal Sallat pflücken, ehe wir wieder solch ein Kraut antreffen.

Rüpel. Wahrhaftig, Herr, sie war der süße Majeran im Sallat, oder vielmehr die Raute.*)

Lafeu. Das sind keine Kräuter zum Sallat, du Geck; das sind Kräuter für die Nase.

Rüpel. Ich bin kein großer Nebuchadnezar, mein Herr; ich bin im Grase nicht sehr bewandert.

Lafeu. Wofür giebst du dich denn aus? für einen Schelm oder für einen Narren?

---

*) Die Raute hieß das Kraut der Frömmigkeit, herb of grace.

Rüpel. Für einen Narren, Herr, zum Dienst der Frauen, und für einen Schelm, zum Dienste der Männer.

Lafeu. Und wie denn das?

Rüpel. Ich mag gern den Mann um seine Frau betriegen, und seinen Dienst verrichten.

Lafeu. Dann wärst du freylich ein Schelm zu seinem Dienste.

Rüpel. Und seiner Frau möcht' ich gern meine Kappe geben, Herr, und ihren Dienst verrichten.

Lafeu. Nun, ich will Bürge für dich seyn, daß du beydes ein Schelm und ein Narr bist.

Rüpel. Zu Ihrem Dienste.

Lafeu. Nein, nein.

Rüpel. Je nun, Herr, kann ich Ihnen nicht dienen, so kann ich doch einem Fürsten dienen, der wohl so groß ist, als Sie.

Lafeu. Wer ist das? Ein Franzos?

Rüpel. Wahrhaftig, Herr, sein Name ist zwar Englisch, aber seine Physionomie ist in Frankreich hitziger, als hier. *)

Lafeu. Was ist denn das für ein Fürst?

---

*) Abermals eine Anspielung auf die venerische Krankheit.

Rüpel. Der schwarze Fürst, Herr; alias der Fürst der Finsterniß; alias der Teufel.

Lafeu. Halt, da hast du meine Börse. Ich gebe dir dieß nicht, um dich von deinem Herrn, den du eben nanntest, abspenstig zu machen; dien' ihm nur immer.

Rüpel. Ich bin aus einem Holzlande, Herr, und von jeher ein Liebhaber von großem Feuer gewesen; und der Herr, von dem ich rede, hält beständig ein großes Feuer. Aber, wahrhaftig, er ist der Fürst dieser Welt; an seinem Hofe muß doch sein Adel bleiben. Ich bin für das Haus mit der engen Pforte, die wohl zu klein ist, als daß der Pomp hinein ziehen könnte. Einige, die sich selbst erniedrigen, können wohl hinein; aber die meisten werden doch zu frostig und zu zart seyn, und lieber die blumichte Straße wählen, die zur breiten Pforte und zu dem großen Feuer führt.

Lafeu. Geh deiner Wege; ich fang' an, deiner müde zu werden, und ich sage dirs vorher, weil ich nicht gerne mit dir zerfallen möchte. Geh deiner Wege. Daß man nach meinen Pferden sehe.*)

(Der Rüpel geht ab.)

*) Die Antwort des Rüpels ist unübersetzlich.

Lafeu. Ein durchtriebner und boshafter Schelm!

Gräfinn. Das ist er. Mein verstorbner Gemahl machte sich vielen Spaß mit ihm. Auf sein Verlangen bleibt er hier im Hause; und das hält er für einen Freyheitsbrief, schlechtes Zeug zu schwatzen. Er bleibt niemals auf dem geraden Wege, sondern läuft, wohin es ihm einfällt.

Lafeu. Ich mag ihn wohl leiden; sein Spaß ist gar nicht uneben. Ich war vorhin im Begriff, Ihnen zu sagen, daß ich, auf die Nachricht von dem Tode der guten Dame und von der Zurückkunft Ihres Herrn Sohns, den König, meinen Herrn, bewogen habe, zum Besten meiner Tochter zu reden; ein Vorschlag, den der König schon ehedem, als sie beyde noch klein waren, aus eigner hoher Gnade, selbst zuerst that. Seine Majestät haben mir versprochen, es zu thun, und es ist nichts auf der Welt dienlicher, die Ungnade abzuwenden, die er gegen Ihren Sohn gefaßt hat. Wie gefällt Ihrer Gnaden dieser Vorschlag?

Gräfinn. Ungemein gut, mein Herr; und ich wünsche, ihn vollzogen zu sehen.

Lafeu. Der König kömmt aufs geschwindeste von Marseilles zurück, so frisch und gesund, als ob Sie erst dreyßig Jahre alt wären. Er wird morgen hier seyn, wenn mich ein Freund nicht hintergeht, der in dergleichen Nachrichten nicht leicht zu irren pflegt.

Gräfinn. Es freut mich, daß ich ihn hoffentlich noch sehen werde, eh' ich sterbe. Ich habe Briefe, daß mein Sohn diesen Abend hier seyn wird; darf ich Sie wohl bitten, so lange bey mir zu bleiben, bis sie einander gesehen haben?

Lafeu. Gnädige Frau, ich dachte eben darauf, auf welche Art ich wohl am besten dazu gelassen werden könnte.

Gräfinn. Sie haben dazu schon ohnedieß ein völliges Recht.

Lafeu. Ich habe mich meiner Rechte oft gar zu frey bedient; aber dem Himmel sey Dank, daß ich sie noch habe.

Neunter Auftritt.

Die Vorigen. Der Rüpel.

Rüpel. O gnädige Frau, dort draußen ist Ihr Herr Sohn, mit einem sametnen Pflaster auf dem Gesichte; ob eine Schmare darunter sitzt, oder nicht, das muß der Sammet wissen; aber es ist ein tüchtiges Pflaster von Sammet. Auf seinem linken Backen sitzen noch anderthalb Haare; aber seinen rechten Backen hat er schon ganz kahl getragen.

Gräfinn. Eine rühmlich erhaltne Narbe, oder eine rühmliche Narbe ist ein gutes Wahrzeichen der Ehre. Das wird auch diese wohl seyn.

Rüpel. Aber das Gesicht sieht aus, wie lauter Karbonade.

Lafeu. Lassen Sie uns doch Ihren Sohn sehen; mich verlangt, den jungen edeln Krieger zu sprechen.

Rüpel. Wahrhaftig, es ist ein ganzes Dutzend von ihnen da, mit saubern, feinen Hüten, und allerliebsten Federn, die mit dem Kopf eine Verbeugung machen, und jedermann zunicken.

Fünfter Aufzug.

Erster Auftritt.

Der Französische Hof zu Marseilles.

Helena. Die Witwe. Diana. Zwey Bediente.

Helena. Diese geschwinden und starken Reisen, Tag und Nacht hindurch, müssen euch beyde nothwendig sehr ermüden; ich kann nicht dafür; aber da ihr einmal Tage und Nächte dazu bestimmt habt, euch auf die gefälligste Art meiner Angelegenheiten anzunehmen, so faßt nur Muth. Die Erkenntlichkeit dafür ist meinem Herzen so tief eingeprägt, daß niemand sie je wird ausrotten können. In glücklichern Zeiten . .

Zweyter Auftritt.

Die Vorigen. Ein Edelmann.

Helena. Dieser Herr hier kann mir vielleicht bey dem Könige Gehör verschaffen, wenn er sein Ansehen dazu anwenden will. Ihre Dienerinn, mein Herr.

Edelmann. Ihr Diener.

Helena. Ich habe Sie am Französischen Hofe gesehen, mein Herr.

Edelmann. Ich bin zuweilen dort gewesen.

Helena. Ich vermuthe, mein Herr, daß Sie noch immer den alten Ruhm Ihrer Gutherzigkeit verdienen; und will daher, da mich die dringendste Nothwendigkeit dazu treibt, über die man leicht das Cärimoniel vergißt, Ihnen Gelegenheit geben, von Ihren rühmlichen Eigenschaften Gebrauch zu machen, wofür ich allzeit sehr dankbar seyn werde.

Edelmann. Was verlangen Sie?

Helena. Daß Sie die Güte haben und diese unterthänige Bittschrift dem Könige geben, und mir durch Ihr vorzügliches Ansehen dazu verhelfen möchten, vor ihn gelassen zu werden.

Edelmann. Der König ist nicht hier.

Helena. Nicht hier, mein Herr?

Edelmann. Nein, in der That nicht. Er gieng gestern Abends von hier ab, und eilfertiger, als er pflegt.

Witwe. Himmel! nun ist alle unsre Mühe vergebens.

Helena. Ende gut, alles gut, bleibt doch immer

wahr, so widrig auch das Schicksal und so undienlich auch alle angewandten Mittel zu seyn scheinen. Sagen Sie mir doch, wohin ist er denn gegangen?

Edelmann. So viel ich vermuthen kann, nach Roußillon; dahin geh' ich auch.

Helena. Da Sie den König vermuthlich eher sehen werden als ich, so bitt' ich Sie, mein Herr, ihm dieß Papier zu überreichen! Ich weis, Sie werden sich dadurch keine Vorwürfe zuziehen, sondern er wird Ihnen vielmehr für Ihre Mühe danken. Ich werde Ihnen nachkommen, so geschwind es mir immer möglich ist.

Edelmann. Ich werde das für Sie besorgen.

Helena. Und Sie werden sehen, daß man es Ihnen viel Dank wissen wird, ohne was sonst noch darauf erfolgen kann. Wir müssen wieder zu Pferde .. Lustig, macht Anstalt.

(Sie gehen ab.)

Dritter Auftritt.

Roußillon.

Der Rüpel Parolles.

Parolles. Lieber Meister Lavatch, geb' er doch diesen Brief an Herrn Lafeu .. Er hat mich wohl eher besser gekannt, mein Freund, als ich noch Umgang mit bessern Kleidern hielt. Aber izt, mein Freund, bin ich in Fortuna's sumpfichten Graben ganz muddig geworden, und habe einen etwas starken Geruch von ihrer starken Ungnade an mir.

Rüpel. Wahrhaftig, Fortuna's Ungnade muß was sehr garstiges seyn, wenn sie so stark riecht, wie du sagst. Ich werde künftig keine Fische mehr essen, die Fortuna mit Butter bestrichen hat. Ich bitte dich, weg von der Windseite!

Parolles. O! Er braucht nicht seine Nase zuzuhalten, mein Freund; ich rede nur in einer Metapher.

Rüpel. Wahrhaftig, Herr, wenn Ihre Metapher stinkt, so werd' ich meine Nase zuhalten, und das bey jedermanns Metapher. Nur immer weiter!

Parolles. Sey er doch so gut, mein Freund, und bestell' er mir dieß Papier.

Rüpel. Pfui! - - Drey Schritt vom Leibe! - - Ein Papier aus Fortuna's Nachtstuhl einem Edelmann zu geben! - - Sieh, da kömmt er selbst.

Vierter Auftritt.

Die Vorigen. Lafeu.

Rüpel. Hier ist ein Kätzchen der Fortuna, mein Herr, Fortuna's Katze -- aber keine Bisamkatze -- der in den unsaubern Fischteich ihrer Ungnade gefallen, und, wie er sagt, ganz muddig ist. Ich bitte Sie, mein Herr, brauchen Sie die Karpfe, so gut Sie können, denn er sieht einem armen, abgelebten, sinnreichen, närrischen, flegelhaften Schelm ähnlich. Ich bedaure sein Unglück mit meinen trostreichen Gleichnissen, und überlasse ihn Ihrer Gnaden.

(Er geht ab.)

Parolles. Mein Herr, ich bin ein Mensch, den Fortuna jämmerlich zerkratzt hat.

Lafeu. Und was soll ich dazu thun? -- Itzt ist es zu spät, ihr die Nägel zu beschneiden. Was habt Ihr denn der Fortuna für Streiche gespielt, daß sie euch gekratzt hat? Sie ist doch an und für sich eine gute Dame, die nur nicht leiden kann, daß Schurken lange in ihrem Dienste glücklich sind. Da habt ihr einige Groschen; laßt die Richter euch und Fortuna wieder zu Freunden machen; ich habe was anders zu thun.

Parolles. Ich ersuche Ihre Gnaden, mich nur auf ein einziges Wort anzuhören.

Lafeu. Ihr bittet um einen einzigen Pfenning mehr; gut, den sollt ihr haben, nur euer Wort behaltet für euch.

Parolles. Mein Name, gnädiger Herr, ist Parolles.

Lafeu. So bittet ihr um mehr, als ein einziges Wort.. Potz Element! gebt mir eure Hand.. Was macht eure Trommel?

Parolles. O! mein gnädiger Herr, Sie waren der erste, der mich ausfand.

Lafeu. War ich das wirklich? Und ich war auch der erste, durch den du verloren giengst.

Parolles. Es steht bey Ihnen, mein gnädiger Herr, mich wieder in einige Gunst zu setzen; denn Sie haben mich zuerst herabgesetzt.

Lafeu. Pfui, schäme dich, Kerl! legst du mir auf einmal das Amt Gottes und des Teufels bey? Der Eine setzt dich in Gunst, und der Andre setzt dich herab. *) (Man hört Trompeten.) Der König kömmt; ich hör' es an seinen Trompeten. Guter

---

*) Oder vielmehr: der Eine nimmt dich zu Gnaden an, und der Andre holt dich.

Freund, erkundigt euch nur weiter nach mir. Ich habe noch gestern Abend von euch gesprochen. Wenn ihr gleich ein Narr und ein Taugenichts seyd, so sollt ihr doch nicht betteln gehen. Kommt nur mit mir.

Parolles. Gott sey Dank, daß ich Sie getroffen habe!

(Sie gehen ab.)

Vierter Auftritt.

Der König. Die Gräfinn. Lafeu. Die beyden französischen Edelleute. Gefolge.

König. Wir verloren ein Kleinod an ihr, und wurden durch ihren Verlust in der That ärmer, als vorhin; aber Ihr Sohn, den seine Thorheit halb verrückt machte, hatte nicht Gefühl genug, um ihren völligen Werth einzusehen.

Gräfinn. Es ist nun einmal vorbey, mein König; und ich bitte Sie, es als eine natürliche Empörung anzusehen, die in der ersten Jugendhitze geschehen ist; wenn Feuer und Oel die Vernunft überwältigen und immer fortbrennen.

König. Meine werthe Gräfinn, ich habe alles vergessen und vergeben; ob ich gleich von Zorn und Rachgier auf ihn entbrannt war, und nur die Zeit erwartete, sie gegen ihn auszulassen.

Lafeu. Dieß muß ich sagen . . wenn Ihre Majestät mirs zu Gnaden halten wollen . . der junge Graf fügte Ihnen, seiner Mutter und seiner Gemahlinn die größten Beleidigungen zu, aber sich selbst that er doch am meisten zu nahe. Er verlor eine Gattinn, deren Schönheit jedermann in Erstaunen setzte, deren Reden aller Ohren bezauberten, die so viel Vollkommenheiten hatte, daß Herzen, die sonst zu stolz waren, sich beherrschen zu lassen, sie in Demuth ihre Gebieterinn nannten.

König. Das Lob dessen, was verloren ist, macht die Erinnerung um so viel theurer. . . . Nun, ruft ihn herein; wir sind versöhnt, und der erste Anblick soll alles Andenken des Vergangnen tödten. Er soll uns nicht um Vergebung bitten. Der Gegenstand seiner schweren Beleidigung ist todt, und tiefer, als die Vergessenheit, begraben wir die erzürnenden Ueberbleibsel davon. Er mag herein kommen, als ein Fremder, nicht als ein Verbrecher; sagt ihm vorher, daß das unser Wille sey.

Edelmann. Sehr wohl, mein König.

König. Was sagt er von deiner Tochter? . . Habt ihr darüber gesprochen?

Lafeu. Er wird sich in allem, was er thut, nach Ihrer Majestät Befehlen richten.

König. So werden wir eine Hochzeit haben. Ich habe Briefe erhalten, die große Lobsprüche von ihm machen.

Fünfter Auftritt.

Die Vorigen. Bertram.

Lafeu. Er scheint vergnügt darüber.

König. Ich bin keinen einzigen Tag bey gleicher Laune; Sonnenschein und Hagelwolken stehen oft zu gleicher Zeit auf meinem Gesichte; aber itzt sollen die dunkeln Wolken den heitersten Sonnenstrahlen weichen. Tritt also näher; der Himmel ist wieder heiter.

Bertram. Meine Vergehungen, die ich aufs äusserste bereue, o! verzeihe sie mir, mein theuerster König.

König. Alles ist wieder gut; kein Wort mehr von der verflossnen Zeit. Laß uns den gegenwärtigen beym Stirnhaar ergreifen; denn wir sind alt, und über unsre schleunigsten Entschliessungen

schleicht

schleicht der unhörbare und geräuschlose Fuß der Zeit, ehe wir sie vollziehen können. Du erinnerst dich doch der Tochter dieses Herrn?

Bertram. Ungemein wohl, mein König. Anfänglich hatte ich meine Wahl auf sie gerichtet, ehe noch mein Herz es wagte, meine Zunge zu einem zu dreisten Herolde zu machen. Da nun einmal ihr Reiz auf mein Auge und mein Herz einen so mächtigen Eindruck gemacht hatte, so lieh mir die Sprödigkeit ihr verachtungvolles Fernglas, welches die Züge jeder andern Schönheit verdunkelte, eine reizende Gesichtsfarbe verschmähte, oder sie als erborgt vorstellte, und alle Verhältnisse der Gestalt ausdehnte oder zusammenzog, daß der Gegenstand äußerst abscheulich wurde. Daher kam es, daß sie, die jedermann lobte, und die ich selbst, seitdem ich sie verlor, geliebt habe, für mein Auge der Staub war, der ihm weh that.

König. Wohl entschuldigt! .. Daß du sie liebst, tilgt auf einmal einen großen Theil deiner Schuld; aber die Liebe, die zu spät kömmt, wird eben so, wie eine reuvolle, zu spät überbrachte Vergebung, für den, der sie sendet, ein schmerzlicher Vorwurf, der ihm laut zuruft: das ist gut, was nicht mehr da ist. Unsre rasche Uebereilung macht sich wenig oder nichts aus schätzbaren Dingen, die wir besitzen, und nicht eher recht erkennen, bis wir ihr Grab kennen. Oft ist unser Misfallen gegen uns selbst ungerecht; wir bringen dadurch unsre Freunde aus der Welt, und beweinen hernach ihren Staub. Sobald unsre eigne Liebe aufwacht, weint sie über das, was geschehen ist, indeß der schändliche Haß ausruht. Laß dieß der reizenden Helena Todtengeläute seyn; und nun vergiß sie. Weihe deine Liebe ganz der schönen Magdalene; die Einwilligung hast du; und ich werde so lange hier bleiben, bis ich den zweyten Hochzeittag meines Witwers mit angesehen habe.

Gräfinn. Laß ihn glücklicher seyn, als der erste, guter Himmel! . . sonst höre lieber in mir auf, Natur! ehe sie sich verbinden.

Lafeu. Komm her, mein Sohn, der den Namen meines Hauses auf die Nachwelt bringen soll, gib mir ein kleines Geschenk, wodurch meine Tochter gerührt, und bewogen werde, sogleich zu kommen . . Bey meinem alten Bart, und jedem Haar darinn, die verstorbne Helena war sehr schön; solch einen Ring, wie dieser ist, sah ich das letztemal, als sie sich bey Hofe beurlaubte, an ihrem Finger.

Bertram. Der ihrige war es nicht.

König. O! laßt ihn mich doch sehen; denn mein Auge war schon, indem ich redete, oft darauf geheftet. Dieser Ring gehörte mir; und als ich ihn Helenen gab, gelobte ich ihr, wenn ihre Umstände jemals hülfsbedürftig werden sollten, daß ich an diesem Zeichen sie erkennen, und ihr beystehen würde. Hast du denn so viel über sie vermocht, ihr das zu entreißen, woran ihr so viel gelegen seyn mußte?

Bertram. Mein gnädigster König, es beliebt Ihnen zwar, es zu vermuthen; aber der Ring hat ihr nie gehört.

Gräfinn. Sohn, bey meinem Leben, ich hab' ihn an ihrem Finger gesehn, und sie hielt ihn so theuer, als ihr Leben selbst.

Lafeu. Ich weis gewiß, ich habe sie ihn tragen sehen.

Bertram. Sie irren sich, gnädiger Herr; sie hat ihn nie mit Augen gesehn. In Florenz ward er mir aus einem Fenster zugeworfen, in ein Papier gewickelt, worauf der Name des Frauenzimmers stand, das mir ihn zuwarf. Sie war von Adel, und glaubte, ich wäre noch frey. Aber da ich ihr mein Schicksal eröffnet, und hinlänglich gezeigt hatte, daß ich ihre Wünsche nicht erfüllen könnte, ließ sie endlich mit Misvergnügen nach, wollte aber den Ring niemals zurücknehmen.

König. Plutus selbst, der sich auf die Scheidekunst und aufs Goldmachen versteht, hat von den Geheimnissen der Natur keine genauere Kenntniß, als ich von diesem Ring habe. Er hat mir, er hat Helenen gehört; du magst ihn bekommen haben, von wem du willst. Wenn du dich also deiner und deiner Handlungen hinlänglich bewußt bist, so gestehe nur, daß er ihr gehörte, und durch welch unbändige Gewalt du ihn von ihr erhalten hast. Sie schwur bey allen Heiligen, sie wolle ihn nie vom Finger thun, außer, wenn sie ihn dir im Bette geben würde, wohin du nie gekommen bist, oder um ihn in irgend einer großen Noth an mich zu schicken.

Bertram. Sie hat ihn nie gesehen.

König. So wahr mir meine Ehre lieb ist, du redest die Unwahrheit, und erregst argwöhnische Besorgnisse in mir, so gern ich ihnen auch den

Zugang verwehrte. Sollt' es sich finden, daß du so unmenschlich bist .. es wird sich nicht finden .. und doch weis ichs nicht .. du haßtest sie bis zum Tode, und sie ist todt. Nichts konnte mich davon mehr überzeugen, als der Anblick dieses Ringes; es wäre denn, daß ich ihr selbst die Augen zugedrückt hätte. Führt ihn hinweg! (Die Wache bemächtigt sich Bertrams.) Es komme, wie es will, so rechtfertigen seine vorigen Handlungen meinen Argwohn; und ich hab' ihm bisher nur zu viel getraut. ... Fort mit ihm! .. Wir wollen die Sache weiter untersuchen.

Bertram. Wenn Sie mir beweisen können, daß dieser Ring ihr jemals gehört hat, so werden Sie eben so leicht beweisen können, daß ich meine Heyrath mit ihr in Florenz wirklich vollzogen habe, wo sie doch nie gewesen ist.

(Bertram geht mit der Wache ab.)

König. Mir gehen schreckliche Gedanken durch den Sinn.

Sechster Auftritt.

Die Vorigen. Ein Edelmann.

Edelmann. Mein gnädigster König, ich weis nicht, ob ich recht oder unrecht daran gethan habe;

hier ist die Bittschrift einer Florentinerinn, die etwa vier oder fünf Stationen zu spät gekommen ist, und sie selbst hatte übergeben wollen. Ich übernahm die Besorgung davon, bewogen durch den Reiz und die Reden der armen Bittenden, die nun wohl schon hier seyn wird. Ihr Anliegen scheint wichtig zu seyn; und sie sagte mir mit wenig Worten, es gienge Ihre Majestät eben so sehr an, als sie selbst.

König (liest einen Brief:) . . „Auf seine vielen „Betheurungen, mich zu heyrathen, wenn seine „Gemahlinn todt wäre, hat er . . ich erröthe, es „zu sagen . . mich gewonnen. Itzt ist der Graf „Roußillon ein Witwer; er hat mir die heiligsten „Gelübde gethan, und ich habe ihn mit meiner „Ehre bezahlt. Er gieng heimlich von Florenz „weg, ohne Abschied zu nehmen, und ich folge „ihm in sein Vaterland, um Recht zu erhalten. „Lassen Sie mir, o König, dieß Recht wiederfahren; es steht völlig bey Ihnen; sonst triumphirt ein Verführer, und ein armes Mädchen „ist auf ewig unglücklich.„

Diana Capulet.

Lafeu. Ich will mir einen Schwiegersohn auf

dem Jahrmarkte kaufen, und Zoll für ihn bezahlen. *) Diesen mag ich nicht.

König. Der Himmel hat es gut mit dir gemeynt, Lafeu, daß er diese Sache noch zur rechten Zeit ans Licht bringt = . Sucht diese Personen auf, macht geschwind, und führt den Grafen wieder her . . Ich fürchte sehr, daß Helena auf eine boshafte Weise ums Leben gekommen ist.

Gräfinn. Gerechtigkeit alsdann über die Thäter!

König (zu Bertram, den die Wache wieder herbey führt.) Ich wundre mich, Graf, daß dir die Frauen so abscheulich vorkommen, daß du gleich vor ihnen fliehst, so bald du ihnen Treue geschworen hast; und daß du doch heyrathen willst = . Was ist das für ein Frauenzimmer?

Siebenter Auftritt.

Die Vorigen. Die Witwe. Diana.

Diana. Ich bin, mein König, eine unglückliche Florentinerinn aus der alten Capuletischen

*) Eine Anspielung auf den Gebrauch, für die Pferde auf den Jahrmärkten Zoll zu bezahlen, wodurch der Käufer seines Eigenthumsrechts gegen den vorigen Besitzer versichert wurde, wenn etwa das Pferd gestohlen würde.

Familie. Mein Gesuch ist Ihnen, wie ich höre, schon bekannt, und Sie wissen es also, wie bedaurenswürdig ich bin.

Witwe. Ich bin ihre Mutter, mein König, deren Alter und Ehre beydes durch die Sache leidet, die wir Ihnen vortragen. Um beydes ist es geschehen, wenn Sie uns nicht helfen.

König. Komm hieher, Graf = = Kennst du diese Frauenzimmer?

Bertram. Mein König, ich kann und will es nicht leugnen, daß ich sie kenne. Haben sie sonst noch was wider mich?

Diana. Warum thust du so fremd gegen deine Frau?

Bertram. Sie geht mich nichts an, mein König.

Diana. Wenn du dich verheyrathest, so giebst du diese Hand weg, und die gehört mir; so giebst du beym Himmel betheurte Gelübde weg, und die gehören mir; so giebst du mich selbst weg, und ich gehöre doch wohl mir; denn ich bin dir so fest verlobt, so dir einverleibt, daß diejenige, die dich heyrathet, auch mich heyrathen muß; entweder beyde, oder gar keins.

Lafeu. Ihre Aufführung ist zu schlecht für meine Tochter; Sie sind kein Mann für sie.

Bertram. Mein König, dieß ist ein verliebtes und tollkühnes Geschöpf, mit dem ich bisweilen gelacht habe. Ihre Majestät werden doch eine bessre Meynung von mir haben, als daß Sie glauben sollten, ich würde mich zu ihr hinablassen.

König. Graf, meine Meynung hast du nicht sehr zum Freunde, bis deine Handlungen sie dir gewinnen. Zeige mir, daß du ein besserer Mann bist, als wofür ich dich halte.

Diana. Mein gnädigster König, fragen Sie ihn doch auf sein Gewissen, ob er glaubt, daß er mich nicht meiner Ehre beraubt habe.

König. Was sagst du dazu?

Bertram. Sie ist unverschämt, mein König, und war ein gemeines, schlechtes Weibsbild.

Diana. Er thut mir Unrecht, mein König. Wär' ich das, so hätte er mich um einen gemeinen Preiß kaufen können. Glauben Sie ihm nicht . . O! sehen Sie diesen Ring an, dessen Schätzung und reicher Werth nicht seines Gleichen hatte, und den er dem ungeachtet einem gemeinen, schlechten Weibsbilde gab, wenn ich eins bin.

Gräfinn. Er erröthet, und es ist der Ring. Von sechs ehemaligen Ahnen unsers Geschlechts wurde er allemal erblich vermacht und getragen. Dieß seine Frau; der Ring ist ein tausendfältiger Beweis davon.

König. Mich dünkt, du sagtest, es wäre hier einer am Hofe, der es bezeugen könne.

Diana. Das that ich, mein König; aber ich schäme mich, einen so schlechten Gewährsmann aufzustellen. Er heißt Parolles.

Lafeu. Ich sah den Mann heute; wenn er anders ein Mann heißen kann.

König. Sucht ihn auf, und bringt ihn hieher.

Bertram. Was soll er? - - Man kennt ihn schon als den treulosesten Buben, der alle nur möglichen Laster und Abscheulichkeiten an sich hat, und nie die Wahrheit sagt. Soll denn ich derjenige seyn, für welchen der erklärt, der alles sagt, was man verlangt?

König. Sie hat doch deinen Ring.

Bertram. Ich glaube, sie hat ihn. So viel ist gewiß, ich konnte sie leiden, und machte mich in der jugendlichen Hitze an sie. Sie hielt sich immer in der Entfernung, und warf ihren Angel nach mir, und reizte meine Begierde durch ihre Sprödigkeit immer mehr. In der Liebe wird jedes Hinderniß eine Aufmunterung zu noch stärkerer Liebe; und da sich also ihr Reiz in meinen Augen immer mehr erhöhte, so erhielt sie endlich von mir, was sie verlangte; sie bekam den Ring, und ich erhielt das, was irgend ein Geringerer um den Marktpreiß hätte kaufen können.

Diana. Ich muß Geduld haben. Da sie schon einmal eine so vortreffliche Frau verstoßen haben, so muß ich mir wohl freylich alles von Ihnen gefallen lassen. Nur bitt' ich Sie .. denn weil Sie aller Tugend entsagen .. so will ich auch einem Ehemanne entsagen .. lassen Sie Ihren Ring holen, ich will ihn wieder mit nach Hause nehmen; und geben Sie mir meinen wieder.

Bertram. Ich hab' ihn nicht.

König. Was war denn das für ein Ring, der dir gehörte?

Diana. Gnädigster König, er war diesem sehr gleich, den Sie an dem Finger haben.

König. Kennst du diesen Ring? Er gehörte eben noch ihm.

Diana. Und diesen hab' ich ihm im Bette gegeben.

König. So ist also die Geschichte nicht wahr, daß du ihm ihn aus dem Fenster zugeworfen hast?

Diana. Ich habe die Wahrheit gesagt.

Achter Auftritt.

Die Vorigen. Parolles.

Bertram. Mein König, ich gesteh' es, der Ring gehörte ihr.

König. Du wankst ja ganz abscheulich; vor der leichtsten Feder bebst du zurück. = = Ist dieß der Mensch, den du nanntest?

Diana. Ja, mein König.

König. Sagt mir doch, Freund, aber sagt mir die Wahrheit, ohne das Misfallen eures Herrn zu befürchten = = welches ich, wenn Ihr aufrichtig seyd, schon zurückhalten will = = was wißt ihr von dem, was zwischen ihm und diesem Frauenzimmer hier vorgefallen ist?

Parolles. Ihre Majestät halten zu Gnaden, mein Herr ist jederzeit ein ehrenvoller Kavalier gewesen. Streiche hat er freylich zuweilen gemacht, wie alle Kavaliere machen.

König. Nur gleich zur Sache. Ist er in dieß Frauenzimmer verliebt gewesen?

Parolles. Freylich, Ihre Majestät, war er in sie verliebt; aber wie?

König. Und wie denn?

Parolles. Er war so in sie verliebt, mein König, wie ein Kavalier in ein Frauenzimmer verliebt ist.

König. Und wie ist denn das?

Parolles. Er liebte sie, und liebte sie auch nicht.

König. So wie du ein Schurke und auch kein Schurke bist. Was für ein zweydeutiger Gesell ist das?

Parolles. Ich bin ein armer Mensch, und zu Ihrer Majestät Befehlen.

Lafeu. Er ist ein guter Trommelschläger, mein König; aber ein nichtswürdiger Redner.

Diana. Weist du, daß er mir die Ehe versprochen hat?

Parolles. O! wahrhaftig, ich weis mehr, als ich sagen werde.

König. Aber wirst du nicht alles sagen, was du weist?

Parolles. O ja, wenn Ihre Majestät gnädigst erlauben wollen. Ich war der Unterhändler zwischen ihnen, wie gesagt; aber er liebte sie mehr als das; denn wahrhaftig, er war ihrentwegen ganz rasend, und sprach vom Satan, und vom Fegfeuer, und von den Furien, und ich weis nicht wovon; aber ich war bey ihnen damals so gut angeschrieben, daß ich von ihrer geheimsten Vertraulichkeit, und von andern Umständen wußte, als zum Exempel, daß er ihr die Ehe, und andre Dinge versprach, die ich nicht sagen kann, ohne mir seinen Unwillen zuzuziehen; darum will ich nicht alles sagen, was ich weis.

König. Du hast schon alles gesagt, wenn du nicht etwa noch sagen kannst, daß sie verheyrathet sind. Aber du bist zu listig in deinem Zeugnisse; darum tritt beyseite . . Dieser Ring, sagst du, gehörte dir?

Diana. Ja, mein gnädigster König.

König. Wo hast du ihn gekauft, oder wer hat ihn dir gegeben?

Diana. Er wurde mir nicht gegeben, und gekauft hab' ich ihn auch nicht.

König. Wer hat ihn dir denn geliehen?

Diana. Er wurde mir auch nicht geliehen.

König. Wo hast du ihn denn gefunden?

Diana. Ich fand ihn nicht.

König. Wenn du ihn nicht auf eine von diesen Arten bekamst, wie konntest du ihm denn den Ring geben?

Diana. Ich gab ihm ihn niemals.

Lafeu. Dieß Frauenzimmer ist ein williger Handschuh, mein König, der sich nach Belieben an- und ausziehen läßt.

König. Der Ring war mein; ich gab ihn seiner ersten Frau.

Diana. Er kann Ihnen und ihr gehört haben, davon weis ich nicht.

König. Bringt sie weg; itzt kann ich sie nicht mehr leiden. Ins Gefängniß mit ihr! und fort mit ihm! - - Wenn du mir nicht sagst, woher du diesen Ring hast, so sollst du noch diese Stunde sterben.

Diana. Das werd' ich Ihnen nie sagen.

König. Bringt sie weg!

Diana. Ich will einen Bürgen stellen, mein König.

König. Itzt halt' ich dich für eine gemeine, liederliche Person.

Diana. Beym Himmel, hab' ich je einen Mann erkannt, so sind Sie's gewesen.

König. Warum hast du denn ihn diese ganze Zeit über angeklagt?

Diana. Weil er schuldig und nicht schuldig ist. Er weis, daß ich keine Jungfrau mehr bin, und wird darauf schwören; ich weis, daß ich es bin, und daß er es nicht weis. Großer König, ich bin, so wahr ich lebe, keine liederliche Person. Entweder bin ich ein ehrliches Mädchen, oder dieses alten Mannes Frau (auf Lafeu zeigend.)

König. Sie missbraucht unsre Geduld; ins Gefängniß mit ihr!

Diana. Liebste Mutter, holen Sie doch meinen Bürgen herein. (Die Witwe geht ab.) Warten Sie nur, mein König; ich habe den Juwelier rufen lassen, dem der Ring gehört, und er soll für mich gut sagen. Was aber diesen Herrn betrifft, der mich hintergangen hat, wie er selbst weis, ob er mir gleich kein Leides zugefügt hat, so entsag' ich ihm hiemit. Er weis es selbst, daß er mein Bett entehrt hat, und eben damals schenkte er seiner Gemahlinn einen Erben. Wenn sie gleich todt ist, so befindet sie sich doch in gesegneten Umständen. Dieß ist mein Räthsel: Eine todte Frau ist schwanger. Und hier seht die Auflösung!

Neunter Auftritt.

Die Vorigen. Helena. Die Witwe.

König. Ist hier nicht etwa ein Zauberer, der mir die Augen verblendet? Ist das wirklich, was ich sehe?

Helena. Nein, mein theuerster König; es ist bloß der Schatten einer Frau, was Sie sehen; der Name, und nicht die Sache.

Bertram. Beyde, beyde = = o! Vergebung!

Helena. O! mein theuerster Gemahl, als ich diesem Mädchen hier glich, fand ich Sie außerordentlich zärtlich. Hier ist Ihr Ring; und sehn Sie, da ist auch Ihr Brief. Es steht darinn: „Wenn du von meinem Finger diesen Ring erhalten, und von mir schwanger werden kannst, u. s. f.„ = = Dieß ist nun geschehen. Wollen Sie itzt der meinige seyn, nachdem ich Sie zwiefach gewonnen habe?

Bertram. Wenn sie, mein König, mir dieß deutlich beweisen kann, so will ich sie ewig von ganzem Herzen lieben.

Helena. Wenn es nicht von mir erwiesen, sondern falsch befunden wird, so mag eine ewige Ehe=

scheidung uns trennen! ‥ (Zur Gräfinn) O! meine theure Mutter, find' ich Sie noch am Leben?

Lafeu. Meine Augen riechen Zwiebeln; ich werde gleich weinen ‥ (Zu Parolles) Lieber Trommelhans, leihe mir doch ein Schnupftuch ‥ So; ich danke dir; geh mit mir nach Hause. Ich will meinen Spaß mit dir haben ‥ Spare deine Bücklinge; sie taugen nicht viel.

König. Ich muß diese Geschichte nach allen Umständen wissen, um mich über die Wahrheit derselben zu freuen ‥ (Zu Diana) Wenn du noch eine frische, unverletzte Blume bist, so wähle dir einen Mann, und ich bezahle deine Mitgift. Denn ich kann schon vermuthen, daß du durch deinen redlichen Beystand gemacht hast, daß sie seine Gattinn blieb, und du selbst ein ehrliches Mädchen. Hievon, und von allen übrigen Umständen wollen wir uns zu gelegnerer Zeit näher unterrichten lassen. Noch scheint alles gut zu seyn; und wenn sichs auch so gut endigt, so wird das Süße um desto vollkommner seyn, da das Bittre vorüber ist.

(Sie gehen ab.)

Epilog

von dem Könige gesprochen.

Das Spiel ist aus; nun wird ein Bettler aus dem König;
Das End' ist gut; und Ihr erfreuet uns nicht wenig,
Wenn Ihr uns Beyfall gebt; wir ehren dankbar ihn,
Und werden täglich uns um Eure Gunst bemühn.
Laßt Eure Großmuth uns, wenn wir gefehlt, verzeihen;
Weiht uns die Hände, wie wir Euch die Herzen weihen.

Kritischer Anhang
zum
Zehnten Bande
des
Deutschen Shakespear.

I.

Ueber Viel Lärmens um Nichts.

Unter den tragischen Erzählungen des Belleforest *) befindet sich eine mit der Aufschrift: *Timbrée de Cardonne devient amoureux à Messine de Fenicie Leonati, & des divers & estranges accidents, qui advindrent avant qu'il l'espousast.* Der Innhalt dieser Erzählung hat mit dem Innhalte des genannten Schauspiels die größte Aehnlichkeit. Sie ist, gleich den übrigen aus dem Bandello **) genommen; und aus diesem mache ich folgenden Auszug, da sie in den fünf Bänden des Belleforest, die ich in Händen habe, nicht befindlich ist:

*) S. von dieser Sammlung den kritischen Anhang über den Heil. Dreykönigsabend. - - Capell führt zwar die obige Erzählung als die achtzehnte des dritten Bandes an; ich finde sie indeß weder in diesen noch in den übrigen Bänden meiner Ausgabe.

**) Il primo Volume delle Novelle del *Bandello*, Venez. 1566. 4. fol. 73.

„ Als sich König Peter von Arragonien mit seinem Hofe in Sicilien zu Meßina aufhielt, befand sich unter seinem Gefolge ein Freyherr Timbreo von Cardona, ein vorzüglicher Liebling des Königs. Dieser verliebte sich in ein junges Fräulein Fenicia , Tochter des Lionato de Lionati, eines Edelmannes zu Meßina. Timbreo wurde von dem Könige mit den größten Gnadenbezeugungen überhäuft, und mit der Grafschaft Collisano, nebst andern Landgütern, beschenkt, so, daß sich sein jährliches Einkommen, außer dem königlichen Gehalte, auf zwölftausend Dukaten belief. Dieses Glück, und seine persönlichen Vorzüge machten auf das Herz der Fenicia, die seine Zuneigung gar bald wahrnahm, den erwünschten Eindruck, ob sie gleich seine öftern Briefe und Geschenke nicht annahm, sondern sich erklärte, sie werde ihre Liebe nur dem schenken, der sich durch die Bande der Heyrath mit ihr verbinden werde. Dieß letztre wurde also nunmehr der Zweck des Timbreo; und die Freundschaft eines Meßiners verschaffte ihm auch die Einwilligung ihres Vaters Lionato. Der Tag ihrer Hochzeit ward angesetzt; und das Gerücht von derselden kam unter andern auch zu einem jungen Edelmann in Meßina, Girondo Olerio Valentiano, der in Fenicien sterblich verliebt, und ein Freund des Timbreo war. Voll Eifersucht sann er darauf, das Glück des letztern zu hintertreiben, und brauchte dazu einen andern jungen Menschen, der zu Timbreo hingehn, und ihm Verdacht und Argwohn wider seine Geliebte beybringen mußte. Einer seiner Freunde, sagte er ihm, gebe ihr öftere vertraute Abendbesuche, und er selbst könne, wenn er wolle, den nämlichen Abend ein Augenzeuge davon seyn. Timbreo nahm dieß Anerbieten an, und begab sich zur gesetzten Stunde an den verabredeten Platz, wo er seinen vermeynten Nebenbuhler, der nichts anders, als ein verkleideter Bedienter des Girondo war, auf einer Strickleiter in ein Fenster des Hauses steigen sah, wo Fenicia wohnte. Timbreo gieng voll bittern Verdrusses nach Hause, und schickte gleich am folgenden Morgen eben den Freund, der seine Bewerbung angebracht hatte, zum Lionato, um ihm sein Versprechen wieder zurückzugeben, und die Heyrath mit seiner Tochter, ihrer Treulosigkeit wegen, wieder aufzukündigen. Fenicia gerieth über das Schimpfliche dieses Vorwurfs in die äußerste Unruhe; ihre Gesundheit litt durch die innigste Kränkung darüber so sehr, daß sie, vor Kraftlosigkeit nnd Kummer, bettlägerig, nach einem heftigen Anfall ihrer Krankheit, von ihren Aerzten und Freunden schon für todt gehalten, und als eine Todte behandelt wurde. Indeß erholten sich ihre Lebensgeister nach sieben Stunden wieder. Sie begab sich zu ihres Vaters Bruder, auf dessen Landgute sie sich insgeheim aufhielt, indem ganz Meßina sie todt glaubte, und man zum Schein ihr feyerliches Leichbegängniß gehalten hatte. Timbreo war über diesen Vorfall zwar sehr unruhig, indeß glaubte er sich von Feniciens Treulosigkeit völlig überzeugt. Weit marternder war die Gewissensangst des Girondo, die ihn endlich zu dem Entschluß brachte, seine ganze verräthrische That dem Timbreo zu entdecken. In dieser Absicht gieng er mit ihm in eine Kirche, führte ihn an das Grab der Fenicia, kniete daselbst nieder, gab dem Timbreo einen Dolch, gestand ihm alles, und foderte ihn nun zur Rache auf. Timbreo verlangt diese Rache nicht, verzeiht ihm, und beyde gehn zu Lionato, dem Timbreo sein ganzes Vermögen zum Gebrauch und zur Genugthuung anbietet. Der Alte schlägt das alles aus, und verlangt nur von ihm, daß er ihm es sagen soll, wenn er heyrathen wolle, und daß er dann von seiner Hand eine Gemahlinn annehme. Nach einiger Zeit führt er ihn in dieser Absicht auf ein Landgut, und stellt ihm Fenicia als seine Braut, unter dem Namen Lucilla, vor, die sich seitdem sehr, aber zu ihrem Vortheil, verändert hatte. Timbreo schenkte ihr seine Liebe und seine Hand. Erst am Schluß des Hochzeitmahls bringt ihn eine Tante der Braut auf seine vorige Liebe. Er spricht davon mit so viel Rührung und edler Gesinnung, daß man sich nicht länger halten kann, und ihm sein ganzes Glück, den Besitz seiner Fenicia, entdeckt. Girondo erhält Lionato's zweyte Tochter, Belfiore, zur Gattinn. Sie gehn nach Meßina zurück, und werden daselbst von dem Könige und der Königinn mit Ehre und Geschenken überhäuft. „

Dieß sind nur die wesentlichsten Umstände einer Geschichte, die Bandello mit aller den Italienischen Novellisten gewöhnlichen Weitschweifigkeit erzählt. Noch langweiliger und wortreicher aber ist eine schon zu Anfang des vorigen Jahrhunderts verfertigte deutsche Einkleidung dieser nämlichen Erzählung, die über sieben Bogen anfüllt, und mir von meinem Freunde, Herrn Prof. Engel, mitgetheilt ist. Sie hat den Titel: „*Phœnicia.* Eine liebliche und Gedechtniswirdige HistorY, wasmassen ein Arragonischer Graffe, *de Colisan*, sich in eine Edle vnd Tugendreiche Sicilianische Jungfraw *Phœnicia* genandt, verliebete. Vnd was denselben in Heyrath vnd Freysachen widerfahren, welches billig ein Spiegel weiblicher Ehr vnd Zucht mag genennet werden. Allen Züchtigen vnd Ehrliebenden Frawen vnd Jungfrewlein zum Newen Jahre beschrieben durch *Mauritium Brand.* Zu Magdeburgk bey Johann Francken, Anno. 1601. 8. = = Der Verfasser zeigt zwar nicht an, woher er den Stoff seiner Erzählung entlehnt habe; allein die Namen: *Tymbre de Cardonne*, *de Colisan*, *Gironde Bellefleura*, scheinen es doch zu verrathen, daß er sie aus dem Französischen, und vermuthlich aus dem Belleforest, hergenommen habe.

... man auf diese Novelle gefallen war, die

wohl unstreitig, in der Englischen Uebersetzung, den Stoff des gegenwärtigen Schauspiels hergab, glaubten einige Englische Kunstrichter = = unter ihnen auch Pope = = er sey aus der Geschichte der Ginevra hergenommen, welche in dem fünften Gesange des Orlando Furioso von Ariost enthalten ist. Diese Geschichte hat auch in der That mit der Fabel des Shakespearischen Stücks sehr viel Aehnlichkeit, und ihre poetische Erzählung beym Ariost macht eins der schönsten Stücke seines vortrefflichen Gedichts aus. Es sey mir erlaubt, jeden Leser, der irgend der Sprache dieses großen Dichters mächtig ist, zur Lesung oder Wiederlesung jenes fünften Gesanges bey dieser Gelegenheit aufzufodern; die Mühe, ihn ganz zu übersetzen, sollte mich nicht verdrießen, wenn ich grausam genug seyn könnte, so viele Anmuth und Schönheiten der blühendsten und wohlklingendsten Sprache in dem mattern, leblosern Gange des prosaischen Vortrags zu ersticken. Die Lenox hat einen sehr ausführlichen Auszug dieser Episode, nicht ohne eigene Zusätze geliefert;*) hier sind bloß die wesentlichen und vornehmsten Umstände derselben.

---

*) *Shakespear Illustrated, Vol. III. p. 231.*

„ Rinaldo war durch einen Sturm an die Küste von Schottland verschlagen, wo er in einer Abtey die Geschichte der Ginevra, der Tochter des Königs erfuhr, und den Entschluß faßte, den Gesetzen des Landes gemäß, derjenige zu seyn, der sich mit dem Ankläger ihrer Unschuld in einen Zweykampf einlassen, und sie dadurch vom Scheiterhaufen retten wollte. Mit diesem Entschluß machte er sich sogleich auf den Weg nach dem Hofe des Schottischen Königs, und ward auf diesem Wege plötzlich durch ein Angstgeschrey aufgehalten, welches er von weitem hörte. Er ritt auf den Ort zu, woher es kam, und fand in einem dicht mit mit Bäumen umgebnen Thal ein junges Mädchen, welches sich gegen zwey Bösewichter sträubte, die es ermorden wollten. Beym Anblick des Ritters nahmen sie sogleich die Flucht; er nahm das Mädchen mit auf sein Pferd, und fragte sie nach ihrer Geschichte. Ich wurde, sprach sie, von meiner frühen Kindheit an mit der Tochter unsers Königs erzogen, und zärtlich von ihr geliebt. Der Herzog von Albanien verliebte sich in mich; und ich war schwach genug, seinen Wünschen nachzugeben. Unser vertrauter Umgang daurte einige Monate; und ich nahm seine Besuche in einem Sommerzimmer meiner Prinzeßinn an, in welches sie während des Winters niemals kam. Nach und nach wurde mein Liebhaber merklich gleichgültiger und kälter gegen mich; sein Herz war nun ganz von Ginevra, meiner Prinzeßinn, eingenommen; er gestand mir diese Liebe, und drang in mich, sie zu befördern. Ich war thöricht genug, ihm auch hierinn zu willfahren; ich redete mit meiner Prinzeßinn sehr oft von seinen Vollkommenheiten und Vorzügen; allein die Prinzeßinn war nicht nur völlig gleichgültig gegen ihn, sondern unterhielt auch eine geheime Zuneigung gegen Ariodante, einen jungen Ritter aus Italien, der sich mit seinem Bruder an unserm Hof aufhielt, und dessen Person und ganzes Betragen allen möglichen Beyfall und Ruhm verdiente. Ich entdeckte dieß meinem ehemaligen Liebhaber, dem Herzoge von Albanien, dessen Liebe gegen Ginevra sich nun in Haß und Eifersucht verwandelte. Er stellte sich, als ob seine alte Liebe gegen mich völlig wieder dieselbe wäre, und beredete mich, um seine Einbildung noch stärker zu beleben, des Abends, wenn die Prinzeßinn zu Bette war, ihren ganzen Anzug anzulegen, und ihn so in meine Arme zu empfangen. Ich wußte nicht, welch ein schwarzer, boshafter Anschlag der Grund dieser Bitte war, und gewährte sie ihm. Indeß überredete er den **Ariodante**, er habe schon ein älteres Recht, als er, an der Liebe meiner Prinzeßinn, und sey bereits im völligen Besitz dieser Liebe. Um ihn davon zu überzeugen, erbot er sich, ihn den folgenden Abend an einen Ort zu führen, wo er, unbemerkt, ihn in ihr Kammerfenster steigen, und aus ihrem Empfange sehen sollte, wie glücklich er in seiner Liebe sey. Dieß geschah; **Ariodante** sah die vermeynte Prinzeßinn an ihr Fenster kommen, eine seidne Strickleiter auswerfen, worauf der Herzog hinein in ihr Zimmer stieg, und ihn mit Küssen und Umarmungen empfangen. **Ariodante** war im Begriff, sich vor Wuth über diesen Anblick das Leben zu nehmen; aber sein Bruder, den er mit sich genommen hatte, verhinderte ihn daran. Den folgenden Tag verschwand er; man suchte ihn vergebens auf; bis ein Bauer der Prinzeßinn meldete, er habe ihn mit sich genommen, ihm befohlen, ihr zu sagen, was er sehen würde, und sich darauf von einem Felsen in die See gestürzt.

stürzt. Alles gerieth über seinen Tod in Unruh und Betrübniß; und sein Bruder, der die Ursache desselben wußte, entdeckte sie dem König; klagte vor ihm und dem Staatsrath die Prinzeßinn an, und foderte Gerechtigkeit. Die Gesetze von Schottland verurtheilten ein Mädchen, das der Unzucht beschuldigt wird, zum Feuer; es sey denn, daß sich einer findet, der es mit dem Ankläger aufnimmt, und ihn im Zweykampf überwindet. Der König ließ daher bekannt machen, wenn sich ein solcher finde, so wolle er ihm die Prinzeßinn und eine ihrem Range gemässe Aussteuer zur Belohnung geben. Indeß wurden alle Kammerfrauen der Prinzeßinn zum Verhör gezogen, und sagten einmüthig aus, daß sie nie an einem geheimen Verständnisse derselben Theil genommen hätten. Ich wurde über dieß Verfahren unruhig, und bat den Herzog, für unser beyder Sicherheit zu sorgen. Er that, als ob ihm selbst daran gelegen wäre, und gab mir zwey Bediente mit, die mich auf eins seiner Landgüter, weit von Hofe bringen sollten. Eigentlich hatte er ihnen aber befohlen, mich unterwegs zu ermorden; und das wäre geschehen, wenn Ihr nicht mein Erretter geworden wäret."

„Die Nachricht von Ginevra's Unschuld belebte den Muth und den Vorsatz des Rinaldo aufs neue. Er eilte spornstreichs nach St. Andrews, wo der Zweykampf sollte gehalten werden. Vor dem Thore begegnete ihm ein Edelknabe, und sagte ihm, es sey eben ein unbekannter Ritter, ganz in schwarze Rüstung gekleidet, angekommen, der auch schon den Zweykampf mit Ginevra's Ankläger begonnen hätte. Rinaldo eilte in die Schranken, that den Kämpfenden Einhalt, erzählte dem König alles, und foderte einen Zweykampf mit dem Herzoge von Albanien. Dieser wurde darinn vom Rinaldo überwältigt; und sterbend gestand er seine böse That. Der Sieger wurde von dem Könige und dem ganzen Volke gepriesen, und mit den innigsten Bezeugungen der Dankbarkeit belohnt. Itzt war alles neugierig den unbekannten Ritter in schwarzer Rüstung kennen zu lernen; er nahm sein Visier ab; und mit dem größten Erstaunen sah man, daß es Ariodante war. Er sagte ihnen, wie er sich zwar wirklich in die See gestürzt, aber aus Liebe zum Leben durch Schwimmen wieder gerettet, und hernach bey einem Einsiedler aufgehalten habe. Die Nachricht von Ginevra's Schicksal und der Auffoderung des Königs, sie zu retten, belebte seine noch nicht erstorbne Liebe aufs neue; er vergaß alles, dachte nur darauf, ihr das Leben zu erhalten, und wagte in dieser Absicht einen Zweykampf mit seinem Bruder. Der König belohnte diese edle Treue durch die Hand seiner Tochter, der er das Herzogthum von Albanien zur Aussteuer gab. Dalinda, der Prinzeßinn Kammerfrau, die alles entdeckt hatte, erhielt, auf Rinaldo's Bitten, Verzeihung, und gieng in ein Kloster. Rinaldo selbst beurlaubte sich, und setzte seine Reise nach England fort.„

Bey aller Aehnlichkeit, welche diese letztre Erzählung mit der erstern sowohl, als mit dem Schauspiele haben, wird man es doch, aus mehrern Ursachen, für sehr wahrscheinlich halten, daß

Shakespear aus der erstern allein seinen Stoff geschöpft habe, wenn ihm gleich Ariost aus der Englischen Uebersetzung des Harrington bekannt seyn konnte, die im Jahre 1591 herauskam. *) Fällt also die Voraussetzung weg, daß der Italienische und der Englische Dichter sich in diesem Falle wie Original und Kopie zu einander verhalte; so fällt auch fast aller der Tadel von selbst weg, mit welcher die Lenox bey dieser Gelegenheit ihren Landsmann kunstrichtert, und der sich doch vornehmlich auf die Vergleichung seines Schauspiels mit der epischen Erzählung des Ausländers gründet. Unverzeihlich hart ist folgendes Urtheil über das Ganze: „Indem Shakespear „die Personen und einige Umstände der Begebenheit veränderte, und neue erfand, hat er „aus dem Ganzen ein Gewebe von Unwahrschein-

*) Shakespear hätte diese Erzählung auch, ohne den Ariost zu kennen, aus einer besondern poetischen Einkleidung des George Turberville nehmen können, deren Harrington, als vor wenig Jahren herausgekommen, Erwähnung thut. S. Farmer's Essay on Sh. learning, p. 23.

„ lichkeiten gemacht, gerade genug entlehnt, um
„ seine Armuth und Erfindungskraft zu zeigen,
„ und genug hinzugesetzt, um seinen Mangel an
„ Beurtheilung zu beweisen. „

Frau Lenox läßt sich hierauf in die Zergliederung und Vergleichung der einzelnen Theile ein; und überall muß der dramatische Dichter dem epischen nachstehen. Da jener diesen nicht kopirte, so findet, wie gesagt, eigentlich keine Vergleichung unter ihnen Statt, will man sie indeß doch, wegen Aehnlichkeit der Fabel, anstellen, so muß man freylich gestehen, daß beym Ariost die Charaktere sowohl, als die Handlungen besser motivirt, und schöner mit einander verbunden sind; aber undankbar, unpatriotisch und sehr partheyisch war es, daß die Kunstrichterinn vor so vielen einzelnen Schönheiten des Schauspiels ihr kritisches Auge so ganz verschloß, und am Ende nur den kalten Lobspruch hinzusetzte, es sey sehr viel wahrer Witz und Humor in den komischen Scenen dieses Stücks.

Uebrigens bemerke ich noch, daß beym Spenser, im vierten Gesange des zweyten Buchs seiner Feenköniginn, eine ähnliche Geschichte vorkömmt, die Phedon dem Ritter Guyon erzählt, der ihn von dem wüthenden Angriff eines Rasenden befreyt; und daß ein gewisser Jakob Millar im Jahre 1734 eine Verändrung des Viel Lärmens um Nichts, unter der Aufschrift: *The Universal Passion*, herausgegeben hat, welche ich nur aus dem *Companion to the Play-house* kenne, wo wenig vortheilhaftes davon gesagt wird. Das Original wurde wieder auf die Bühne gebracht, und verdrängte die Nachahmung.

II.

Ueber

Ende gut, alles gut.

Die Quelle dieses Schauspiels ist eine Erzählung beym Boccaz, die neunte der dritten Giornata, wenn gleich Shakespear sie vermuthlich nicht aus ihm, sondern aus dem Painter entlehnte, in dessen *Palace of Pleasure* sie, unter der Aufschrift *Giletta of Narbon*, befindlich ist. *) Ihr Innhalt ist kürzlich folgender:

*) S. Farmer's Essay on the Learning of Shakespear, p. 24. und Capell's Einleitung vor dem ersten Bande seiner Ausgabe unsers Dichters.

Man findet diese Erzählung auch in dem schon einmal von mir angeführten alten Buche: Scherz mit der Warheyt, (Frankf. 1550, fol.) unter der Aufschrift: Von gezwungener Liebe. Wie eines Doctors Tochter einen Graven wider seinen Willen zur Ehe erwarb, vnd wol gerieth. Bl. XXXV.

„Ein Französischer Edelmann, Namens Isnard, Graf von Roußillon, war sehr schwächlich, und hatte deswegen allezeit einen Arzt, Gerard von Narbonne genannt, bey sich im Hause. Dieser Graf hatte einen einzigen Sohn, Bertram, den er mit andern Kindern von gleichem Alter erziehen ließ, worunter sich auch Giletta, eine Tochter des Arztes, befand. Dieß Mädchen liebte den jungen Bertram ungemein; und als ihn der König, nach seines Vaters Tode, nach Paris kommen ließ, blieb sie mit der größten Betrübniß und Sehnsucht nach ihm, zu Roußillon zurück. Ihr Vater starb bald hernach; man trug ihr verschiedne Heyrathen an, die sie alle ausschlug, weil sie im Herzen den festen Vorsatz gefaßt hatte, sonst keinem, als dem jungen Grafen, die Hand zu geben. Sie vernahm bald darauf, daß der König an einer Fistel sehr krank liege; ihr Vater hatte ihr verschiedne Geheimnisse seiner Kunst hinterlassen, von denen sie itzt Gebrauch machen konnte; mit Freuden ergriff sie daher die Gelegenheit, nach Paris zu gehen. Der König nahm ihr Mittel an, und versprach ihr, wenn er dadurch geheilt würde, sie mit dem reichsten und edelsten Manne, den sie selbst wählen sollte, zu verheyrathen. Die Heilung gelang, und Giletta bat sich nun den Grafen Bertram zum Gemahl aus. Dieser war über den Antrag einer Heyrath sehr befremdet, die er so tief unter seinem Range zu seyn glaubte. Der König bestand indeß darauf, um sein einmal gegebnes Wort nicht zu brechen, und ließ die nöthigen Anstalten zu ihrer Hochzeit machen, die auch wirklich vollzogen wurde. Gleich nach Vollziehung derselben gieng Bertram, unter dem Vorwande, nach seinem Vaterlande zu gehen, nach Toskana, und nahm Kriegsdienste unter den Florentinern, die damals mit den Sienesern Krieg führten. Giletta gieng unterdeß nach Roußillon, und erwarb sich daselbst allgemeine Liebe und Achtung. Sie schickte zwey ihrer Freunde an den Grafen, um ihm zu sagen, sie wolle Roußillon auf ewig meiden, wenn ihre Gegenwart die Schuld seiner Abwesenheit wäre. Bertram ließ ihr zurück melden, sie möchte thun, was sie wollte, und er wäre fest entschlossen nicht eher mit ihr als seiner Gemahlinn zu leben, bis sie den Ring, den er an seinem Finger trüge, besäße, und von ihm einen Sohn hätte; beydes, glaubte er, werde nie möglich seyn. Giletta überlegte indeß, wie es möglich zu machen wäre, und entschloß sich endlich, dem Grafen nachzureisen. Dieß that sie, im Pilgrimskleide, von einem Kammermädchen und einem ihrer Vetter begleitet. In Florenz miethete sie sich bey einer Witwe ein; und nicht lange nach ihrer Ankunft sah sie den Grafen Bertram mit einem großen Gefolge vorbey reiten. Sie that, als ob sie ihn nicht kennte, und fragte die Witwe nach ihm. Diese erzählte ihr unter andern, er sey in eine Nachbarinn von ihr sehr verliebt, die jung, schön und tugendhaft, aber arm sey, und von ihrer Mutter sehr sorgfältig vor seinen Nachstellungen bewahrt werde. Dieser Mutter ihrer Nebenbuhlerinn entdeckte sich Giletta, und überredete sie, durch das Versprechen einer ansehnlichen Belohnung, im Namen ihrer Tochter zu dem Grafen zu senden, ihm die Gewährung seiner Wünsche verheißen, und ihm zum Zeichen seiner treuen Liebe den Ring, den er am Finger trage, abfodern zu lassen. Dieß geschah; Bertram schickte ihr den Ring, und kam zur gesetzten Stunde in das Haus der Witwe, wo ihn, statt seiner Geliebten, Giletta in ihre Arme empfieng. Der Betrug gelang, und seine Besuche wurden zum öftern wiederholt. Die Folge derselben war das, was Giletta gewünscht hatte, ihre Schwangerschaft; sie beschenkte Mutter und Tochter reichlich, und gieng wieder zu der Witwe. Bertram hörte, daß seine Gemahlinn Roußillon verlassen habe, und ließ sich durch die Bitten seiner Unterthanen bewegen, dahin zurück zu gehen. Giletta wurde indeß zu Florenz von zwey Söhnen entbunden, die ihrem Vater sehr glichen, und gieng nach ihrer Entbindung nach Roußillon, wo der Graf eben bey ihrer Ankunft ein grosses Gastmahl gab. Sie gieng im Pilgerkleide, ihre beyden Söhne auf den Armen, mitten in die Gesellschaft, warf sich dem Grafen zu Füßen, gab ihm den Ring, und erzählte ihm alles. Bertram, erstaunt und gerührt über diese Begebenheit, nahm die Giletta als seine Gemahlinn an, und lebte mit ihr vergnügt und glücklich.„

Man sieht, daß Shakespear dieser Novelle in dem ernsthaften Theile seines Schauspiels sehr genau gefolgt ist; der komische Theil scheint ganz von seiner Erfindung zu seyn. Aber auch in dem Verlauf jener Geschichte hat er doch einige kleine Verändrungen und Zusätze gemacht, die ihm vermuthlich das Bedürfniß der dramatischen Einkleidung zu fodern oder zu rechtfertigen schien. Auch diese Aenderungen sind dem Tadel seiner Kunstrichterinn, der Frau Lenox *) nicht entgangen, der aber auch hier, so wie mehrentheils, ungegründet, gesucht, und übertrieben ist. So scheint ihr der vermeynte Tod Helenens ein armseliger und nachtheiliger Zusatz zu seyn, der einen niederträchtigen Argwohn auf den Grafen erweckt, den er mit der unwürdigsten Feigherzigkeit erträgt. Aber diente dieser vermeynte Tod nicht vielmehr, den Knoten desto enger zu schürzen, und die Auflösung desselben desto unerwarteter und interessanter zu machen? Verdiente nicht der Graf, der so leichtsinnig und grausam gegen Helenen gehandelt hatte, auf eine Zeitlang die Strafe dieses Argwohns, und die ihm bey der Gelegenheit gemachten Vorwürfe? und wie sollte er sich anders gegen seinen aufgebrachten König betragen?

Helenens Charakter in diesem Schauspiele verdiente es eben so wenig, in Vergleichung mit Giletta's Charakter in der Novelle, von der ge-

*) Shakespear Illustrated, Vol. I. p. 189.

dachten Kunstrichterinn so sehr herabgesetzt zu werden. Wie frostig wären die Scenen geworden, worinn der dramatische Dichter es versucht hätte, ihre Klugheit in der Einrichtung ihres Hauswesens und der Regierungsgeschäfte zu Roußillon, in Handlung zu bringen, die der Erzähler freylich zu ihrem Vortheil mit berühren konnte! Aber was ist in der Novelle des letztern so rührend, so einnehmend, als die Scenen zwischen Helena und der Gräfinn, als ihre Selbstgespräche, als ihr Betragen gegen Bertram, gegen den König, gegen die Witwe, und s. f. Auch die Anstiftung der Diana, den Bertram bey dem Könige anzuklagen, macht Helenens Charakter, dünkt mich, im geringsten nicht tadelhaft. Bertrams Absicht und Verhalten verdiente diese kleine Rache, die kurze Verlegenheit, worein er dadurch gesetzt wurde, und die sich so bald durch die glücklichste Auflösung endigte. Auch hatte eine so verschmähte und gemishandelte Gattinn mehr Recht, bey so vielen Ansprüchen, des Grafen Liebe zu fodern, als Ursache, flehend und kniend darum zu bitten; wenigstens scheint mir jenes ihren Charakter zu veredeln; und so hätte es auch wohl unsrer Tadlerinn geschienen, wenn der Fall umgekehrt gewesen wäre.

Es sey, daß Bertram in dem Schauspiel weit verhaßter und niederträchtiger erscheine, als in der Erzählung; warum soll er das nicht? Seine anfängliche Abneigung läßt sich durch den Zwang rechtfertigen, womit ihm eine Gemahlinn aufgedrungen wird; aber was entschuldigt sein nachheriges Verhalten gegen eine Person, die alles für ihn aufopfert? und wie kann ein Frauenzimmer solch ein Verhalten entschuldigen wollen?

Ende des Zehnten Bandes.

FSC
www.fsc.org
MIX
Papier aus verantwortungsvollen Quellen
Paper from responsible sources
FSC® C141904

Druck:
Canon Deutschland Business Services GmbH
im Auftrag der KNV-Gruppe
Ferdinand-Jühlke-Str. 7
99095 Erfurt